U0508614

全民微阅读系列

停留杨柳岸

TINGLIU YANGLIU AN

伍中正 著

江西高校出版社

图书在版编目(CIP)数据

停留杨柳岸 / 伍中正著. — 南昌：江西高校出版社, 2017.9

（全民微阅读系列）

ISBN 978-7-5493-6026-0

Ⅰ. ①停… Ⅱ. ①伍… Ⅲ. ①小小说—小说集—中国—当代 Ⅳ. ①I247.82

中国版本图书馆 CIP 数据核字（2017）第 223713 号

出 版 发 行	江西高校出版社
社 址	江西省南昌市洪都北大道 96 号
总编室电话	(0791)88504319
销 售 电 话	(0791)88592590
网 址	www.juacp.com
印 刷	北京一鑫印务有限责任公司
经 销	全国新华书店
开 本	700mm×1000mm 1/16
印 张	17.25
字 数	195 千字
版 次	2017 年 9 月第 1 版
	2020 年 7 月第 3 次印刷
书 号	ISBN 978-7-5493-6026-0
定 价	45.00 元

赣版权登字-07-2017-1157

版权所有 侵权必究

图书若有印装问题,请随时向本社印制部(0791-88513257)退换

目 录

百孝书

在武陵,能写字,并称得上书法家的有两个,一个是宋金,一个是曹匹。

宋金在机关坐办公室。闲时,除了看报喝茶之外,尝到了写字的乐趣。每天午休,没人打扰,他在办公桌上展平看过的报纸,手提笔,笔沾墨,就在报纸上练字,一直练到下午上班。

不练字前,那些报纸,宋金都是捆好后提到废品店当废品卖。后来,他把那些练过字的报纸捆起来,再提到废品店卖。老板对宋金不满,说,宋金,下回,你写过字的废报纸,再不要提来了。

宋金问,为啥? 老板说,卖不出去。

宋金一笑,说,老板,往后,我送你一张我写的书法,抵你卖一车废报纸。老板摇摇头,不信。

以后,宋金再不去废品店,那些练过字的报纸,他让打扫机关卫生的老王提走了。

宋金坐了五年办公室。五年内,在职位方面,没有一点动静,倒是字写出了格。

宋金写字,专长写一字,一字写百体。外行人笑话他,一个字横来竖去地写,不就一个字? 内行人见了,佩服不已,称宋金将来肯定是大师级人物。一听这话,宋金脸上就挂笑,就有一种满足感。

宋金最得意的百字就有好几个。他写过百"德",写过百

"佛",写过百"水"。后来,他寻求发展和突破,把十二生肖依次也写了个遍。宋金最看重最拿得出手的是他的百"牛"百"马",还有百"龙"。

宋金的百"牛"写毕,有个老板暗暗跟他出五位数,愿意买走。宋金摇摇头,不卖。他把那幅百"牛"挂在卧室自我欣赏。宋金女人知道这事,埋怨宋金,说宋金的百"牛"挂在屋里,一点也不牛,等于废纸一张。话语中,有冷嘲热讽的意思。宋金不跟女人计较。

写了很多年的字,也写了很多的字。宋金想,在武陵,怕没人与自己较劲,一比高下。

宋金错了。敢跟他一比高下的有,那人是曹匹。

曹匹,南坪人,少年丧父,中年丧妻丧母,膝下无子。

一直以来,曹匹习书,不贪多。他最爱习百字,也就是他常把一个字写成一百种笔法。还有,他最爱书的字就是"孝"字。曾经一段时间,尺幅之间,他书的"孝"字,无论大小,绝对拿得出手,他对他的"孝"字非常满意。

在南坪,曹匹名声渐大。

南坪中学的校长找到他,说中学里虽人才济济,但教书法的老师为零,还请曹匹先生到南坪中学为学生讲一堂书法课,一来让学生开开眼界,二来也提高提高曹匹先生的知名度。

曹匹想,也行。于是欣然答应了校长。

那一天,曹匹去了。偌大的操场上,置了一块黑板,黑板上贴一宣纸。黑板前,还放了一讲台,讲台上笔墨俱在。讲台下,是席地而坐的学生。

讲课时,曹匹没有忘记丧父的苦痛,虽然人到中年,他把"孝"的内涵讲得操场上同学差不多都哭了。然后,再讲结构。最

全民微阅读系列

后书写。很多同学为他写的"孝"字不停鼓掌。课毕,他把自己书写的那个"孝"送给了唐云。

那天,唐云跪在曹匹跟前,跟他要那个"孝"字。一时,曹匹觉得奇怪,好几百学生,就唐云一人要字。曹匹二话没说,给了。

那一刻,曹匹有了一种快感。

那年秋天,曹匹丧妻。出殡前,曹匹烧了妻子用过的衣物。唐云过来,从书包里拿出那个"孝"字,反复地看。曹匹见了,顺手往火堆里一丢,那个孝"字"倏地化作一团青烟。

唐云跪在曹匹身前,连磕了 3 个响头。磕完,唐云模糊着双眼说,往后,愿意照顾曹匹叔。曹匹一听,眼中泪水打转。

一段时间,曹匹不写一字。理由是,曹匹娘肝癌晚期,曹匹心思不在写字上。

曹匹日夜照顾娘。为娘治病,曹匹欠下了债。躺在病床上的娘很感动也很无奈。娘说,曹匹,娘的病拴住了你,让你揪心。娘相信,你为娘熬药的手,会把字写得更好。娘在那边会看着你写字的!

曹匹一听,泪水轻弹。

半年后,曹匹娘落气。落气前,曹匹抱着娘哭。

曹匹半带哭腔说,娘,苦了一辈子,往后看不到曹匹的字了。

娘走半年后,曹匹想,写一回吧。

曹匹非常自如地写了幅百"孝"。一百种笔法的"孝"字,浑然天成。然后,他把百"孝"藏在了柜里。

宋金跟曹匹是在武陵书展上认识的。那天,书展共展出了上百幅作品。那些作品中有宋金的百"牛",有曹匹的百"孝"。两幅字挂在一起。

宋金站在曹匹的作品前,不说话。

曹匹站在宋金的作品前,不指点。

看完书展出来,宋金跟曹匹小声说,曹匹,我的字是用名利之心写的,属拙作。你那百"孝"是用孝悌之心写的,属精品。

曹匹看看宋金,很久了,曹匹问,真的?

翻 车

那个冬天的下午有点特别,我意外地接到了村里发煤叔打来的电话。

要在往常,我是绝对没有很多电话的,尤其是发煤叔打来那么多的电话。就为一件事情,发煤叔一下午用手机给我打了好几个电话。我以为他疯了。

这几年,我跟发煤叔的联系没有间断。每年中的某几天,发煤叔都会想起我来跟我打几个电话,说些对我来说有点瓜葛或者无关紧要的事。在一个电话里,他从村里谁家的狗咬了人,谁家的主人不愿给被咬的人出打预防针的钱说起,接着说道那个叫苏和尚的兽医一刀子下去,把谁家发情的小母猪弄死了。在另一个电话里,他从那个叫海棠的女人在屋后设置了一张网捕那些飞来飞去的鸟,接着说道跟村主任好过的女人拿着砖块砸了村主任家的窗户。

有一回,我对发煤叔说,你往后打个对我有用点的电话,在电话里说个对我有用的事,你看行不? 我把这个想法说出后,我怀疑自己是不是冲撞了发煤叔。

发煤叔好像听出了我的不耐烦，想跟我解释又没解释。最后，他在电话里保证，等有用的事到了，一定打电话给我。

发煤叔在电话里有些焦急地告诉我，说我原来承包的那块水田里翻下了一辆卡车，车主的一车砂卵石散落在田里。这回的事对我有用，肯定有用。

在电话里，发煤叔说的每一句话，他都恨不得加重语气。

我不知道发煤叔的手机是不是有问题，是不是没电了。他说完这句，我就听不到下文了。

发煤叔的电话让我揪心了一会。同时，我觉得那个冬天的下午特别漫长。

车怎么会翻在我田里？我那块田里有史以来没有翻过一次车，是不是发煤叔搞错了？再说，我进城前，把路边的那块田让给了长富叔。就是车不小心翻在了田里，也应该找长富叔去处理。我还是觉得，发煤叔的电话对我没有一点作用。

过了一个小时，我又接到发煤叔的电话。发煤叔说，长富跑过去了，两条腿跑得很急。他在跟车主撕破脸了要钱。不给钱，长富死活不让用吊车吊起来的卡车走。

话还没说完，电话里没有声音了。可能是发煤叔挂断了。

我还没有进城前，长富叔就看中了我的那块田。那块田挨近公路，水路好，种啥长啥，他愿意承包下来。长富叔提了两瓶酒还特意到我家来跟我说那块田的事。他跟我讲，要是进了城，无论如何，得把那块田让给他种。看着长富叔死心塌地要种那块田的样子。我答应了长富叔。

那年春天，长富叔就在那块田里耕种。一种就是好几年。

那天下午，我的电话好像就是为发煤叔准备的。

那天下午，发煤叔就只给我打电话。

发煤叔又一次打通了我的电话。发煤叔说，车翻在田里，压毁了田埂，田里还落了不少的砂卵石。长富平白无故地拿到了一笔钱。车主赔的那笔钱不应该长富拿，应该你来拿。

说完，电话又断了。

我觉得好笑，长富叔没有理由要车主赔啥钱。车主也没有必要给长富叔钱，他只要找几个人把那些砂卵石挑走，把田埂修好不就没事了。一个在外面跑运输的车主还找不到几个人？

我觉得长富叔是没事找事，弄不好还会出事。

钱不是好东西。长富叔，你要啥钱？我在替长富叔后悔。

果真出事了。

发煤叔的电话再次打给我时，我知道，翻车的事情真的闹大了，必须回去。

我在那个冬天的下午赶到了村庄。

在发煤叔家，我见他头上包着一层厚厚的纱布，从那层纱布上还能看到隐约渗透出来的血色。

发煤叔见到我，就赶紧替我出气。

发煤叔说，车翻在你田里，赔的钱只能你来拿。凭什么他长富就拿了。说完，我还看见发煤叔的情绪仍在激动。

我不好对发煤叔怎么说。安慰了他几句后我就去见长富叔了。

我看见长富叔的左手明显地受了伤，从脖子穿下来的一根纱带吊着手臂。长富叔见我到来，就搬出椅子招呼我在禾场上坐下，他让那没伤的一只手再次搬了一把椅子出来。

长富叔说，这几年，感谢我让出那块田，让他从田里增加了收入。

长富叔接着说，车翻在你田里，我不能让你吃亏。我让那个车主赔了钱才走。钱,我帮你要回来了。

说完长富叔起身回屋。

长富叔再出来的时候,那只没伤的手上拿着一叠钱。

我一惊。

我平静了心情跟长富叔说,车翻田里,我不想要车主的钱。

长富叔更加激动地跟我说,莫蠢,车翻在你田里了,到手的钱,不要白不要!

我跟长富叔挑明:把钱退给车主。

长富叔不依。

我看了看天,村庄的黄昏就要来了。我急着要回城,没有时间跟长富叔多说。

我执意没拿他那只没伤的手上的钱。回来的时候,听见了长富叔在我背后骂我的声音:杂种的,往后,老子不种你的田了。

那一刻,我没有回头。

在我入睡前,发煤叔给我打了一个电话。

我一看是发煤叔的电话,我接了。我对着电话说,别打电话了。

发煤叔说,我的田里翻了一辆车,我不知道咋整?

我一下摁了电话,接着,关机了。

我小声地对着手机说,发煤叔,你咋整就咋整吧。

雨 水

雨水下了很大一场雨，是开春后的第一场大雨。

眼里的雨，哗哗啦啦的。羊可没有想到，雨水的雨会这么大。

雨水前夜，羊可心里窝着一股气。她觉得那口气不发出来，憋得难受。

羊可的气来自男人。雨水前天，男人在镇上的茶馆跟一些在镇上晃荡的青年一起玩牌，一次输掉了一把钱。

男人本来不在牌桌上玩的。那些晃荡的青年你一句我一句刺激着羊可男人。一个说，怕女人！肯定怕女人！肯定不敢玩！另一个说，玩玩，玩小一点的牌。还有一个说，要不到牌桌上试试？

镇上的茶馆除了喝茶的功能外，还发挥着赌场的作用。

男人犹豫了一下，还是走进了茶馆。男人果真先玩小的。后来，那些人就刺激他，说玩小了，不刺激。男人就伙着那些人玩大了。在牌场上，男人手中的钱，像一捧捧从手中滑落的谷子。天还没黑时，他输掉了一把钱。他发现除了玩过牌的一双手外，仍旧是一双赤裸着的手。

男人的那把钱是羊可卖谷跟卖棉花的钱。羊可种了大片的水稻和棉花。羊可把那些水稻收回来，再把那些棉花收回来。那些水稻占据了她的一间屋子，那些棉花又占了她一间屋子。她看着屋子的水稻和棉花，就开心地笑。有一天，她跟收购水稻和棉花的贩子谈好了价钱，留下口粮和弹被子的棉花后，就把谷子跟棉花卖了。

羊可就有了一把钱，她就把那把钱让男人揣着，让男人也感受那些水稻和棉花给他的激动与温暖。

男人回来前，他看见那些赢他钱的青年一个个在放肆的笑。他觉得，每一个青年的笑就是一把把刀，深深地切在他的胸口。羊可男人鄙夷地看了一眼茶馆，然后，狠狠地"呸"一口。

男人跌跌撞撞地往家的方向赶。

男人回到家时，精神很差。

羊可问，那把钱呢？

男人低着头说，输了。

羊可说，你怎么就敢玩牌就敢输？羊可没有想到，揣着一把钱的男人，偏偏就把钱输掉了。羊可觉得，男人跟她开了一个很大的玩笑。

男人抬起头，像拔出了胸口的刀，渐渐来了精神。他大声吼：好多人在玩牌，我就不能玩？再说，人家那些话难听死了。男人越说越有理。

羊可越听越气。羊可的气慢慢在心里形成。

羊可晚饭没吃，就上了床。

床上，输掉了一把钱的男人鼾声四起。

夜里，就下起了雨。

羊可心里的一股气越憋越大。

羊可想好了，他要男人要回输掉的钱，要不就报派出所。

羊可早早地起来，一把拉开盖在男人身上的被子。男人说，你让我睡会儿，今天雨水了，过不了几天，就要在田地里忙活了。

羊可说，不睡了，跟我到镇上去，把输掉的钱要回来。不然，就报派出所。

男人不依。

男人说，钱输掉了就输掉了，往后再挣。你要是到镇上去闹，钱不但没有要回来，还丢人，让人家说自己输不起。

羊可说，我们家是输不起，你要不去，我去。

男人说，你要去，我就要揍你！

羊可说，你要揍我，我也去！

男人很气愤，一巴掌扇在了羊可的右脸上。

羊可的脸上火辣辣的。

哗啦哗啦，雨一直下着。羊可没有穿雨衣也没有撑伞，火辣着脸走出了家门。羊可没有想到，雨水的雨会这么大，遮没了视线。

羊可去了镇上。羊可在去镇上的路上发誓，她一定要要回那把钱。

羊可一身雨水地到了镇上。

羊可去了派出所。

羊可一身雨水地到了派出所。

羊可在回来的路上发誓，一定要离开自己的男人。她不想再这么窝囊。

羊可回来时，浑身湿透。她把男人输掉的一把钱放在了桌上。羊可觉得，她不是放着那把钱，而是放着金黄的稻谷和洁白的棉花。

男人对羊可的回家没有表现出高兴。

男人见着那把钱后也没有表现出高兴。

羊可在家里仔细地清理衣服。

羊可把要离开男人的想法说出来了。羊可说，脾气丑的男人，来吧，再给我的左脸一巴掌，让我再一次感受火辣的感觉。

全民微阅读系列

男人觉得眼前的女人非常强大。男人握了握拳头,最终下不了手。

羊可翻出一件大红的袄子穿在身上,在镜子前照了照,没有觉得哪地方不合适后,提起箱子,走进了雨中。

羊可自己记得走出家门的日子是雨水。

那把钱仍旧放在桌上。男人先看了那把钱一眼,再看着羊可出门的。他没有想到,雨水的雨会这么大,遮没了视线。他再也看不清羊可时才明白,是自己的一巴掌打走了自己的女人,也输掉了自己跟羊可的一段感情。

那把钱,男人狠狠地甩进雨里。

很快,那把钱花瓣一样地落下。

很快,每一张钱,让雨水的雨,轻轻地淋湿。

惊　蛰

惊蛰这一天,天上滚着雷,一个接一个。

三桂决定出去要回那笔钱。他跟女人商量:要回那笔钱,不能再等了。

女人明白那笔钱。那笔钱指的是施工队应该赔给三桂的青苗补偿,也就是施工队长答应赔给他的钱。

去年,施工队在施工过程中踩死了三桂的 20 株棉树。大热天,三桂跑到田边,发现长势很好的棉树被施工队员踩倒了,他仔细数过,有 20 株。他声音很大地说,不给钱,就停工。很快,施工中的机器停了下来。

施工队长站出来解释,踩倒的棉树,施工队肯定赔。只是,在此之前,施工队只能打张欠条,赔这笔钱要等赔偿报告递上去,让领导核实同意后,才能付钱。再说,施工队已经给很多农户都打了欠条。

三桂看看队长,然后说,按每株 10 元的价格计算,你打张欠条吧。

队长在身上掏出纸和笔,就打了欠条。

三桂一直揣着欠条。

三桂有事没事的拿出那张欠条看看。

草垛边,女人在切萝卜条,三桂在晒太阳。女人将萝卜条切得很细,刀切萝卜的声音很脆。三桂的额上让太阳晒出了汗,他从衣袋里掏出欠条,眼睛盯着女人说,施工队长给我打的欠条,还没变成钱。

三桂,欠条怕是你的儿,看得那么认真! 女人笑着回话。

年三十,三桂跟女人守岁。女人坐在火塘边,一边看春晚,一边烤火。三桂的心思不在春晚上。他从怀里拿出欠条来,对女人说,施工队还欠着我们的钱。

女人盯着春晚上演员蹦蹦跳跳的场面说,三桂,你都看好多遍了,一张欠条会让你看烂,说不定哪天,那张欠条会害了你。

三桂说,害不了我,过年了就找施工队,施工队要不给钱,就搬施工队的材料,要不搬施工队的机器。

女人说,三桂,脑子里莫想歪主意,人家施工队不是小老板,施工队上头还有大公司,会差你那点小钱?!

三桂让女人说没了话。

轰隆。又一阵雷声砸过屋顶。

三桂提出这样的想法，女人不同意。

女人说，三桂，天上滚着一个接一个的雷，不去找施工队长了，不就一点小钱。再说，立春那天，施工队长不是讲好了，不出一个月，所有的青苗补偿，全部补到位。你也听见了的。

立春那天，施工队长找到三桂，跟三桂说，公司的领导对我们报上去的补偿情况，进行了全面核实，不出一个月，钱就给你送过来，保证送过来，一定送过来。

三桂说，一个月要不给钱呢？

施工队长说，一个月不给钱，你们抬我们的机器，卖我们的材料。

三桂说，行。

三桂的心里很急，他手里的那张欠条还没有变成现钱。他要提前拿到那笔钱。

三桂出去的时候，豆大的雨点稀疏地下着。

帐篷像田里长出的一个大蘑菇，雨水淋着蘑菇的头。施工队长跟队友们在帐篷里说着段子。施工队长说，有个人叫真啰嗦，娶了个老婆叫要你管，生了个儿子叫麻烦。有一天，麻烦不见了。夫妻俩就去报案。警察问爸爸：请问这位男士你叫啥名字？爸爸说：真啰嗦。警察很生气，然后，他又问妈妈叫啥名字。妈妈说：要你管。警察非常生气地说：你们要干什么？夫妻俩说：找麻烦。队长说完，笑倒一片。

三桂走进帐篷，满脸雨水地望着施工队长，拿出欠条，然后说，队长，惊蛰了，我的欠条要变成现金。

施工队长跟三桂商量，钱这两天就会到，我们也还等着钱做生活费。显然，施工队长很无奈。

三桂说，不能再等了。

施工队长说，再等两天，再怎么也要等两天，不是有很多人在等吗？保证不少你的钱！

三桂的火气是从心底里冒出来的。他已经等了一个月了，再怎么也不愿意等下去了。

火气一来，三桂就把持不住。他看见帐篷里有一把菜刀，他迅速地拿起菜刀，迅速地朝队长的身上砍去。

队长倒了下去。

帐篷里的人赶紧扶队长，有的队员还使劲地喊着队长的名字。

三桂很快地走了出来。

帐篷里的人没一个追三桂。

三桂回到家，浑身湿透了。三桂对女人说，那笔钱，我们不要了。

说完，三桂低头哭起来。

派出所的两个干警踏进三桂的家。个子高的干警说，三桂，把手伸出来。三桂伸出了手。个子不高的干警手上拿着的手铐很自如地铐到了三桂手上。

三桂，我们当初不在那块田里种棉就好了。女人悔。

女人的身影很模糊。三桂回头看着女人，嘴里轻声说，去年惊蛰，我跟你选择棉地，今年惊蛰，我跟你泪别雨中。

三桂跟干警走进雨里，头顶上再次滚过一声响雷，那一声响雷像落了地。

三桂的腿有些颤抖，差点软下去。

换 肾

许小年在医院一检查,结果让人吃惊。

许小年的肾脏出了问题,要换。

许小年对医生说,暂时不换。

许小年回到村里的第一件事,就是问自己最信任的木格:我这肾,要换,找不找得到肾源?

木格摇头。木格说,我们发动村里的人都来帮你找肾源。

木格在村里做会计,是许小年在村委会上提名再由村里人选到村委会的。可以说,没有许小年的提名,木格就坐不到村会计的位置上。

许小年从木格变化无常的表情看出,要找到新的和自己吻合的肾源,肯定太难了。

许小年决定不换肾了。他对木格说,不用找了。

许小年换肾的消息村里人都知道了。村里人都在为许小年寻找肾源。

三天过去了。没有人找到肾源。

木格愁眉苦脸地把村里没有一个人捐肾的这个事实告诉了许小年。

许小年的脸上没有表现出过多的失望。

木格不甘心。他在网上发了一个帖子,然后把许小年的病情在网上公布了。他这样做是让更多的人来关注许小年。

木格还学着别人的做法,在网上还公布了一个银行账号。他多么希望有人朝那个银行卡里打钱。他要让那些钱成为许小年换肾的费用。

　　木格这么做,没有告诉许小年,也没有告诉任何人。

　　木格时刻关注银行卡里的钱,他几乎每天都去银行查一下银行卡里的钱。木格也关注许小年的病情,他每天都去许小年的家里,希望他能更快地好起来。

　　一个月了,和许小年配对的肾脏还是没有找到。而木格银行卡里的钱却有了一笔不小的数目。

　　一个月过去,许小年在医院检查的结果出乎意料。

　　检查结果显示:许小年不要换肾。

　　许小年回来的第一件事就是对木格说,不用换肾了。他请求木格尽快告诉那些以前替他寻找肾源的人,不用再找了,免得耽搁了他们的时间浪费了他们的精力。

　　木格一愣,不用换了?

　　回到家里,木格想:许小年,我替你找肾源的钱都凑到卡里了,还要退回去?

　　木格没有想到要把那笔钱退回去。

　　木格把卡里的那笔钱取了出来。

　　许小年好好地活着。

　　一年后,有一个往木格卡里打钱的女人找到了许小年所在的村庄。

　　女人找到村庄的第一件事就打听许小年,问到了许小年的住处。她在跟许小年交谈时无意说出了一件事,女人说,许小年生病的那年,自己往许小年的银行卡里打过一笔钱。

　　许小年无论怎么回忆,都觉得这是一件没有发生的事。

面对女人,许小年说,感谢当年你为我打了一笔钱。让我的病得到了治疗。

女人一听,眼含热泪。

临走,女人说了一件让许小年非常揪心的事。她说,她的女儿得换肾,急需一笔费用。能不能想点办法,就当是借也行。

许小年没有多想。他给了女人一个承诺:无论如何也得帮女人一把,不管女人帮没帮自己,他都要有帮的行动。

许小年找到木格。他跟木格借钱。他说要帮一个女人的孩子换肾。

木格说,许小年,你换肾的时候,她没来帮你？现在,你想到帮她了？

许小年说,帮!

女人拿着许小年的钱,非常感激地说,好人,好人。

女人一走。

许小年犯糊涂了,自己生病时,银行卡里有钱？

许小年觉得好笑,自己生病时,自己连银行卡都没有,那女人怎么会往我的银行卡里打钱？

许小年那天跟木格一起喝酒。

许小年喝高了。

木格也喝高了。

许小年说,当年,我生病那阵,多亏了木格,全村上下都说木格的好。

木格说,当年的事都过去了,别提了。

许小年说,当年,我有一事不明白,你是不是有事瞒着我？

木格坏坏地笑,说,啥事也没瞒。

许小年疑问,看来,那个找我借钱的女人是以换肾的理由来骗我的?

木格说,不是骗你的!

许小年说,你咋知道?

许小年用手推了推倒在餐桌上的木格,只听木格的鼾声一高一低地传来。

离席前,许小年说,明年,我在村委会上提名,还免不了你?

然后,许小年朝地上砸了一杯子,杯子破碎的声音,没有惊醒木格。

陈思民

我一直关注本市晚报关于城市道路改造跟交通组织的报道,那些报道牵系着我的神经。

我这样的关注出于我的一点私心。理由是,我的二哥陈思民在交警大队工作,并且负责着宏大路口的执勤。

我不得不关注陈思民,关注我的二哥。两年前,我喜欢的二哥就不和我们住在一起。他在城里的一个中档小区租了房,和我嫂住在一起。家里有什么事,都是打电话相互告诉的。逢年过节,我嫂才跟二哥欢欢喜喜回家来。

那段时间,很多市民关注的是宏大路口的交通,关注的是路口执勤的交警。7月中旬的一份晚报上报道,武陵大道半封闭状态。宏大路口的交通压力更大,稍有不慎,堵车的情况就会发生。晚报记者提醒市民遵守交通规则,平安出行。

宏大路口是市民对武陵大道和洞庭大道交汇处十字路口的俗称,因为路口附近有宏大宾馆而得名。宏大路口是城市的重要交通路口,无论人流还是车流,都是最多的。

接手宏大路口执勤的那天,我的二哥就通过一个电话告诉我,他说往后会很忙,没有什么特别的事,最好不要在执勤时间打他的电话,否则,打了电话,他也不会接。

二哥在电话里说得很清楚,也很明白。我听得出来。

在此之前,二哥在电话里告诉我,城市的很多条道路将进行改造。改造后,城市会变美,很多道路会设置相应的红绿灯,到时候,交警的工作将变得轻松。我相信,二哥的信息比我可靠。我为二哥给我的信息感到高兴。

那段时间,我没有什么事对二哥说,自然也就没有打他的电话。

8 月上旬的一份晚报,引起了我极大的兴趣。

本市 8 月上旬的一份晚报,刊登了一张晚报记者在宏大路口拍摄的人物图片。图片的画面是一位交警在宏大路口执勤,照片很打眼,那是我二哥打着非常标准的手势在执勤。图片的配文是这样写的:昨日,市城区武陵大道、洞庭大道交通压力有所缓解,交警部门从各县(区)大队、政法委、186 调派了力量增援。图为交警在宏大路口执勤情景。

那天,我暗暗地佩服了我的二哥一把。

我有一件特别想对二哥说的事,也有要立马告诉他的欲望。

那件事是我恋爱了。我的对象是宏大宾馆附近一家餐厅的服务员。她看见我二哥每天都在宏大路口执勤,看样子非常辛苦。我愿意把这么好的消息和我对象对二哥的看法告诉二哥,让他也跟着一起高兴。过去,他多么希望我早点恋爱早点结婚。只要我一拿起电话，我就想到他给我的电话，给我的提醒，我手指就不敢按键，也就慢慢放下了话筒。

一个多月来，我就打给二哥一次电话。那次通话记录特别简短。二哥说，有什么事，快点说，我在宏大路口处理一个摩托车跟一辆小车的剐擦事故，就不跟你说了。

那次电话是晚上 10 点钟打的，我估摸着，晚上 10 点，二哥不会在宏大路口执勤了，怎么还在处理事故？打完电话，我想，这么下去，二哥会累倒的！

二哥在中午倒下了。晚报的记者当时就在宏大路口采访。记者非常平静地采访了目击者，还非常专业地拍下了二哥倒在地上的场景。

我在翻看本市 9 月份的晚报时，正好看到了刊登二哥倒地消息的那份晚报。

晚报的叙述是这样的：昨天中午，气温高达摄氏 39 度。在宏大路口的执勤的交警陈思民从当天的凌晨执勤到中午 12 时，终因体力不支倒地。据目击称，陈思民在倒地前不停地打着手势，吹着口哨，为车辆和行人放行，倒地时浑身湿透。据陈思民所在大队的大队长介绍，陈思民是条铁汉子，自武陵大道路改以来，陈思民一直在宏大路口执勤，夜宿路口是常有的事，连日高强度的工作，让这条铁汉子倒下了，我们感到很痛心。我们希望他很快好起来。

本报第二版还刊登了交警大队和育英小学四年级学生在医院慰问我二哥的报道。交警大队的队员和育英小学的少先队员手持鲜花献给病床上的二哥。我的二哥感动得热泪盈眶。

那一刻，我有打电话给我二哥的冲动。

我迅速地拨通了二哥的电话。

全民微阅读系列

电话那头说,我在赶往宏大路口执勤的途中,别再打电话干扰我!听着没?

二哥迅速地挂断了电话。

接着,我给我的服务员对象打了个电话,说,帮我看着点陈思民,他从医院里跑出来又去了宏大路口,那也是你的二哥!

念 秋

小镇上的杂货店,大大小小有好几家。

人到中年,念秋开了一间小杂货店。他的杂货店开在小镇,跟小镇的其他杂货店比起来,念秋都觉得好笑。

念秋在脑子里存了一个想法,他要把自己的杂货店开大,开成小镇上最大的。

念秋给自己定了一个规矩,那就是不赊账。有时候,他觉得宁肯自己不做生意,也不愿意把自己的货赊出去。人家装孙子来求自己赊货给他,到时候,自己得装孙子找他结账。

念秋坚决不做这样的蠢事。

念秋找了在学校当校长的陈习武。陈习武写得一手好字。在整个小镇,就陈习武的字写得好。念秋拿了一盒烟还有一盒茶叶去求陈习武。第一次去,没找着。第二次去,陈习武回老家了。第三回,念秋才在陈习武的办公室找到他。念秋把那盒烟跟那盒茶叶放在陈校长桌上后,他才恭恭敬敬地跟陈校长说,陈校长,帮个忙,写块牌子。

陈校长看着念秋真心的样子,满口答应了。

念秋回来时,手里捧着牌子,牌子上写着:本小利微恕不赊欠。

念秋把牌子放在了柜台前。来店子里买东西的人,人人都能看见。果真,那牌子上的内容,起了很大的作用,来店里买东西的客人,一律现钱结账。这样一来,念秋没了记账的烦恼,更没有要账的痛苦。

念秋敢对一个人赊账,也愿意为一个人赊账,那个人是镇上的胖梅。

胖梅男人走的时候,给她留下了一间破败的屋子和两个女娃。胖梅一手扯着大女儿,一手扯着小女儿,跪在男人躺着的床前,很快,哭声淹没了屋子。

小镇在雨里湿了,湿成念秋眼中的小镇。胖梅慢步走进念秋的店子,头上的雨水顺着脸,顺着发梢放肆地流着。

很久了,胖梅低声地对念秋说,赊盐,就一袋。

念秋看着站在柜台前的胖梅,小声说,胖梅,你可不能坏我的规矩。盐,我可以赊给你,但你不能说是赊的。记着没?

胖梅擦了一把脸上的雨水,说,不坏你的规矩,记着了。

胖梅出来的时候,手上拿着念秋给的盐。她把那袋盐揣进怀里,很快,就走进了雨中。

念秋看着雨里走着的胖梅。雨很快淹没了她。

一月后,胖梅再来,仍旧声音低低地说,赊一袋盐。

念秋给了胖梅盐。

胖梅没有急着走,她跟念秋说了一阵话。胖梅说,镇上就你念秋有人情味,那几家杂货店的老板,认钱不认人成不了大老板。

念秋说,我也是认钱不认人。

胖梅说,你不同。你跟他们明显不同。

念秋说,真的?

胖梅说,真的。镇上王贵卯杂货店的老板王贵卯,我赊他一袋盐,他还在我身上摸两把,真缺德。

念秋哦了一声。

胖梅还说,镇上刘一手杂货店的老板刘一手,我赊他一斤盐,回去一称,只有八两。他刘一手就那么个心眼,往后,成不了大老板。

念秋再哦了一声。

胖梅走之前,念秋低声对她说,胖梅,你可不能坏我的规矩。盐,我可以赊给你,但你不能说是赊的。记着没?

胖梅浅浅一笑,然后说,记着了!念秋第一次看见胖梅男人走后脸上露出的笑。

镇上下了很大的雪。雪覆盖了镇上的屋宇和往事。胖梅踩着一地的雪,雪让她踩得咯吱咯吱地响。在一路咯吱咯吱的响声里,胖梅走到了念秋的杂货店前。

念秋看见了胖梅,看见了胖梅头发上衣服上附着的雪,洁白晶莹。

胖梅说,眼看要过年了,再赊一袋盐,过了年,我把赊盐的钱全还上。

念秋说,胖梅,只要你不坏我的规矩,以前赊的盐,我都没记账,就算了。

胖梅不依。胖梅说,你要不记账,我就不赊了。

念秋依了胖梅。念秋拿了一袋盐出来。

胖梅拿着盐就走进了雪里。

开春了,镇上最热闹的要算胖梅家。春天的阳光大方地落在胖梅的家门前。两个女娃嘴里唱着:小燕子,穿花衣,年年春天来这里……

胖梅听着,眼里的泪就出来了。

一个老人快速地走进胖梅家,陪同老人来的,还有县上的镇上的人。胖梅家热闹起来了。那两个女娃不唱了,围着胖梅转。

老人激动地说,自己从台湾来,寻找自己失散的侄女。

老人跟胖梅紧紧地抱在一起。

念秋在算账。算盘珠拨得噼里啪啦地响。

胖梅领着老人走进念秋的杂货店。胖梅说,念秋,我来还那些赊盐的账。

当着老人的面,念秋说,胖梅,你记错了,你从来没在我的店子里赊过账。

那一刻,胖梅的眼里,含着热泪。

很久了,胖梅说,我姑父愿意用他的资产,帮你在镇上开一个最大的杂货店。

念秋很惊讶,问一句,胖梅,你说啥?

赵平南家的狗

那天,我走在死亡的路上。在临死之前,我要把我的经历讲出来。

我是一条狗,是赵平南家的狗。他给我起了一个名字,叫小黑。我觉得赵平南是个没有文化水平的人,他仅仅根据我的毛色还想了很久才给了我只符合颜色而不符合性格的一个名字。

我在赵平南家,只能算一条看家狗。赵平南待我不薄,每天给我两餐饭。早上一餐,晚上一餐。按赵家庄的习俗,赵家庄人中午是不给狗饭的,说什么狗吃了中饭会黄眼睛会胡乱咬人的。那纯粹是鬼话。赵平南也不例外。只是有一点,早餐和晚餐,赵平南都给得很足。

我是今年春天进到赵平南家的。我把他家的鸡呀猪呀粮食呀看得紧紧的,只要有一点响动,我都会大声提醒赵平南。自从我进到他家后,他家就没有丢过什么东西。在我进入之前,他很看重的一个面盆让一个收废品的人不声不响地拿走了,都后悔得要死。

赵平南有一回错怪了我,还用木棍着力地打了我一下。那天天还没黑,梁景玉就来了。梁景玉的男人在一家工地上出事,死了。我不知道,梁景玉跟赵平南是哪年哪月好上的。我判断,赵平南应该在她男人还没死之前,就好上了的。我一见梁景玉来,汪汪汪地吼过几声后,正准备咬她。没想到,赵平南拿了一截木棍对着我的头毫不客气地就是一棍,打得我眼冒金星。我只好夹着尾巴跑向一边。我还听见赵平南对坐在地上疗伤的我说,小黑,她是屋里的人,再不许乱咬。

从那以后,我经常看见梁景玉到赵平南家里来。走的时候,赵平南还送一些鸡蛋、衣服、首饰之类的东西给她。从那以后,只要梁景玉来,我再不吱声。

梁景玉也喜欢我,每次来,把她家没有吃完的剩饭带过来给我吃。

有一回,梁景玉不知从哪家餐桌上打包了一些肉块和饭让我吃,那些肉块和饭在肚子里撑得我不敢睡,只好在外面走走停停了大半夜,才彻底消化。

我真不知道赵平南是把我当菜狗来喂的。等我知道后,我有点害怕。那天,赵平南在城里的一个亲戚来到了他家。他们从远说到近,从高说到低,说得赵平南像着了魔。最后说到我。那亲戚说,等立冬了,就杀了小黑。那亲戚说这话时,赵平南还小心地看了我一眼。

我装着没听见。等那亲戚回家,我在路上对他狂吼了一阵。那一天,赵家庄的狗都跟着吼。

我发现我的死期很快来了。那个亲戚果真在立冬后的第三天开着车来了。赵平南把我叫到屋子里,用一满钵饭诱惑我。我吃着那钵饭,也注意着屋子里的动静。那个亲戚说,用绳子套住颈部。我知道,赵平南要对我下手了。我猛地一下冲出了屋,那一刻,只听见赵平南的亲戚说,还是让小黑跑掉了。

我成了一只流浪的狗。我在路上不小心误食了带有药物的诱饵,好在吃得不多,很快吐了出来,又很快找到了水,给自己洗了一次胃。我没有死掉,但是身子越来越虚弱。

我在赵家庄继续流浪。我听人说,我走后,赵平南找了我两天。他还往给我吃饭的钵里倒饭倒菜。他喜欢着的梁景玉也找了我两天。我听后,很感动。

我转到了梁景玉家里。梁景玉见到了我。她一边唤我小黑,一边为我准备饭菜。在我流浪的两个星期里,我在梁景玉的走廊上感受到了温暖。

就在我疲倦入睡的前几分钟里,我看见梁景玉拿起赵平南大方送她的一部手机,打通了赵平南的电话。梁景玉声音很小地说,你家小黑回来了,正睡在我家的走廊上。

全民微阅读系列

梁景玉把我在她家的消息告诉了赵平南。我想,赵平南肯定不会放过我。第二天早上,赵平南带来了一个很结实的麻袋。

赵平南跟梁景玉远远地看着我。

赵平南很心疼地说,小黑,瘦了一圈。

梁景玉跟着说,瘦了两圈。

赵平南说,梁景玉,我要带走小黑。那个亲戚,还等着过年的狗肉。

梁景玉说,赵平南,我看你那门子亲戚也不是什么好亲戚。想吃狗肉的时候,想到你,平时没想到你。

赵平南说,他已经想到我的小黑了,说不定将来会更加想到我。

梁景玉说,不见得。

赵平南很不耐烦地看了梁景玉一眼。梁景玉也很轻蔑地看了赵平南一眼。

然后,他们就开始了那天早上的争吵。

就在他们的争吵中,我拼命跑开。我怎么也跑不快。

最终,我让追赶而来的赵平南给攥住了后腿。我很想咬他一口,却没有那样做。

我躺在他给我预备的结实麻袋里动弹不得,感觉呼吸很紧张。麻袋的口子封得严实,我眼前一片模糊。我想,在我努力地回忆完我的经历后,就只有两个字:等死。

这个时候,赵平南的手机意外地响了,电话是梁景玉打来的。赵平南的手机免提是打开的,声音很大。我听得很真切。

梁景玉说,连你家小黑都不放过,咱们就断了。

赵平南没有回话。

梁景玉接着说,赵平南,你往后一个人过,我跟你再没有将来。

赵平南说，梁景玉，现在我就放了小黑。

果真，赵平南解开了麻袋封口。从麻袋里出来，我歪斜着身子，跟在赵平南的身后，缓慢地走向他的家。

那一天，我没有死，是一个叫梁景玉的女人用一个电话救了我。

宋梅花

春天里，宋梅花愿意喂好自家的猪。

宋梅花给自己的猪随便起了一个名字：小花。她觉得白色的猪毛中混杂几缕黑毛，叫小花，也贴切。有时候，宋梅花跟宋庄的人聊天，总是说到自家的猪，说到自家的小花。

在宋梅花眼里，小花嘴好，给菜吃菜，喂糠吃糠，吃饱了就睡。没吃饱时，它就不停啃槽拱门。宋梅花每次给小花喂食时，既好笑，又好气，看见哼哼唧唧的小花，用瓢子朝小花背上不重不轻地拍上两瓢，拍得小花哼哼唧唧地叫。

宋梅花没有看住自家的小花，纯属一个意外。

每晚，宋梅花在睡觉前，都去猪圈看一眼小花，看小花是不是在圈内，看小花是不是用嘴拱已经有些松动的门。门已经松动有一个月了。那一个月内，宋梅花找来木条和钉子，尽管已经修补过三次，可每次修补过后，小花还是反复地拱。

想不出好的办法，门还是松动的。宋梅花怪小花的嘴劲越来越大。

晚上,宋梅花感觉自己的肚子疼,疼到脸上渗出汗来,疼到起不来,她就没有去猪圈看小花。她始终认为,小花不会在她肚子疼的晚上拱开圈门跑出去。宋梅花迷迷糊糊就睡了。

小花跟宋梅花开了一个玩笑。

天一亮,肚子不再疼的宋梅花起来发现猪圈门敞开,哼哼唧唧的小花不在猪圈,她才紧张起来,额头上渗出的汗比肚子疼时渗出的汗还要密集。宋梅花用手机打电话告诉男人,说,小花不见了,小花怕落在了福海女人手里。

男人在电话里说,找,兴许能找得到! 就是落在福海女人手里,她也不敢杀了你喂的小花!

男人的话给了宋梅花信心。

宋梅花决定出去找小花。

小花会去哪里?

宋梅花一家家问,一家家打听,问有没有看到她家的猪看到她家的小花?

很多人告诉她,没有看见。有好心的人还叮嘱她:宋梅花,你家男人不在家,要好好看住自家的猪。宋梅花觉得在理,非常在理,顺口就回一句,我会看住我家的猪的!

宋梅花走在田埂上就一块田一块田地找。宋梅花的眼里是村庄一块一块的田。有的田里长着紫云英,有的田里长着油菜。那些紫云英已经很绿了。那些油菜长得密集,开着很多金黄的花朵,很扎眼。

宋梅花的眼里就是没有小花。宋梅花每走过一段田埂,她就使劲地喊:小花、小花。可是喊过之后,没有听见小花的叫声。

宋梅花失望地回到了家中。

宋梅花又打了男人的电话。她告诉男人，没有找到小花，该找的地方都找遍了。

　　男人说，实在找不到，就不用找了。你心疼，我比你还心疼。

　　中午，福海把小花牵到了宋梅花的猪圈。宋梅花再次找来木条跟钉子，乒乒乓乓地修了一次圈门。

　　福海走之前，说，你家的猪吃了我家的菜，往后要看管好。说完，福海就走了。

　　福海一走，男人打来电话。男人问，小花找到了没有？

　　宋梅花说，找到了。

　　男人再问，在哪找到的？

　　宋梅花说，自己回来的。宋梅花没有把福海把小花送回来的事告诉男人。

　　宋梅花就对小花生气起来。她认为小花太不争气了，吃谁家的菜不好，偏偏吃了福海家的菜？

　　一年前，福海女人跟宋梅花的男人眉来眼去。每每见到这样的场面，确实让宋梅花非常纠结，她要在他们还没有好到上床亲热的程度上断了各自的念想。宋梅花想到了两点，一点是断了自己男人的念想，另一点是断了福海女人的念想。

　　宋梅花盘算着怎样说服自己的男人，还要说服福海的女人。

　　夏天的风吹过夏天，吹过化云寺的柏树。树底下，宋梅花跟男人背靠背坐着。很久了，宋梅花在自己的男人面前放出话来：你要跟福海女人好，就离婚。男人起初是看着化云寺的柏树。听着宋梅花的话，慢慢地，男人就低了头。

　　宋梅花还在福海女人面前放出话来：你要看上我家男人，你就跟福海离婚。福海女人的头就低了。秋天的风吹过秋天，吹过化云寺的柏树。宋梅花跟福海女人在树下面对面站着。

那以后,男人就跟福海女人断了。可在宋梅花的心里,她跟福海女人之间,始终有一道越不过的坎。

宋梅花很生气。她拿了男人用过的一根扁担狠狠地朝小花的背上就是三扁担。三扁担落下,小花嗷嗷的叫声,传得很远。

宋梅花一时的生气,让她没了小花。

挨了三扁担的小花卧在圈里起不来,哼哼唧唧的声音也不大了。不出三天,小花躺在圈里一动不动了。

宋梅花非常后悔自己给小花的三扁担太重了。

宋梅花在屋后挖了一个土坑,把小花埋了。

小花没了,宋梅花心里空空落落。

宋梅花想到了去一趟化云寺。在路上,她看见田里的紫云英依旧疯狂地绿着,只是那些油菜的花朵谢过了大半。

春天的风很暖和地吹在宋家庄。宋梅花的脸上有点热辣。

你脸上真有麻子

谢小玉注定要跟我分手。

谢小玉那天跟我分手后,有人打我手机,问我是不是麻子?

我语气非常不好地告诉他,我不是麻子,你才是麻子。我只差一点骂他了。谢小玉要是不跟我分手,我不会有这种语气的。我想,那人要怪,就怪谢小玉。

那人又问,你不是麻子又是谁?

我对着手机吼:我是谁你管不着,真是的! 我就挂了电话。

看来,谢小玉跟我分手严重影响到了我的情绪。

我知道,谢小玉跟我分手是有理由的。我分析出了三条理由:没车,没房,没女人缘。

我跟谢小玉站在老屋前的柿子树下。柿子树沉默不语。

我当面问谢小玉这三条理由存在不存在。谢小玉给了我意想不到的回答:三条理由,一条都不存在。然后,她对着我笑嘻嘻地说,你脸上有麻子,真的!

我脸上哪有麻子?我眉清目秀的,脸上很光洁,连粉刺都没有一粒,哪还有麻子?我觉得谢小玉在找一些不着边际的理由来回绝我。渐渐,我让谢小玉说低了头。

我听见谢小玉脚步走动的声音,那声音由强到弱。后来我就听不见了。

我分析谢小玉的话。我觉得,谢小玉其实是给我一个台阶下。我没有车,没有房,她就是嫌弃我,却不愿说那么直白。

我想,只能忘掉谢小玉,要不忘掉谢小玉,我就会很难受很难受。

我抬头看看柿子树,我发现一些青青的柿子安静地结在枝上。

我赶紧回拨了那个给我打电话的人的号码。电话很快通了。我告诉他。我是麻子,我脸上有很多的麻子。

那人一句问话抛过来,你是不是卖化肥的麻子?

我一下子蒙了。我的确不是卖化肥的麻子。按谢小玉说的,就是我脸上有麻子,也不是卖化肥的麻子呀。

我赶紧说,我不是卖化肥的麻子。你再不要打我的电话了,我也不会打你的电话。那人挂了电话。

下午,我去了镇里的彩票站。

彩票站很吸引人,也诱惑人。我狠下心就买了5张彩票。那天下午,我的心里已经没有谢小玉,也没有给我打电话说我麻子的那个人。我的心里只有彩票。

公布中奖号码那天,我知道,5张彩票中,有1张彩票太争气了。我暗暗惊喜:那张彩票根本不是彩票了,它是跑得飞快的汽车跟宽大舒适的房子。

一个星期,我在城里的汽车市场上转悠。比谢小玉还漂亮三分的车模陪着我转。我看到了我喜欢的一台汽车。我跟身材苗条的车模坐在车里,车模轻轻地捧着我脸的那刻,我让她停了下来。我对车模问了一个非常严肃的问题。我问,我脸上有麻子吗?车模非常认真地看了看我,然后说,老板,你开啥子玩笑,你的脸上找不出一粒麻子来。

车模的话,我信了。

车模替我挑的那款车,我要定了。

接下来的一个星期,我在建好的楼盘里转悠。同样比谢小玉漂亮三分的售楼小姐陪着我转悠之后,我看到了喜欢的房子。我在20楼的阳台上,对售楼小姐问了一个非常严肃的问题。我问,我脸上有没有麻子?

售楼小姐说,没有,一粒也没有。售楼小姐还说,麻子就是长在售楼小姐的脸上,也不会长在老板的脸上。

售楼小姐的话,我信了。20楼那层有着阳台的房子我要定了。

那两个星期,一直没有谢小玉的电话。

说实在的,我根本没有打谢小玉电话的冲动。就是我中了奖,就是我买了车买了房,我也不愿意告诉她。

谢小玉注定要跟我在一起。

一个月后。谢小玉给我打了一个电话。

那天中午，我把车停在乡下的老屋前，坐在车里听着舒缓的音乐。在我告别乡村之前，我愿意看一次站在树影下的低矮老屋。

谢小玉在城里给我打了电话。她在电话里跟我说：那天跟你分手就是一个错误，一个无法更正的错误，一个月前怎么就那么傻就那么不懂事，说你脸上有麻子。其实，你的脸上很干净的。

谢小玉打电话是让我原谅她，让我们重新来过。

我立马同意了。

我怎么就不同意呢？谢小玉跟我谈了三年恋爱，她要车，她要房，她还要没有麻子的我没有错，一点错都没有。

我开车把谢小玉接到我买的车里。

我的手机又响了。

还是那个人。那个人问我是不是麻子？

我说，我不是麻子，也不是你要找的麻子。

那人放连珠炮似的说了一段话：你要是知道麻子的信息请告诉我一声，自从他上次给我卖了肥料后，就跟一个女人跑了，至今没有音信，他老婆很着急。

我说，行，只要找到麻子，我就劝他回家。

然后，我就挂了电话。

谢小玉问我，在跟谁通电话？

我说，在跟一个问我是不是麻子的人，我也不知道那人是谁。

谢小玉认真地看着我说话看着我的脸，然后一笑。

看不出来，你脸上还真有麻子。谢小玉说。

小 满

小满之前,白云庄是一个安静的村庄。

唐水珠喜欢白云庄的安静,喜欢白云庄的颜色,喜欢白云庄的大树,还喜欢白云庄一年年传唱的乡村歌谣。

春天里,唐水珠非常喜欢走到自己的麦田边,看那一垄垄麦子在雨水里,在阳光下生长、抽穗。每看一次,她的内心就有一种幸福的满足。她觉得麦田的麦子以及周围的一切,就是一张美好的画,就跟她童年时和少年时所看到的画面是一样的。她愿意把这张画保存到记忆里,保存在生命里。

小满的到来,让唐水珠对白云庄的看法彻底改变了。

小满。空气和露水做成的小满。

唐水珠还在睡梦中。这样的季节,唐水珠真想多睡一会儿。没人叫醒她,也没有人打扰她。她觉得多睡一会儿,就能有助于身体的健康。

天刚亮,乡里的推土机开进了唐水珠的麦田。那台陈旧推土机气喘的声音打破了村庄的宁静,它陈旧的颜色落在那片绿得让人心疼的麦田,就像画家手中的一张废画。

推土机的声音辽远地传来。唐水珠没有在意,她以为是那个听说了几年迟迟没有开工的工程开工了。唐水珠又在床上躺下了。

绿色的麦子,在迅速地倒下。

那台推土机压毁了一半的麦子时，唐水珠才上气不接下气地从家里跑出来。她发现自己的麦田突然间走进了一头怪物，怪物在不停地践踏在不停地吃掉那些充满生机的麦子。在路上，她跑掉了穿过一年的布鞋。她来不及把那跑掉的布鞋穿在脚上。她要赶走那头令她讨厌的怪物。

在唐水珠的眼里，麦田需要的不是像推土机这样的怪物，麦田需要的是铁犁、划镰这样的农具还有健步如飞的耕牛。

唐水珠跑出了一身的汗。她一身是汗地站在田边，站在那台推土机前。推土机很快停了下来，像一堆废铁。

开推土机的是个小青年。小青年看了一眼唐水珠，就在推土机上听着音乐了。

唐水珠在乡干部来之前，祭奠那些倒下的和死去的麦子。她跪了下来，用手扶那根根倒下的麦子。那些麦子受到了严重的创伤，有的已经拦腰斩断，有的连根拔起。特别是那些麦芒上没有饱满的麦粒还被挤出麦浆来。

唐水珠知道，自己无法扶起那些倒下的麦子。她把目光投向那些没有倒下的麦子。她有一个想法，她要用生命保护那些麦子。

那些露珠就是麦子的眼泪。唐水珠站起身，走到那些没有倒下的麦子中间。她感觉到有一股风吹过麦田，所有的麦子开始了舞蹈。在舞蹈的过程中，她发现所有的麦子抖落了身上的露水，流干了眼泪。她把脸靠近一棵麦芒。她的鼻孔仿佛嗅到了新麦的香味。

唐水珠在麦地里站了一刻钟。

一刻钟后，唐水珠走向了推土机。

唐水珠站在推土机上时，阳光射在她的身上。她穿了一件跟麦苗一样颜色的上衣。在这样的季节，她喜欢穿这种颜色的衣服。

唐水珠得到麦田被征用的消息是在半年前。村干部老鱼说，唐水珠，你的田迟早要征用，叫你不种麦，啥也不种。

唐水珠说，那么好的田，不种麦种啥？

老鱼说，荒着。

唐水珠没让田荒着，她在田里种了麦。

一个月前。老鱼让乡长狠狠地批评了一次。乡长说，老鱼，当初跟你怎么说的？你承诺把群众的工作做通，再不在那片田里种任何作物，现在，你看看，唐水珠的那片麦子，看着那片麦子我就不舒服，难道你舒服？

老鱼让乡长批评得没有回话。

乡长走的时候说，开工前，毁了那片麦子，不然开发商不满意我们的工作！

老鱼看着乡长走远，啥也不说。

乡长一走，老鱼告诉唐水珠，那田麦子保不住了。

唐水珠非常严肃地问过老鱼，我的麦子咋就保不住了？

老鱼说，到时候，乡里要毁你的麦。

唐水珠一惊，真的？

老鱼说，真的！

乡里决定，要在小满这天，毁掉唐水珠的麦子。

乡里召集的人走向唐水珠的麦田。唐水珠被几个人从推土机上拉了下来。

唐水珠没有大喊，也没有尖叫。

那几个人带走唐水珠的速度非常快。

唐水珠听到了推土机怪异的叫声，她朝后望，看见推土机的烟筒冒出了浓烟,在那片麦田里走动。

唐水珠没有用生命在小满这天保住自己的麦子。

后来,唐水珠想到这一天,她就有点难过,还暗暗地流泪。

老鱼见了,问,唐水珠,为啥事流泪?

唐水珠说,小满那天,正在饱满的麦子被毁,让我心疼。

后来,唐水珠不再在白云庄生活,她选择了城市。

洗　脚

我还没有回家,半路上就让孙红塔给截住了,他拦住我打的出租车,做了两遍让司机掉头的手势。

司机拗不过他,只好掉转了车头,只好拉开车门,只好让孙红塔上了车。

洗脚去洗脚去。孙红塔坐在车上,嘴里不停地说。

还是那个孙红塔吗? 一路上我在想。

孙红塔就是我们那个村的村主任孙红塔,没出过远门,当主任一年后,孙红塔对村里的干部和组长说,走,去葛洲坝看看。他每次说那话都底气十足。

每次说起到葛洲坝看看,就有干部不满,当着他的面说,孙主任,下回,你真要带我们去了,都让你哄了好几回了。

孙红塔听了,红着个脸,一笑。

孙红塔那天听收音机,说有个村的村主任,拿着村里的钱游山玩水,结果掉了职。

孙红塔再不说带着干部和组长去葛洲坝了。

后来,有个组长自己掏钱去了葛洲坝。回来后说,孙主任,葛洲坝气势大呃。他就说一句,再不往下说。孙红塔支棱着耳朵听,再没听到下文,样子急急的。

那个组长说,你自己花钱去一趟!孙红塔瞥一眼组长,然后狡黠地一笑。

天还没黑尽,城市边沿的灯光就强烈起来。一直以来,我习惯了这种灯光的刺激。孙红塔会习惯吗?他要带我到哪家洗脚城?出租车在向洗脚城靠近。

孙红塔的手臂让田三皮砍了一刀。

田三皮很少住在村里,多半在城里。那天,他约了几个黑道的人来捕孙轻卡塘里个头大的鱼。

孙轻卡的黑毛狗汪汪地叫,叫声打破了村庄的宁静。他不敢作声。

孙红塔看见了,说,孙轻卡,那是你的鱼呃。

孙红塔就报了案。田三皮就进了派出所。第二天,田三皮从派出所出来,拿了把雪亮的砍刀,就对孙红塔下手。孙红塔手一举,砍刀果断地落在手臂上。

孙红塔说,田三皮,我愿意挨你一刀,你走远点儿!

田三皮收了刀就走。孙红塔的手臂看样子伤得不轻,他一路用手捂着,走到了村医疗室,缝了几针。

孙轻卡跑过去看,看着看着,就过意不去,说,孙主任,你是为了我才挨的刀,年底,鱼起上来,再过来谢你。孙红塔说,不用不用。

大热天,孙红塔一件皱巴巴的短袖衣衫穿出来,有人看见孙红塔手臂上的刀疤,就说,田三皮那一刀不轻呃。

我也看见过他手臂上的刀疤，就在他挥手示意村干部拉我家的猪时。

孙红塔示意司机停车，并用手指了指一家洗脚城。

孙红塔怎么也不让我付出租车费。他拿出一张大钱，静静地等司机找了零，才对我说，小子，走吧。

我有点不情愿地躺在了睡椅上，漂亮的小姐就抓住我的脚洗起来，我闭上眼睛，尽情地享受孙红塔给我花钱买来的舒服。

那年秋天的下午，村主任孙红塔领着村干部来我家拉猪抵费。娘对他说，你拉吧。

我说，只要我在，你孙红塔就别想拉走我家栏里的猪。

娘说，让他拉吧，你有本事，就出去。

孙红塔跟着说了一句，你有本事就出去。

我走的时候，骂他，混账孙红塔，你当不了一辈子村主任。

背后传来的是孙红塔的声音：小子，你有了本事，再回来让我瞧！

我快速地在那条高低不平的村路上走着。路边的一棵柳树上，一只躲在树荫里的蝉在尖锐地叫。

我去了隔着很多乡村的城里。

我在城里的一家报社做起了记者。我的名字不断地在报纸上出现。

我也不断地得到孙红塔的消息。

最初是田三皮那年年底给他道了歉。三皮说，要是你孙主任报了案，我三皮就进去了。

接着是孙轻卡送给他的鱼，他没要，一半给了孙势微，一半给了孙如丝。那是村里最困难的两户，也就是年年让县里书记和县长挂念的两户。

全民微阅读系列

再就是他在交通局跟局领导拍桌子，不给村道硬化指标就不走人。局领导考虑了很久才给了指标。孙红塔在城里找了一个20多人组成的施工队，风风火火地修起了村道。

社领导安排我去写写这个村主任，写写这个孙红塔。

我必须回到村里。在此之前，我给娘打了个电话。

孙红塔很快就知道了我要回来的消息。

孙红塔跟我并排躺在睡椅上让年轻漂亮的小姐洗着脚。他侧着身子对我说，小子，我就对你说三件事。第一，你要回来的消息，是我从你娘那里得来的。第二件事，那一天，我回过头来给你道歉，你跑了，好在你跑了，不然，我会在村里愧疚一辈子的。第三件事，洗完脚，请你喝一杯。

出来时，我说，孙主任，我还要写写你，请你喝两杯，就两杯。

孙红塔一听，笑着说，你别写我，要写我，我就只喝一口了。

宁娃家的猪

开春的时候，宁娃爹买了一头猪崽。宁娃两眼盯着爹牵回猪崽来。宁娃爹说，好点喂，年底杀了吃肉。

宁娃下了学，就一个篾篓背着，坡上坡下地扯草喂猪。有时候，宁娃还把那猪放出来，等着那猪鼓着肚子慢悠悠回来。宁娃爹看在眼里，说，千想万想吃肉，莫丢了那些字呃宁娃。宁娃说，不会的。放猪的时候，我还看着书呃。八月里的蝉使劲地鸣。村主任马为民走进宁娃家的时候，宁娃还在听着一路的蝉声回家。

马为民对宁娃爹说,秋后了,上次欠的提留款,再不交,就喊人来拉猪了。

宁娃爹站在门边说,马主任,宁娃的学费还欠着呢,到年底,等猪大了再说。马主任说,年底不行,到时候,你的猪走路了,村里的提留款又得黄了。

宁娃爹说,那就随马主任的意思办,反正猪在栏里,藏不住,要拉猪就拉猪。年底,我跟宁娃到马主任家里讨片肉吃。宁娃爹说这话的时候,宁娃再没心思听蝉声,正好听到了爹的话。

马为民悠晃着走不远,宁娃就用手指着马为民的背影说,亏你想得出,心这么黑,怎么当上村主任的。宁娃爹一见,赶紧说,娃,谁让你用手指村主任的? 他是村里的大人呢。你还小,长大了,不讨人喜欢呢。宁娃说,莫听村主任的话,他不敢拉宁娃家的猪,他和妇女主任刘金桂睡过觉。

宁娃爹一听就骂:小杂种! 那话是你瞎编得的?

天一黑,宁娃就摸黑出去了。宁娃摸黑回来的时候,宁娃爹没问。

天一亮,宁娃说,爹,我出去了。宁娃爹问,去哪儿? 宁娃说,不远,反正在村里,过一会儿就回来。

出村口的树上,挂有一块木牌,木牌上写有一行字:马为民和刘金桂睡过觉! 宁娃就坐在那块木牌前,也就是坐在那棵树前。早晨的风,凉凉地吹过来。

马为民过来的时候,看见宁娃,就问:这么早就在树下? 宁娃说,有人要我守着这牌牌。马为民朝那木牌上看了一眼,又望了望宁娃,宁娃,谁写的? 宁娃说,是别乡的一个人写的,我认得,那人牛高马大,脸上还有刀疤。走的时候还说,他坐过牢,谁擦了找谁。

马为民想，自己就跟刘金桂在山窝子里睡过一回，没人看见，咋就让人知道了？让村里人见到了，还得了？

马为民说，宁娃，你把字擦了，再把那牌子取走。

宁娃说，那人说，他就是要写给村里人看的，擦了，村主任不就没事了？

宁娃，你告诉我那人是谁，我免去你家的提留款。马为民说。

宁娃说，我家的提留款不让你免，我爹说了，村里要拉猪就拉猪算了。那人我不告诉你！你要擦了，他来了，我就讲是村主任擦的。

马为民说，那我就还免你家的义务工。你爹的腿都不方便了，冷天里他就不用到北山沟出淤泥巴了。这下要得了？

宁娃说，村主任说话可算数？

哪回不算数了？马为民说完又看了看路上，见没有人来。

那你给我写在本子上，我这儿有纸有笔的。宁娃说。

马为民的字就落在了纸上，宁娃就一把握着那张纸。宁娃说，写这话的人不是外乡的劳改犯，是我。宁娃看着村主任的时候，马为民呆了。

宁娃走的时候说，马主任跟刘主任的事，我不说出去就是了。

马为民，村会计老王，妇女主任刘金桂，治保主任小李去宁娃家收提留款。走到半路上，马为民一摸后脑壳，这才想起一件事儿，说，宁娃家就不去了，我上次看在宁娃还小宁娃爹腿不方便的份上，让他打了一张条子，就算免了。这事我都忘了，瞧我这记性！

妇女主任刘金桂说，马主任是怎么了？一向不讲免的，怎么一开口就讲免了？怕不是你那记性，可能是你那德行，真是的！

马为民说，老王不讲，小李也不讲，亏你刘金桂嘴里吐不出好词，还讲呃。

马为民瞥了一眼刘金桂，再不说话。老王说，莫讲莫讲了，不去就不去了。

年底，宁娃家杀了猪。杀猪那天，宁娃爹始终不明白，本来要让村里牵走的猪，马主任为什么却没来牵？

杀了猪，宁娃爹说，猪好歹是马主任留下的，给马主任送块肉过去呃，宁娃。

宁娃说，马主任他不敢要我家的肉。

宁娃爹一吼，娃你还小，这话你乱说不得，长大了，不讨人喜欢！

全民微阅读系列

赵雪娥

这是一个沾着露水和香味的早晨。赵家庄很多人踩着露水就从赵雪娥的门前闹闹嚷嚷地往东去了。

走过赵雪娥门前的人都喊了她：赵雪娥，快走哇。

赵雪娥看清了，那些过去的人，手里都拿了东西，要么是锄头，要么是铁锹。

响壳走过去了，边走边说，这回，不给钱，不让他开工，推土机来了也不让他推。响壳的声音，赵雪娥听得出来。

鸭肩走过去了，接上响壳的话，这回，占了老子的地，鸭肩我要让他的脑壳开花。鸭肩的声音，赵雪娥听得出来。

赵雪娥,还愣着干啥?快走哇!他村主任前年拉了你的猪,这回是你要理的时候了。窗子嫂头发没有挽紧,手里捏了一根木棒,见了赵雪娥就说。

赵雪娥说,我有点怕。

窗子嫂甩甩头发说,怕啥?他村主任上回那么对待你,还给他屁的面子,这回村主任要占了我家的地,我非要脱了他的裤子,废了他。你赵雪娥不走,我走了。

赵雪娥说,窗子嫂,你别去,会出大事的。

窗子嫂丢了一句话,老子就是要让他出大事儿。

窗子嫂急急地走了。

赵雪娥知道,要骂要打的那个人是村主任介绍来的老板。

赵雪娥还知道,老板跟村里签了合同。村里起初不签的,后来,老板拉村主任吃了一回饭,说合同就签了,一大块地,20年让老板经营。合同签了后,都说村主任是空脑壳,再怎么穷不能把那块地给那老板经营。

去还是不去?赵雪娥为难了。

前年,自己家的税费没有缴齐,村主任还带来了几个牛高马大的人,呼呼啦啦一来,又捆又绑,拉了自己不到一百斤的猪,去也在理。

眼下,村里的人跟老板干起来,事儿就火了就不小了。

赵雪娥就一脚出了门。

早晨的地里围了好多人。老板喊来的推土机慢慢地开进了地。推土机的烟筒里冒出蓝蓝的烟,太阳照在推土机上,推土机就有了一种耀眼的红。

人就像鸟一样地往地里歇,歇成一大群了。那片地里从没有歇过这么多的鸟。那些鸟只差往推土机上歇了。赵雪娥看见那些鸟,就往里使劲地钻。

窗子嫂披着头发,胸前横一根木棒往推土机前一站,推土机的烟筒就不再冒烟了。

好多人围着精神的老板,说什么也不让老板动工。老板说,我跟你们的村主任签了合同的,边说边从怀里拿出合同,还在手上扬了扬。之后,那合同像一片白色的羽毛握在老板的手上。

站在老板面前的响壳黑着牙说,签了不算,你那是跟村主任单独签的,不生效。

老板在人群里看了看,赵主任呢?老板就喊:赵样发!赵主任!躲哪去了?

鸭肩扬了扬手里的锄头说,他赵样发还敢来?

老板的脸上渐渐地沁出了汗,那些汗让很多的眼睛看见过。那汗就像搁在禾苗上的露水。

鸭肩的锄头像果实一样地落了下来。

不能打他!赵雪娥钻进人群,一把抱住了老板。

赵雪娥的肩上挨了鸭肩一锄。

人群一下子安静了很多。

怎么能打赵雪娥呢?

怎么打到了赵雪娥呢?

聚拢来的人知道出了事,一个个慢慢走开。那些鸟又四处觅食一样地走开了。

只有老板扶着赵雪娥,他脸上的汗粒有着雨点一样的节奏,滴在赵雪娥的胸前。老板对赵雪娥说,你没必要挨这一锄,他们是冲我来的,不论你落下怎样的伤痕,都留在我的厂里。

赵雪娥说,老板你别这么说,赵雪娥只求老板能留下来。

赵样发一把扶着赵雪娥,说,赵雪娥你是替村主任挨了这一锄。

赵雪娥摇了摇头。

赵雪娥说，村主任，咱们村穷怕了，挨上这一锄，我赵雪娥跟您一样是想留住来村里投资的老板。

赵样发让赵雪娥说低了头。

老板也让赵雪娥说动了心。没一会推土机就冒出了蓝蓝的烟。

这是 1995 年初夏发生在赵家庄的真实的事件。当年，老板留了下来，征地工作很顺利。乡派出所知道了这件事，来了四个干警要抓鸭肩。赵雪娥拦住干警笑笑说，没那个必要。

派出所的干警就走了。

十年了，报纸和电视没有宣传赵雪娥的任何事迹。

赵雪娥是谁呢?

赵雪娥不是别人，是我的嫂子。

阻　工

派出所所长安排我下到土豆村。

我在土豆学校住下的第一天，仍然想起所长的那段话：为防止村民阻工，要和村里的干部一道筑紧防线，也就是无论如何也不能出现长时间阻工，影响到高速公路建设。

说实在的，我对土豆村没有底，对土豆村的干部没有底。说得具体点，就是对村主任骆铁没有底。在乡里召开的协调会上，我跟骆主任挑明：土豆村的压力要是很大的话，我可以请求所长，多要两个年轻干警。谁知骆主任一脸不屑，还一口回绝：干警多，阻工会更厉害。我看着骆主任，半天说不出话来。

第二天，就听到村里人在议论：土豆村的人绝对没有村干部想象的那样坏；土豆村的人再怎么坏，也不用乡派出所派来一个干警常住村里。

我知道，那些议论是冲着我来的。我没有把这些话讲给骆主任听，只是渐渐意识到土豆村暗藏的复杂。

工地上有几台刷着黄色油漆的挖掘机在挖土，很打眼，身上还冒出黑黑的烟来。有一群人像是在看热闹，站在离挖掘机很远的地方看它一口一口地吃那些土，又把那吃下的土吐到车上。我以为那群人会阻工。很快，那群人就散了。

我在土豆村住到第三天，挨近中午，工地上出事了：柳四禾出来阻工。

挖土机的颜色仍然很打眼，很打眼地停在工地上，头顶再没有冒出黑黑的烟。在现场，我看见了骆主任，也看见一脸络腮胡的柳四禾。

柳四禾站在推土机前不肯走。看得出来，他有死活不肯走的意思。

骆主任看见了我，连忙跟我解释：伍干警，不关你的事，柳四禾是在气头上，过一会就没事了。

现场很安静。我把柳四禾拉到一边，然后听着柳四禾的叙述。

柳四禾说，村里的骆铁帮了我的倒忙。测路的时候，骆铁从我家门前过，我还拉着他在家里吃了一只鸡。他提示过我，高速公路从我的那块空地里过，要我把另一块地里的树苗移栽出来，到时候,就可以拿到更多的青苗补偿。到修路时,奇了怪了,高速公路却经过我转出树苗的地,我白转了那些树苗。不阻一次工,我心里不舒服。

我完全听明白了柳四禾的叙述。没有拿到补偿款,还那么快就转移了树苗。我能感觉到他心里的不舒服,甚至不平衡。

我问柳四禾有什么要求,柳四禾说,就一个要求,想吃他一只鸡。答应了,这事就了了。

我对柳四禾笑笑,然后说了两字:容易!

柳四禾就头也不回地走了。我远远地看见骆主任始终对着我笑。我走向骆主任,让他通知那些开挖掘机的师傅开工。很快,工地上又响起了挖掘机的声音。

下午,我坐在骆主任家门前的枣树下。枣树上的枣暗自红着。有鸟在啄枣,啄下几颗红到一半的枣来。

骆主任不嫌枣不干净,捡上几粒就吃,还嘎巴嘎巴嚼出声来。吃完,他就感叹:土豆村的人帮了我! 柳四禾更是帮了我!

骆主任的眼里滚动着泪水。

我知道,骆主任的叙述就要开始了。

骆主任说,那天,村里来了测路的人,正好,柳四禾进城打工去了。我问来村里测量的负责人,那条路是不是一定经过柳四禾的那块树苗地? 负责测量的人回答很肯定。我心里就盘算着,怎样让柳四禾先移走那一地的树苗? 测量的人一走,柳四禾回来了。我把高速公路经过土豆村的事实告诉了柳四禾。当时,柳四禾追着我问,那条路经过不经过他家的树苗地? 我一本正经地告诉他不经过,倒是经过他家的那块空地。柳四禾一听就急了,他说,那我赶紧把树苗一根根移栽到空地去。我对柳四禾说,赶紧移。柳四禾欢天喜地说,吃了鸡就移。很快,柳四禾杀了一只鸡。

一只喷香的鸡,就我跟他一块吃。他夹着一块块鸡肉很客气地朝我碗里放。他放一块,我吃一块,吃得我额上冒汗。没想到,柳四禾的树苗移栽完。修路的工程队就来了,他才发现自己一地的树苗白移了。

骆主任的叙述完了,他又捡起一颗半红的枣往嘴里送,同样,嘎巴嘎巴嚼出声来。

我跟骆主任说,柳四禾跟你提了一个要求。

我对骆主任毫不保留地说了那个要求。

骆主任嘴里嘎巴出一字:行!

柳四禾坚决要在骆铁家吃鸡。他把我也一起拉上。骆主任炖了一锅鸡。他夹起一块块的鸡肉很客气地往柳四禾的碗里放。他放一块,柳四禾就吃一块,吃得额上冒汗。

骆主任停了往柳四禾碗里放鸡肉。他说,四禾兄弟,上次你移那些树没要青苗补偿,在村里开了个好头,你才好人呐! 以后还阻工?

柳四禾放了碗筷,用纸揩揩嘴上的油腻,然后说,不阻工了。

我看见柳四禾把嘴上的油腻揩得很干净,站起身,就走了。

修那条高速公路,柳四禾再没有阻工,也没有其他人出来阻工。

在我看来,在土豆村派干警来维持高速公路的建设秩序,是显得有点多余。

这是我躺在土豆学校的床铺上想到的。

选 择

娃进大学堂还差一分,娃知道差那一分等于差了全分。

娃回了村里,娃在村里走得很慢,娃不怕旁人见到自己落榜的面容。

娃曾经是娘卖掉了口粮还卖掉了肉猪供自己上的学。娃每次拿着娘积攒的学费就奔学校去。娃已经在校够用功的了。

娃回家见了娘,娃明白,就是没考上,也得回去见娘,不能让娘干着急干等,娃是娘的心头肉。

娘看出了娃的心事,娘知道娃的心里痛苦,娃一端碗就放碗的样子,娘看了就不好受,还得佯装笑脸引导娃。

娘就领娃做事,让娃把伤心的事忘掉。

大热天,田地裂开口,缺水得很。娘不想让作物干死,娘还要将来的收成。娘挑水润稻,娃也跟着挑水润稻,娃毕竟是嫩皮嫩肉嫩骨头,娘劝娃歇,娃就歇,就拿毛巾擦汗。

娘开沟放水,娃就开沟放水,娃以前没干这活,累得腰酸腿疼,娘劝娃,娃你干些日子就没事了就好了。

那个夏天,娘辛苦过,娃也跟着辛苦,娘知道这些活苦了娃,不苦娃不行,谁让娃想不开哩。

娃渐渐地高兴起来了,饭量也大起来,娃有胆量在村人面前说话了。娃说,没考上,不是羞事,说不定往后还有机会再考。娃也有勇气在村人面前站立了。

又到一年粮食打下来,肉猪出栏了,谷贩子猪贩子一趟趟往家中来,说是买谷买猪,娘又有了一笔收入。

娘知道,这钱得给娃攒着,娃大了,该结婚娶媳妇儿了。

冬日的雪花,一瓣一瓣地飘飞,村庄安静得很。娃在火塘前一页接一页看书,娘在火塘前飞针走线,娃看了一会儿书后,对娘说,娘,有件事不知该说不该说?

娘点了点头,并没有停下手中的活计。

娃说话了。娃说,我要读书,粮食和猪都卖了,够读一期的了。

娘看了看娃,娘觉得娃的胆子真大。娘好一会没作声,依然飞针走线,当没听见。

娃感觉先前的话刺疼了娘的心,娘的钱应该用在娶媳妇上了。娃说过一句,再没二句了。

娘心里清楚,娃再读书,就没有娶媳妇的钱了。

娘轻轻问了一声,是娶媳妇用还是读书用?

娃低了头,娃再没有勇气说读书了,目光再没有朝书本上使,娃心里有了一层厚厚的忧伤。

娃只是觉得自己的想法伤害了娘,娘已经给了自己念书的机会,只怪自己。

娃说话了,不读书了,那钱用来娶媳妇儿。

那以后,娃真的没读书了。娃几乎把所有的精力都用在挣钱上。娃用挣来的钱娶了媳妇儿。

娃得了崽,那时,娃的娘已不在世上了。

娃不能苦了崽。娃就是天天穿破衣,也要让崽读书;娃就是天天不见荤,也要让崽读书。

后来,崽成了村里的中专生。

娃送崽进学校,临别,娃只说了一句,当初你爹就没这个机会。

崽望望爹,愣了好一阵,爹那话到底是啥意思?

包　装

王老板是从山窝窝里摸爬滚打走出来的,在城里开了一家不大不小的公司。

王老板想包装一下自己。开春的时候,王老板就有了这样一个想法。

王老板先从别人包装起。包装谁呢? 王老板费了不少脑筋。

王老板包装的不是别人,是自己家乡的一个学生。

那学生姓向,叫向小禾。

向小禾夏天参加高考,考了最高的分。

那几场考试下来,向小禾自己也没有想到会考那么高的分,录取向小禾的学校是杭州大学。

向小禾考完后就在家里一天天干着农活儿,收粮就收粮,收豆就收豆。

向小禾的娘说,小禾,你考了那么多的分,简直是害娘,娘想让你读大学,钱不让你读呃……

向小禾说,我不害娘,我考那么多分,不全是想上大学。

娘又问,不想上大学,你又考那么多分干啥?

向小禾说,让村里的人看看,我向小禾还真行。

眼看着就要开学了,向小禾想,开学不开学与自己无关。

王老板走近向小禾的家门前,向小禾在晒谷子,那一粒粒金黄的谷子,晃着王老板的眼睛。

王老板喊了两声:向小禾。向小禾。

向小禾看了一眼王老板,说,在。在。

王老板说,小禾呀,我王老板不缺钱,就缺文化,你大学四年的学费我全包了。读完大学,就在我的公司里干。

向小禾点了一下头。

王老板走的时候给了向小禾一张名片,说,你走之前,到我的公司去,机票我给你订,公司的电话和地址在上面。

向小禾上学前两天,找到了王老板。王老板气派地坐在皮椅上,拨通秘书的电话,让秘书给了向小禾三张机票,秘书说,一张是你爹的,一张是你娘的,一张是你的。这一期的学费我们老板直接给你汇到学校去。

向小禾拿着三张机票就回来了。

向小禾说,反正爹不在了,娘,这辈子你还没坐过飞机。这次就坐一回,爹的那一张,我们就把它卖了作娘回来的路费。

小禾娘同意了。

向小禾就跟他娘上路了。

路上,向小禾又改变了主意。向小禾说,娘,我把这三张机票都卖了,坐火车过去,这学期的生活费就有了着落。

到了机场,向小禾就把机票全卖了,打了两张火车票。

临走,向小禾的娘说,小禾,山高水远的娘就不用去了,这钱也来得不容易,你就一个人去,那张火车票也退了。

小禾娘执意不去,向小禾就把那张火车票也退了。

小禾到了学校,还没来得及报到,就见王老板急匆匆地走了过来。王老板后面还跟着一男一女,男的扛着摄像机,女的拿着话筒。

王老板对小禾说,我们在机场等你,等了几班飞机也不见,咋回事?

小禾就说了退机票的事。

王老板满脸不高兴,愣了半天,又挤出笑容,对小禾说,和两位记者谈谈你的感受吧。

小禾说,谢谢王老板,毕业以后,如果王老板赏识,我会为王老板的公司效力。不过我不想让社会和学校里知道这件事。

这……王老板一急,只好说,配合我们宣传,就是最大的效力,从现在开始吧。

小禾说,王老板,我不懂什么宣传,我只想好好读书。

王老板的脸冷下来,对摄像记者一挥手:停!

王老板失望离去,小禾心里也很不是滋味,毕竟,王老板帮助了自己一回啊。王老板可能不会再帮助他了,以后怎么办呢?

那天,向小禾一下子体会到了生活的复杂。

三百零五张字条

小禾的皮鞋无声无息地搁在办公室有三年了,也就是说小禾有三年没穿皮鞋了。小禾一见那双皮鞋就无奈地笑一下。

小禾大学毕业后分到乡政府工作,他负责联系蛤蟆坝村。

小禾第一次到蛤蟆坝村,脚穿一双皮鞋,其实,那不是一双上等的皮鞋,那是在大学里没穿烂的皮鞋,丢了又舍不得,小禾那天穿上了它。

小禾先跟村里取得联系,正好那天蛤蟆坝村的头头脑脑都在村里碰头,小禾就认识了村支书。村支书看了看脚穿皮鞋的小禾,没多说什么。村主任看了看脚穿皮鞋的小禾,也没多说什么。会计看了看村支书,又看了看小禾,忍不住笑了一下。只有妇女主任看着脚穿皮鞋的小禾,像发现了什么,随口说了一句:头一个咧。

小禾头一次发现,村里的干部都不怎么跟自己说话,小禾问啥,他们就答啥;不问了,他们不作声,小禾有点纳闷。

听联系过蛤蟆坝村的干部上官说,这个村的群众基础很好,怎么自己一来,他们都不说话?小禾带着疑问回了乡政府。

就在小禾回乡政府的第二天,村里召开了村民大会,村会计给每户发了一张字条。会计发完,村支书就说,等乡里那个年轻干部一来,每个农户按顺序,在他进村部睡觉之前,把这张字条塞进他的房间。

村支书交代完,会就散了。

小禾再次请教上官,上官只看了一眼脚穿皮鞋的小禾,顺便一问,你是不是穿着皮鞋下村?

小禾点了点头。

上官说,下回你穿胶鞋就是。

小禾无奈地笑了笑。

小禾买了一双胶鞋,等下一次下村穿。

村支书着手安排小禾的住宿,他在村部让出一间房子让小禾住,人家毕竟是乡干部,床铺被子都替他准备好了。

就在小禾下村的当天,村支书对小禾说,村里特地为你准备了一间房子,省得你跑来跑去。

小禾说要看看。

村支书就带小禾看了看那间房子。小禾说,这间房子合适。

小禾这天没回乡政府,就在村部住下来。

小禾进房,发现地上有一张字条,字条上写着:我们不喜欢穿皮鞋的干部。

小禾一笑,嘴里说,谁穿皮鞋了?

小禾没把这个发现告诉村干部,也没有向乡里反映。

以后,小禾觉得村干部的话也多起来,有什么说什么,一点也不隐瞒。

小禾每次都穿着胶鞋下村下农户,或问寒问暖,或送柴米油盐,大家都小禾子小禾子的喊,小禾就快快活活地应着。

只是小禾每次回村回来,开门发现地上总有一张字条,并且字条上仍写着:我们不喜欢穿皮鞋的干部。

这到底是怎么回事呢? 小禾自己也说不上来。

蛤蟆坝村年底评上先进村,小禾感到很高兴,自己一年没白来。

第二年,蛤蟆坝村又是先进村。

第三年,蛤蟆坝村再次评上先进村。

三年内,小禾换掉了一双又一双胶鞋。小禾把那些字条叠在一起,数了数,共有三百零五张,小禾想,这是全村人的心愿。

小禾不再联系蛤蟆坝村了。临走时,村民们来送小禾。

小禾说,自己在蛤蟆坝村三年,只是有一点弄不明白,那三百零五张字条是怎么回事?

村民们闭口不说,还反过来问,哪有什么字条?

这时,一个村民拿出一双胶鞋来,说小禾进蛤蟆坝村几年,没什么送的,就送一双胶鞋。

小禾望着眼前的村民说,我会把村民的意思带到乡里,走到哪我也不会穿皮鞋;这三百零五张字条我也会带到乡政府,发给乡里的干部。

福　锁

五年级的学生福锁让车伤着了。天刚亮后,福锁就沿着那条村道去学校,那条村道两旁的田里开着油菜花,一朵一朵地晃着福锁的眼。

福锁眼里的油菜花是那样的黄,黄得有点儿疯狂。

远远的学校升起的红旗在缓缓地飘。

福锁回过神来的时候,前面正好来了一辆车,车已经很破的样,像一只破了壳的虫,那破车的车速不是很快,司机把车刹住后,就见福锁像一根草倒在了地上。

司机没有跑。

司机一下也吓傻了,从车里钻出来不停地骂,这该死的破车,你走路就走路,咋就伤人? 骂完后就垂头丧气。

福锁的爹听说福锁让车伤着了,急急地从屋里跑来,用眼着力瞪了一次司机后,就一把抱住福锁,嘴里不停地喊,福锁我的儿呃,福锁我的儿呃。

村道上很快围拢来很多人,那些人像一些鸟一下子就飞到了村道上。

福锁的叔是鸟中的一只。

福锁的叔就对福锁的爹吼，啥时候了，还不抱福锁上医院？

福锁这才让爹背着急急地朝车站跑，福锁的爹边跑边对后面的叔说，兄弟，我身上没带多少钱呃。

福锁的叔没朝医院跑，抓着司机没让他走。福锁的叔想，在村道上出了事，你司机走得了吗？

司机说，你抓着我没用，反正那娃的医药费我出，还不行？

福锁的叔还不放心，说，你先给你家打个电话，让你家里人送点钱来，我那老大眼下两个孩子难着呃，刚走的时候还说没多少钱。

司机就给家里打了一个电话。

福锁住院的钱是司机交的。

福锁醒来的时候发现自己到了医院。

福锁坐在医院的病床上说，我怎么会在这儿？福锁的叔说，福锁，那一天，你好险呃。

福锁两眼看着叔，没再问什么。

这起交通事故很快得到了处理，处理的结果让人意想不到。

处理的前一天，福锁的叔坐在了福锁的床边，对福锁好得这么快，感到喜欢。

福锁对叔也有了好感，福锁问，叔，几时才出院？

福锁的叔说，明天。

福锁说，好好好，明天。

福锁的叔说，福锁，你爹带你不容易，爹怕你留下后遗症，后遗症你懂吗？

福锁的叔说，福锁，明天有人来问你，你就胡乱说话，那时，你就可以得到很大一笔钱，懂吗？

福锁说，懂！

真懂了？福锁的叔还不放心，又问。

懂了，叔你不嫌烦？

第二天，来问福锁的人是个医生，医生说，福锁乖，福锁好了？

福锁说，好了，医生和我叔我爹照顾得好好的。

医生说，福锁，读几年级？

福锁说，读五年级，这学期老师还要我们写作文呢。

医生说，你感谢不感谢司机为你出了医药费？让你的伤得到了医治？

当然感谢！其实是我自己不好，那天早上看那些油菜花着了迷，吓着司机了，给司机也添麻烦了，福锁说。

你坐着呃福锁，乖！真乖！医生说。

医生说完就出去了。

再进来的是福锁的叔，叔说，叔昨天给你说的话，你就忘了？

叔，不是我忘了，我是真正好了，我没后遗症，长大了，我还要做人，那话我说不出口呃叔。

福锁的叔一听，摇了摇头，该你爹穷，放着的钱，用你这只手都不敢拿。

福锁说，我爹再穷，我也不会出手的，叫我爹来让我出院呃叔。

福锁的叔走出了病房。福锁想，叔就咋这样呃，好在车伤出在我身上，要是出在叔上，那司机不就惨了……

老 桑

学校虽小,但工友不能少,老桑便是一个。

老桑最初经齐老师介绍才进学校,后来,齐老师调走,老桑也要求走,老校长看在学校工友少,就决定留住老桑,一留,便留住了。

老桑婆娘几次来信,说,回家种田,留在学校也没多大出息,况且,学校庙小,拴住一个男人……老桑一看信,只得一狠心,老桑决定在学校弄饭种菜喂猪。

先说弄饭。

老桑深知弄饭辛苦,却不能放弃。学校有人愿吃咸菜,有人愿吃辣菜,可谓众口难调,菜太咸了,难以下肚;菜太辣了,辣舌头辣心。

老桑后悔过几次弄饭的失误,不是饭没煮熟,就是菜中盐下得太少,黄老师私下里撇嘴,是不是该换人了?

有老师前来打饭,一尝饭菜,就只看老桑一眼,老桑头上脸上身上都出汗,觉得自己对不住众老师。

一日,老桑一声号啕。老校长前去问为何?老桑只说,对不住老师,便没二话。

事后,众老师不与老桑为难,倘若饭菜不好,脸色也好看地摆着,省得老桑想不开。

学校老师多为民办教员,居家离校不太远,几次都看着老师一个个回家，老桑想出一个主意，老桑便找老校长商量，前阵子没经验，让老师吃不好，也没心思教学生，自己愿赔个不是，也愿意自己出钱请老师吃顿饭。

老校长看看知事达理的老桑，心中佩服老桑为人。

星期天，除请了假的老师回家外，老桑一一请到，自己辛苦做了两桌饭菜，饭自己烧，菜自己做，格外小心谨慎。席上，老师们见老桑诚心诚意，心情便领。

吃完，众老师答应都凑钱。有老师认为让老桑一个人出钱不合适。老桑硬是不答应，往后，老桑做饭做菜，老师们再不计较。

再说种菜。

老桑跟校长商量，学校后面有块地，四季可以种小菜。

老校长眉头一皱，老桑，依你的意思是种点菜？老桑点头。

老校长说，是不是让学生劳动课时开过来？老桑不依。星期天，老桑不回去，老桑婆娘找到学校，当面发老桑的火，老桑只摇摇头。

老桑找来锄头，抽空刨开地，去掉草，又从学校厕所里掏来粪，再从铺子里弄来菜种，菜就算种下了，并且一茬一茬地长出来，吃了冬菜吃春菜，吃了伏菜吃秋菜，今年吃了明年再种，老校长佩服老桑，真一个会干的人！

学校种了菜，又节约开支，划得来，老师的生活也一顿顿好起来。老师们吃着老桑种的菜，便觉得老桑不是外人。

老师们天天吃着老桑种出来的菜，也觉得对不住老桑，大小的活儿他一个人担着，老师们心里不好受，众老师又找校长商量，老桑工资太低，人又这么好，肯干，是不是加他的工资？老校长点头。

下月发工资时，老桑的工资没多拿一分，照样弄饭种菜。

再说喂猪。

食堂备有潲桶，剩菜剩饭集于一桶，没两天就有一大桶，再过些日子就只好倒掉，老桑看着那一桶桶潲水，便想到喂猪，学校二十多位老师的生活，潲水米汤喂得两头猪来，老桑把这想法跟老校长说。老校长说，你看着办吧。

嗯！老桑就一字。

节假日，老桑去集上买猪仔，一次没买到再买一次，近处没买到远处买，两头仔猪哼哼叽叽地进入学校，老桑心里才踏实一半。

学校没给老桑买仔猪的钱，老桑暗地里垫着，等猪一长大，老桑真忘了自己垫过买仔猪的钱。

寒假还没放，众老师忙着回家过年，都不愿看校。会开了一次又一次，意见不统一。最后老桑和校长商量，老师们教书辛苦，自己喂的两头猪也肥了，拉出栏杀了，分给老师，自己愿意留下来看校。

杀猪那天，老桑请来一个年轻力壮的屠夫，两头猪杀下来，又一块块肉砍好，天还早。

肉摆在案上，老桑说，各位老师，看中哪块提哪块，我要最差的。

肉一分完，老校长突然想到一件事，只好叫住老桑，猪仔钱是你垫的，你也要好的，不能太亏你。老桑回过神，问校长，啥咧，猪仔是我儿子送的。老校长只得唉唉。

寒假一放，看校当然是老桑了。学校四周围墙不高，且年久失修，又怕小偷进校骚扰，危险处加高以外，又将铁门牢牢锁住，生怕丢了什么。

过了一夜，天放亮，老桑起得早，又到处走走看看，什么也没有丢失和破坏。

第二夜,是如此。

第三夜,是如此。

第七夜,是如此。

……

老桑也想到过年了,过年了,学校就热闹了。

忽一夜,天空下雪,雪下得很大很厚,风也呜呜地叫,老桑的住处让雪压塌……

老校长整天惦记老桑,等自己发现老桑,老桑的身上结了一层寒冰。

整个学校的老师,那天没上一节课,打钟的老师,将钟打得格外低沉,目的是悼念老桑,老桑是为了大家才死。

老校长从家里运来老父亲的棺木,让给老桑,说老桑这人活一辈子不简单,也真不容易,一副棺材,自己舍得。

老校长买了鞭炮买了纸,燃了鞭炮又烧纸,为的是老桑去的路上不寂寞不冷清。

乐班是学校的老师凑合着的,抬柩的人是老师出钱请的,每人一双解放胶鞋,一条毛巾,还吃上等饭菜。

鞭炮燃过几次后,老校长说,该入殓了。

又一挂鞭炮响过后,老桑就上路了。

埋葬老桑的那地方确实是一块空坪隙地,与这边的学校相对。

有学生上学,经过老桑墓旁,望望坟上的草青了,青草上开满了花,花落了,又捧捧坟土,想看见学校的老桑。

田小妮的夏天

田小妮的男人是春天死的。

田小妮老是想到男人临死前说的话。男人的话,田小妮记得很清楚,不会轻易忘记,也不轻易对人讲起。

一到夏天,村里的媒婆一天之内就给田小妮介绍了四个对象。

田小妮记得媒婆介绍的第一个男人是个鼓师。鼓师的鼓打得很好,好到了可以进专业乐团的那种程度。旁人议论鼓师的运气不好。女人生孩子时,他还在乡村歌舞团打鼓。等自己打完鼓回家,才知道是邻居打电话给医院,让医院的救护车把女人接到医院的。医生们惋惜,送迟了,女人的命没有保住,孩子的命也没有保住。鼓师曾经有一段时间言语不清,很多人以为他疯了。后来,鼓师渐渐恢复神志,一门心思打鼓,鼓打得越来越好了。

田小妮还看过鼓师打过几次鼓。鼓师打鼓时,神情很专注。

跟了鼓师,比你先前的男人要强,说不定专业乐团往后会要他。媒婆说。

田小妮没有回答媒婆,只是摇了摇头。媒婆很灵泛,再不说鼓师。

田小妮觉得媒婆的脑子总是装着一些男人的信息。

在田小妮面前,媒婆跟她说起了第二个男人。第二个男人是木匠。木匠的木工活做得好,尤其是床打得好。木匠打的床有很多年轻人预订。很多年轻人的婚床都愿意买他的。木匠还在小镇上开了一家木工坊。木匠运气不好，找的女人跟人跑了。木匠觉得，不跟自己扎实生活的女人，找回来也没啥意思。

木匠的遭遇，就是媒婆不说，田小妮也明白。

木匠是不是可以考虑？媒婆问。田小妮没有直接回答，只是摇了摇头。媒婆很灵泛，再不说木匠。

田小妮一直觉得媒婆会跟她说起第三个，甚至第四个男人，反正媒婆的脑子有的是男人的信息。

鞋匠是媒婆给田小妮介绍的第三个男人。田小妮跟鞋匠在镇上见过很多次面。男人没走时，有两双男人穿破的鞋，就是田小妮拿到鞋匠摊位前让他补好的。鞋匠人好，肯帮忙。本来补好了两双鞋，鞋匠却只要一双鞋的手工钱。对比鼓师、对比木匠，田小妮感觉到鞋匠有一种说得出的好。

田小妮还是没有直接回答媒婆，只是摇了摇头。

果真，媒婆的脑子里很快蹦出一个人来，那人是宋长安。宋长安一直收破烂。宋长安收破烂不起眼，收了二十多年，却做了一件很起眼的事，他边收破烂边收养了一个孤女。电视台、报社来记者采访报道他，他只是说了两句：一个收破烂的，没什么可采访的。简简单单地打发了记者，径直收他的破烂去了。

媒婆不说，田小妮还真忘了这个人。在媒婆面前，田小妮还是摇了摇头。

整个夏天，媒婆好像在那些男人面前放出了话。

先是鼓师来了。鼓师在田小妮面前很精神地打了一通鼓，然后很神气地告诉田小妮，秋天，他就要进城里的专业乐团了。沉浸在鼓声里的田小妮清醒过来，对鼓师说了一句，鼓师，你还是到城里去，跟城里的女人过日子！鼓师明白田小妮的意思，走了。

接着是木匠来了。木匠叫人抬来一张床。木匠对田小妮说，往后过日子，用得着床。

那张床，田小妮看过两遍后，对木匠说，做工真好，放到你的店子里，肯定卖个好价钱！木匠说，既然床抬来了就抬来了，没有抬回的道理。田小妮说，怎么抬来的，就怎么抬回去。木匠很明白田小妮的意思，走了。

鞋匠是挑着担子来的。他在田小妮的屋前摊开鞋机，就等田小妮出来。田小妮出来，鞋匠就说，看有没有穿烂的鞋，你的，你男人的，都拿来补补。

现在没有鞋要补，田小妮很不好意思地说。鞋匠明白田小妮的意思，挑着担子走了。

宋长安来的时候，的确让田小妮吃惊不小。宋长安不是一个人来，是两个人来的，他的身后，是一个俊俏的女孩。

宋长安说，要安心跟我过日子，就过，我不亏你，也不亏我收养的女孩，就当是我们的闺女！

田小妮噙着泪水，不知说什么好。

很久了，田小妮说，宋长安，往后，就把我当你的女人看。

云淡风轻的秋天。田小妮、宋长安，还有那个收养的女孩，齐齐跪在田小妮男人的坟前。

田小妮哭着说：死鬼，我田小妮是按你当初说的，往后跟宋长安好，也跟他收养的女孩好。

包子的香味

那年高考结束后,我没有在家里等录取通知书,而是去了壮叔包子铺。

王镇是大山脚下一个热闹的小镇。壮叔的包子铺就在王镇上。离我家有二十多里地。每逢集日,镇上更热闹,十里八乡的人都来赶集。

壮叔包子铺生意很好。一个理由是壮叔的包子做法很有讲究,肉馅菜馅挑料好,蒸出来的味道不一般,很香很香的。另一个理由就是壮叔在镇上经营了 30 年,人脉资源广。镇里镇外的人认识得多,回头客也多。在王镇,几乎没有不知晓他的。

时间一天天过去,我在壮叔包子铺干了一个月活,也等了一个月,最终没等来我的录取通知书。我就下定决心在壮叔的包子铺里干。壮叔爷看出了我的心思,对我说,干吧! 都是些粗活,哪天不干了也行!

起初来的时候,几乎是打杂,挑水、劈柴、扫地、关启店门。渐渐地,壮叔就让我揉面、做馅、包卷、蒸包子了。

那年寒假的第一天,我在包子铺前看见一个小男孩。那男孩大概八九岁的样子,头发有段时间没剪了,稍微偏长。穿在身上的一件特旧的棉袄上少了两粒扣子,扣得不是很紧。好在那天天气不是很冷,男孩却很安静地站包子铺前,不跟任何人说活,只是看着蒸笼里冒着热气的包子。看样子,男孩像买包子,又不像买包子。

每出笼一笼热乎乎的包子,男孩的脸色就很快改变一下,变得好看一些。

男孩是早晨9点钟来的,临中午的时候才走。这中间,我没有问男孩要不要买包子,也没有私底下给他包子。

我看着男孩转身离开。男孩走得不是很快,很久了,他转过身,他还朝着壮叔包子铺回望,实际上,他是朝着蒸笼里热气腾腾的包子望。对男孩的离开,我没有过多的在意。

我把男孩站在包子铺前的事跟壮叔说了。壮叔不以为然。

壮叔还大声地提醒我,像这样的小男孩,要提防着点,他冷不防会从蒸笼里快速拿了包子就跑,你拿他没办法的。

我对壮叔嗯了一声。

快到年边,包子铺的生意仍是往常一样的好。预定包子的人不但没有减少,反而增多。

腊月二十八,壮叔跟我说,蒸完最后的八笼包子,就不蒸了。我知道,那八笼包子蒸完,就意味着过年了。

那天中午,男孩来了,跟上次不一样,头发剪短,棉袄上的扣子钉上了,仍然很文静地站在那里。从中午来,到下午离开,他足足站了4个钟头。我没有看出那个男孩有拿走包子的迹象。看来,壮叔的眼力出了点问题。

等我跟壮叔卖完包子,那个男孩也回家了。临走,男孩眼里憋着的两串泪终于掉了下来。男孩不是走,几乎是一路跑开的。

我跟壮叔辞别,就回家过年。

过年后,我随打工的人流去了南方的一个城市。一去就是十年。

十年后,我又回到了家,在家里,我看到一档寻亲情类电视节目。帅小伙跟他娘几乎用了十年时间,在他爹打工的工地,在他爹去过的城市寻找已经疯掉的爹,电视里,帅小伙终于找到了爹。节目中,我看到当年的那个男孩长成了帅气的小伙。他给电视机前的观众讲了一个故事。那个故事的题目就叫《包子的香味》。

帅小伙说,在我九岁那年,我爹在一家建筑工地上打工,打了一年工,老板跑了,爹干活一年的工钱一分没有拿到。爹不敢回家,也没有回家。我跟娘过年,没有买一片肉,更没有买其他的年货。快过年的时候,我就跑到王镇的包子铺去闻包子的香味。闻好了闻够了,就回家。好在包子铺的老板很善良,他没有赶我走。让我在他的铺子前闻了一下午的包子味道。

回到家里,我把这种味道告诉娘,过年不用买包子了。娘很满足。我跟娘说,要是爹在城里能闻到包子的香味过年就好了。娘一听,双手抱紧了我,娘的眼泪吧嗒吧嗒地落在我的脸上。

帅小伙的故事还没有讲完。我已泪流满面。

过完年,我再去找壮叔。壮叔在铺子里忙活开了。

我私藏了一个想法,不管壮叔同意不同意,往后,只要站在包子铺前的男孩女孩,我都会送他们两个包子。我要让他们的舌尖,真正感受包子的香味。

宋　体

宋体背上的背包像斜挂着的南瓜。

宋体一路走,南瓜就一路走,不急不慢地走到村部时,马蛋一眼就看清了他。

宋体,宋体,宋体。马蛋连叫三声。

马蛋用粗门大嗓叫住了宋体。他用那样的嗓子没有叫住那些出去打工的男人,却叫住了宋体,纯粹是一个意外。他还觉得能把宋体叫住,应该是村主任的职务起了不小的作用。

马蛋那天当选村主任。宋体最后一个投票,他内心很纠结地投了马蛋一票。

从选上村主任的那天起,马蛋嘴里一直念着宋体的好。很多时候,他觉得宋体的好,不能光在嘴上念着,应该付诸在行动上。

宋体停下不急不慢的步子。

马蛋几乎是跑出来的。他在宋体周围转了一圈,打量的样子很认真。然后,两腿站定。

宋体,只要你愿意干,村里有的是活儿。马蛋不会亏你。马蛋拍着胸脯大声说。

红砖堆在场坪,玉兰也长在场坪,村部门前是又大又空的场坪。西边有棵两人高的玉兰,一朵一朵地开着白花。马蛋用手指指那棵玉兰,说,宋体,看见没? 场坪里的那棵树,把它先挖了。

好好的,挖它干啥? 宋体疑问。

叫你挖就挖,那棵树将来会挡村部的风水。马蛋说。马蛋说完,就走了。

宋体用不急不慢的步子走回家来。

天很热,阳光很响亮。第二天,宋体一锄一锄地挖土,树上那些开着的花朵,一瓣一瓣地掉着花瓣。

马蛋是看着宋体挖倒玉兰的。玉兰倒下,那些花瓣散落一地。马蛋心里像少了一点啥,而宋体心里像多了一点啥。栽哪? 一脸是汗的宋体问马蛋。

马蛋在场坪里有一口没一口地喝着茶,喝过一口后,说,宋体,你在场坪的东边打一坑,把那树给栽了。

从西边移栽到东边,树还不在场坪? 宋体弄不明白,就问。

移栽! 不光今年移栽,将来还要移栽! 马蛋不是在说,而是在吼。

宋体就在东边打坑,坑很快就打完了。宋体叫来女人,一起栽那棵玉兰。马蛋站在场坪一口一口地喝着茶,看着宋体跟他女人栽树。天依旧热,阳光依旧响亮。

宋体不是要干活吗? 村里还有活让你干! 马蛋把自己的想法对宋体说了。回家的路上,宋体一直回味着马蛋的话。

场坪堆放的红砖,还剩 5000 多块,一直暗红着。马蛋把宋体带到场坪,站在那堆砖前,想说什么。好一会,马蛋盯着那些砖对宋体说,把这些砖搬到围墙外。

围墙有两人高,高过宋体的想法。

宋体就搬。噼里啪啦搬过几次砖后,宋体就看看围墙,看围墙的高。

没两天,场坪空荡了,5000 块多红砖,一块不剩,都到了围墙外,又在暗红着想法。

树栽了,砖搬了,宋体开口跟马蛋要工钱,显得顺理成章。

急啥? 忙完后面的活,一起结账! 马蛋说。宋体依了马蛋。

宋体提了一瓶酒跟马蛋在办公室里喝。酒喝到一半,宋体忍不住跟马蛋再要活干。马蛋说,急啥? 喝完酒,自然有活干!

酒喝完,马蛋说,宋体,你把那棵树移回来。

宋体说,移。就移。按马蛋主任的意思移。

马蛋红着脸,嘴里的话多了起来。宋体回来时,还记得马蛋的话:这回,水要浇足,还有打支撑,不能像上次那样,苦了那棵树。

地上又落了一层白花。宋体把栽下的玉兰挖倒。

宋体把倒下的玉兰栽到了原来的树坑。

宋体女人给玉兰安了三根支撑。她还给玉兰浇了一担水,水哗哗啦啦地浇在玉兰的腿上。宋体看了看那棵玉兰,心想:马蛋,下次不能再移栽了,不然树真的会挪死。

宋体很高兴的样子,又和马蛋喝酒。酒喝到一半,宋体发话,那玉兰栽了。

马蛋说,栽得好,栽得好,村里就只有宋体才栽得这么好的树。

宋体又跟马蛋要活干。马蛋说,村里有你这么要活干的吗?你脑子肯定有问题。

你要不留我在村里干活,我在外面说不定天天有活干呃。宋体很生气地说。

马蛋一口酒灌进胃里,然后说,宋体,你把上次搬出去的砖又搬回来,活儿不就来了? 马蛋走之前,说,就这么定了。

宋体打了一个很响的酒嗝,说,马蛋,你不配做村主任。

宋体又开始搬砖。他边搬边想,马蛋的脑子有问题,一定有问题。

宋体越想越不明白,马蛋咋就叫自己在村里干这么缺德的活? 那些在外面打工的男人回来,知道宋体是这么在村里打工的,不让他们笑话才怪?

砖搬完,宋体有了一点轻松。

宋体找到马蛋,开口要工钱。

马蛋拿出了一沓工钱。他对宋体说,还是当初那句话,马蛋不会亏你。

宋体接了钱,就问,马蛋,我就弄不明白,你咋就叫我干这活儿？

马蛋说，真弄不明白？那是我马蛋看得起你！

宋体让马蛋说得浑身不舒服。

回到家，宋体问女人，马蛋让我把栽了的玉兰挖起来再栽，把搬过的红砖又再搬，他脑子是不是有问题？女人说，他马蛋精着呢，当初，你不投他一票，那就是别人坐了村主任的位子，他是在明地里补偿你。

混账马蛋。宋体骂。

宋体决定出去打工。

宋体背上的背包又像斜挂着的南瓜。他一路走，南瓜一路走，不急不慢走到村部，他看见，两人高的围墙外又堆码了一些红砖，村里的熊二两手搬着十多块砖吃力地走出来。

那一刻，宋体没有停留。

舞　台

李秀措拥有 800 只羊。

她给每一只羊起了一个名字。每一只羊的名字，她没有写在纸上，而是记在心上。

只要那些羊在草原上雪白地走动，李秀措就开始歌唱。

李秀措白天唱，中午唱，晚上也唱。她没有放弃每一次歌唱的机会。羊群走到哪里，她的歌声就走到哪里。

李秀措的歌声非常嘹亮。往往，她只要一发声，那些羊就抬起头来,嘴里还咩咩地叫。她只要一发声,天上的流云,就放慢了脚步。她只要一发声,那些在草原生长着的水草就随着她的歌唱疯狂地拔节。

很多时候,李秀措把草原当了舞台,把那些羊当了听众或是观众。她不止一次地感觉到了眼前有着 800 个观众的宏大场面。任何一个小小的震动,都不会影响到歌唱的效果。哪怕有一阵强风刮过,哪怕有豆大的冰雹砸落。每首歌唱完,她都有一种幸福的感觉,脸上绽放着花朵一样轻松的笑。

李秀措觉得自己站着的舞台是多么的大,多么的结实。无论她站在舞台的哪一处,哪一个点上,她都能稳住自己,就像一朵花开在枝上,找到自己的重心在哪,真实感觉到了舞台的结实,完美。

有时候,李秀措想,要不要那些摇来晃去的灯光无所谓,要不要伴奏无所谓。甚至,那些手里举着字牌嘴里疯狂喊着加油的亲友团,或者众多粉丝,在她眼里,也仍然显得无所谓。

李秀措还有一种感觉就是,她的那些羊,如果听不到她的歌声,就没有精神,仿佛长得也慢。草原上风沙大的几天,她的咽喉有点难受,就没唱歌,她觉得那些天,她的羊群老是不听话,走得慢,磨磨蹭蹭,很难赶进羊圈。

她还发现,一只叫"小雪"的羊,出栏时走得忒慢,原来是它的脚指甲间扎进了一粒坚硬的砂子。她把"小雪"轻轻放倒在草地上,一些羊围在她的身边,她的嘴里轻轻地哼唱着轻松的歌,很细心地替"小雪"除掉砂子。"小雪"就在那轻松的歌声里不滚不动。砂子除掉,"小雪"翻一下身,起来就走动自如了,很快就跟那些羊走在一起。

夏天,李秀措把自己的羊群放到有着鲜嫩水草的草原。那些羊像一支庞大迁徙的队伍,在她的歌声里,朝着那些水草,有序地走动。

夏天,李秀措要离开自己的羊群,到城市去。也就是离开自己的大舞台到电视台的舞台去。

李秀措没有放弃这样的机会。她把所有的羊交给了姐姐。她对着姐姐说,那些羊不听话,只听歌,给它们唱歌吧。姐姐笑着答应了她。

草原的草在密集地生长。李秀措再把羊圈打开,那些羊一只也不愿走出来。无奈之中,她牵着"小雪"的绵软的耳朵,又唱起歌来,用歌声表达着自己还要回来的心愿,缓步从羊圈出来,那些羊才开始雪白地走动。姐姐看在眼里,一行泪,缓慢地落下。

李秀措当着自己的羊群,当着姐姐,流着泪告别。那个夏天,草原上的第一场雨非常的短暂。

那些羊咩咩叫着,一一抬起头来看她走远。

夏天,李秀措成了一个赛区的优秀选手。站在绚丽的舞台上,她有些恍惚,甚至有些迷茫。她的恍惚和迷茫不是热心的观众和评委是看不出来的。她把那种找不到重心的感觉掩藏起来。

李秀措浸泡在一个纠结里,很难抉择,很难挣扎。一边是没有灯光音响没有鲜花掌声的舞台,一边是有着猩红地毯有着溢美之词的舞台。

最终,大赛的评委,给了李秀措一个提醒:你的舞台在草原!

那一刻,那双浸着泪水的眼睛在迷离的灯光里看到了草原,看到了雪白的羊群。

当很多的电视观众替她惋惜的时候,当很多的粉丝拼命要她签名留作纪念的时候,当很多的网民发帖寻找她的时候,李秀措唱着歌回来了,回到了草原,回到了宽广。

全民微阅读系列

李秀措接回姐姐看过的羊，又在那无垠的草原开始歌唱，她的歌声在草原上飘荡。

以后，有人开始在草原上寻找李秀措。直到有人找到她，要她去唱歌，要她去比赛，要她去城里的舞台。

李秀措咯咯直笑，然后说，你要找的李秀措早就不在草原了，这里没有李秀措。

那一刻，她的眼里，噙着泪水。

最后的牛

我们那地方，牛不多。有的三四户人家养一头牛，有的七八户人家养一头牛。一个屋场上就 10 多头牛。

我和官叔家养一头牛，在我们那里，是一个特例。原来还有陈皮、花椒跟我们一起养牛的，后来，陈皮、花椒合伙做木材生意，都发了财，搬到城里去了。他们主动提出不种田，也不养牛了。我和官叔还补了些钱给他们。

牛要好好养，冬天不让冻着，夏天不让晒着。哪家死了牛是让人看不起的，人家会说些不咸不淡的话。那话伤人。

我们家和官叔家就让人看不起。

那一年，我们家的一头母牛一口接一口在春天吃多了紫云英。春天，我家田里的紫云英长得特别茂盛。母牛吃了紫云英后，肚子胀得特大像怀了牛崽。官叔看在眼里气在心里，手里拿着一根鞭子，牵着牛绳，使劲地赶着母牛不停转圈。有时候，一鞭子抽得急,母牛冷不防吃了鞭子,就跳起来,样子很吓人。没几下,那母牛转得不耐烦了,就不停地撒稀屎。有的稀屎还砸在了官叔脸上,官叔想,你拉吧拉得越多越好,拉空了肚子就好。

母牛拉了稀屎之后,体力严重下降。吃草也特别刁,尽恋些嫩草吃。

官叔脾气丑,见不得这场面,还恶言恶语,骂:杂种的,要吃刀了。

母牛横一眼官叔,还是只吃嫩草,对那些明显很老的草,就是吃到嘴里,也要吐出来。

母牛干不了的活,我和官叔就是有天大的本事,也拿那些没翻耕过来的田没办法。

村里兽医徐毛见了牛吃草的场景,就对官叔说,你那牛的命,活不过秋天。官叔不信,当着徐毛的面说,老子要让它活过秋天。

官叔还和徐毛下了一条烟的赌注。谁要是输了,谁出一条纸烟。

此后,官叔就对牛好。他把牛系在树荫下,还割来一些嫩草。晚上,在燃着的干草上浇上水,让一阵阵的浓烟熏走牛蚊子。

母牛的体质还在下降。

官叔出去找了牛贩子。牛贩子姓姚。官叔从怀里掏出两包纸烟,给了牛贩子,然后说,我那头牛就拜托你了,你认得的牛贩子多,多一个牛贩子多一条路。官叔一口气讲了很多话。归根到底,是求牛贩子。

牛贩子说,官老板,把牛牵到我家里来了,我就给钱,一分不少。

官叔带着这样的好消息,快速地走回来,就跟我说,赶紧把牛牵过去。牛牵到了，就拿钱。

我牵着母牛走上了去牛贩子家的路。

我走在牛的前面。牛走在我的后面。我走得慢，母牛走得慢。

我知道，走到牛贩子家，要翻两座山。那两座山，对我来说，是一段遥远的路，对牛来说，也是一样。

走了不到一里。我听见身后的牛说。小兄弟，我不走了。

我说，牛，你要走，你不走，我就拿不到牛贩子手里的钱。

牛说，我走不了。我要死了。

我说，牛，你不能死。你死了，很多人会看我和官叔的笑话。

牛用鼻子使劲地拉了一下我手里的牛绳。然后，一个趔趄，倒了下去。

牛就死在了路边，死在了那个秋天的下午。

我屁颠屁颠地跑回来告诉官叔，牛死了。我不敢想象，我那话一出口，会不会在官叔的头顶放了一个响雷。

官叔说，咋就死了呢？咋就活不到明天呢？官叔显得很平静。他早就预料到了牛的这一天。

官叔自己不抽烟，却在众人面前舍得了一回。官叔在商店买了两条纸烟，走进各家各户，只要看见在家里的男劳力，官叔每人给他一包烟。说，帮忙把牛抬回来。

抬牛的时候，徐毛看见了，他对着走在牛前头的官叔说，我说了，牛的命活不过秋天。

官叔不跟徐毛计较。仍旧抬牛，脸上的汗，一粒粒，豆大。官叔没有跟徐毛说打赌的事，更没有说到那条烟。

官叔匆忙地喊了个杀猪的屠夫。屠夫一到，拿出工具，很快剥了牛皮，然后，用钩子、刀子拉肉和割肉。

那头母牛总共割了三担牛肉。

官叔跟我商量。官叔说,死了牛,让人看不起,所有的牛肉,挑到街上卖。我同意了官叔的想法。

官叔还请了两个劳力,三担牛肉挑到了街上。回来的时候,还有一些筋筋绊绊,官叔说,也没心思吃,就甩到了河里喂鱼。

我跟官叔没了牛。

田要犁了。

我就跟榆木家结对子,找了榆木家的牛犁。我还想说通榆木,也帮官叔犁田。我一提,榆木就摇头。

官叔没有找到犁田的人家。他的田没种。村干部知道后,从别的队里调了牛,才耕耘了官叔的田。

死了牛,官叔倒霉了好些年。

那些年,官叔一直单身。外村人给他提亲,屋场上人就摇头,说风凉话。有的说官叔喂头牛都喂死了,往后,看他怎么还养得好女人?

官叔听了,心里凉凉的。

我进报社当记者的那年,有人看上了官叔。那人是槐春。

槐春个子大,官叔见了,心里喜欢。

槐春嫁过来时,娘家用一头青毛牯牛做了嫁妆。

官叔那年总是很神气地牵着牯牛在山里走动,在田埂上走动。

民工老黑

在施工队，老黑干活有把蛮劲。

往往，一个人干不动的活，老黑能接上手；往往，一个人背不走的东西，老黑能背走。

在施工队，老黑抢着加夜班。逢雨天，别人都不愿加夜班，加夜班辛苦。老黑就抢着加班。施工队有人说道老黑，说老黑钻进钱眼里，说老黑死脑筋。

老黑握紧拳头不示弱，样子像要揍人，冲着说的人吼：你才掉进钱眼里！吼声能把人吓退。

以后，施工队再没人说老黑钻进钱眼里。其实，钻没钻进钱眼，老黑心里最清楚。

老黑有没有家，一直是个谜。施工队的人弄不清老黑的家在城里还是在乡里。

施工队有人问过老黑，老黑也不说。

有空，施工队有人掏他的话问，老黑，你到底有没有家？

老黑反问一句：你看呢？

施工队的人再不多问，再要问，有点怕老黑握紧的拳头。

老黑下了工属不安心睡工棚偏要两头跑的人。有时跑城里，有时跑乡里。老黑骑着他的破摩托车，一溜烟就跑出了工地。他的摩托车消声器坏了，叭叭叭的声音响起或消失，隔老远就能知道是老黑来了，或走了。

有一回，老黑的摩托车开不走，他在路上着力推，推了半小时才赶到工地。好在工地还没有开工。施工队有人说，老黑，人家的女人都换过了，你的摩托车也该换了。

老黑说，将就着骑两年，还不想换！

老黑每次加夜班，中途片刻休息时，总在衣袋里掏出两个熟透的红薯来。红薯不大不小，却很熟、软。拿着红薯，老黑一口接一口地吃。吃完，再用嘴含着水龙头，饮过一口两口自来水后，就随工友们干活。

施工队的人很羡慕，说老黑有福，不光有红薯吃，还有女人疼他。

老黑在施工队炫耀：红薯是女人塞进衣袋的。每次加夜班，女人就赶紧把红薯蒸熟，塞进他的衣袋，怕他在加夜班时挨饿。

施工队有人拿老黑开心：老黑，你家女人咋不放几个苹果？

老黑反驳：站着说话不腰疼，家里没苹果，你让我女人到哪弄苹果去？

工地上停了一天电，老黑闲着没事，就把藏在工具袋里的几张彩纸拿出来，认真地扎了 13 只千纸鹤。施工队的人笑话他：老黑，你都快五十的人了，还扎那玩意儿，有啥意思？

老黑反问：你说有啥意思？！

最有意思的是，老黑再回一句：就是有啥意思，你也看不出来！

老黑把扎好的千纸鹤装在衣袋里，非常满足的样子。

工地上再停了一天电。

老黑回了一次家。

老黑再到工地上班时，就出事了。

老黑从八楼一脚踩空掉到了地上。施工队有人看见他掉了下去，赶紧下去看。

老黑满嘴的血不断地往外流。那殷红的血，让人见了有点晕。

老黑躺在地上说不出话来。

老黑的手还能动，他从左边衣袋里使劲掏出两个苹果，再从右边衣袋里掏出扎好的 13 只千纸鹤。

掏出苹果，再掏出千纸鹤，老黑的手不再动。

施工队的人很惊讶：老黑这回衣袋里咋会是苹果？还放了千纸鹤？

工地处理老黑的事故时，来了两个女人，一个女人头发蓬松，一个女人头发光洁。

两个女人几乎是同时到的。两个女人看见了老黑身边的两个苹果，和那一小堆凌乱的千纸鹤。

头发蓬松的女人跪在老黑左边哭诉：老黑，我给你蒸熟的红薯，你咋没带就走了？

头发光洁的女人也跪在老黑右边哭诉：老黑，我给你买的苹果，你一口没吃就走了？

施工队的人更惊讶，老黑到底有几个女人？

老黑的死，工程老板拿出 30 万作为赔偿。

30 万怎么处理？老板跟头发蓬松的女人商量。

"我不是老黑的女人，当年，老黑见我们母子俩苦，同情俺，就每月给俺生活费。俺感激他，每次加夜班前，俺就给他蒸红薯。他还给俺 13 岁的女儿扎千纸鹤。30 万，是他的命换来的。老黑说过，要是自己出了事，谁也别怪，也不能争着要赔偿。30 万，我一分不要。"头发蓬松的女人说。

老板做头发蓬松的女人的工作，说，好好想想，老黑的赔偿，咋不要呢？

头发蓬松的女人说，不要，坚决不要！要了会给老黑丢脸的。

30万怎么处理？老板再跟头发光洁的女人商量。

"俺不能要老黑的赔偿。俺也不是老黑的女人。当年，俺在广东被一伙人骗了，老黑同情俺，拿出身上的钱帮俺开了一家小店子。俺感激他，那天上工前，俺给了他两个苹果，让他加夜班时吃，别饿坏肚子。30万，是老黑拿命换来的，俺一分不要。"头发光洁的女人说。

老板做头发光洁的女人的工作，说，好好想想，老黑的赔偿，咋不要呢？

最后，老板发话，老黑不容易，赔给他的钱，得有人拿着。

头发光洁的女人说，不要，坚决不要。要了，老黑在那边也看不起俺。

老板为难了。

老板赔给老黑的钱不能没有人要。

两个女人你望望我，我望望你。头发光洁的女人对老板说，还是给她吧，她女儿还小，将来用钱的地方还多。

老板对头发蓬松的女人说，大姐，听人一句劝，收下吧！

老黑被葬在头发蓬松的女人村庄。

每年清明节，老黑的坟头有三个人给老黑烧纸。一个是头发光洁的女人，一个是头发蓬松的女人和她的女儿。

往后，施工队没有老黑。

往后，施工队的人认为老黑有家，他的家在城里，也在乡下。

辘　轳

　　乡里要打井了。这事风一样地传遍了村里。

　　乡长急了,找谁呢?乡长想到了村主任。乡长就对村主任说,找个人来打井。村主任说,不出两天,我给你找个人就是。

　　找谁呢?想来想去,村主任就想到了刘书臣,刘书臣不是在外打井吗?

　　刘书臣在外面打完井回来,太阳的光线还很明朗,照着他肩上的辘轳跟身后的女人,那女人是刘书臣的。刚到屋前,村主任就一把拉着刘书臣说,我还以为你不回呢,急死我了。

　　女人站在刘书臣旁边,静静地听,也不插言。刘书臣轻轻地放了辘轳,问,啥事?

　　村主任说,给乡里打口井,就这事。

　　就这事?乡里有自来水,还打井干啥?刘书臣又问。

　　村主任说,我也说不清楚,他说打就打。怎么,你刘书臣以前不问啥的,这回咋又问了?

　　刘书臣摇摇头说,那我不去。

　　村主任劝,去!东家是打,西家也是打,他乡长会让你白打?刘书臣说,这事我得和我女人说说。

　　女人在一旁忍不住插话,不用说了,打!辘轳就不搬进屋了。村主任瞥一眼刘书臣女人,然后说,你不如女人开窍。刘书臣站在一边,不再跟村主任说话。

天一亮,刘书臣肩上背着辘轳,后面还跟了一个女人。女人不让手闲着,还提了一只铁桶。刘书臣跟女人只顾走路,不说话,也不发笑。早晨暖暖的阳光照着刘书臣和身后的女人。

到了乡里,不等刘书臣开口,乡长问,来打井?

刘书臣想,不打井我还不来呢。刘书臣看了一下乡长的脸色,只点了一下头。

乡长用手指指女人,又问,那女人也会?

刘书臣说,不会,但会提土。

乡长就在屋前的一块空地上指了一个地方,说,就打在那。

刘书臣赶紧走过去,脚一站定,又问,就这?

乡长肯定,脸上一笑,就在那。

刘书臣不再看乡长的脸色,把辘轳轻轻地放下来。

乡长走的时候说,只管打,不担心工钱,不会亏你女人,懂不懂?

刘书臣只管挖土,再没跟乡长说话。

开始,刘书臣就挖土。挖出来碎碎的土,女人就一次次装在铁桶里,然后提走。

井有两米深了,女人就在井口架了辘轳。刘书臣在下面挖土,女人就在上面提土,辘轳让她摇得吱嘎吱嘎地响。

乡里的院子大,也安静。刘书臣就对女人说,井这回要打好。女人就回一句,是要打好。

刘书臣说,这回要打出水来。女人又回一句,是要打出水来,乡里的井呃。

天一黑,刘书臣从井底爬上来,衣服上全是黄土。他拍拍身上的黄土说,回家。女人就七七八八地倒掉桶里的土,收拾工具。

天亮了,刘书臣又来了,又拿工具下了井。女人照样提土。

打了三天,还没打到水,刘书臣疑惑了,咋的?

刘书臣说,要打不出水,对不住乡长。

女人在井口说,也是。你就使劲点挖,一天多挖点。

乡长回来,一手搭在辘轳上,两脚站稳,对着井下的刘书臣用力地喊,刘书臣! 刘书臣!

在井底喘气的刘书臣说,乡长,在挖土呃,下来一趟不容易。

乡长又对着井底说,我要你上来,有话对你说。

刘书臣爬了上来,疑惑地问,乡长,咋了?

乡长说,不打了,这是给你的钱。乡长边说边从衣袋里拿出钱来。

刘书臣背起辘轳就走,蔫蔫的样子。

打完乡里的井,刘书臣就把辘轳搁在屋里。

天一冷,刘书臣再不出去打井,坐在家里跟女人一起烤火。刘书臣出神地看着辘轳。外面的北风,呜呜地吹着。

有人在敲门。那人进来说,县纪委的,你是刘书臣?

刘书臣从辘轳上收回目光,不停地点头。

你给乡里打过井?

刘书臣又点头。

给了你多少钱?

三百块。

那人要走,回过头来说,他在乡里账上报了三千块。

刘书臣一惊,呆呆地站着。

女人喊,还愣在那干啥?门边冷呃,过来烤火。

刘书臣找出砍刀,朝辘轳劈去,连劈了几下。女人拦他不住,说,书臣你疯了?

刘书臣说,是我害了乡长,我要不打井就好了。

往后，刘书臣再不打井。

村主任看见刘书臣，顺便说了一句，好好的咋不打井了？

刘书臣一字不说。

麦子青青

整块麦田的麦子都在绿着。

庄小云认为，麦田的绿像是绣花针绣上去的，更像是刷子刷上去的。总之，一场意料之中的春雨淅淅沥沥下过后，麦子返青的速度是那样快。

庄小云喜欢那一田的麦子，更喜欢麦子的绿颜色。

男人去了城里，在工地上打工。庄小云几乎每天都要去一趟麦田，看看麦子，从田的东头看到西头。她觉得自己在看麦子的同时，麦子也在看她。她生怕麦子会从她的眼中离开消失，或者，那些麦子被一些不听话的牲口肆意踩踏。

这不是不可能的。庄小云曾见到过这样的场面。

去年，庄里冯梅的麦子就在一天之内快速地消失了。冯梅的麦子在没有抽穗前，那块田在一场会议后被国土部门征收，就被县政府指定的一个工程队车辆碾压成泥。那时候，冯梅站在田边不肯让工程队的车辆进入。最后，冯梅被派出所的干警拉走。庄小云还替冯梅痛心，更替冯梅的麦子痛心。

再就是前年，庄里任景秀的麦子让两头打架的牛踩踏了不少。两头公牛像疯了一般在麦田里斗架，那样子非斗个你死我活。两头牛的牛脚很沉地踩在麦子上，一田麦子被两头牛踩踏了一大半。任景秀自认倒霉，除了骂牛，还是骂牛。庄小云也替任景秀痛心。

每次回来前，庄小云都要俯下身子，伸出手，在那些麦子的叶片上轻轻触摸。那些经过掌心的叶片带给她的手感非常柔弱也非常美好。她要的就是这种感觉。

每次回来，庄小云就有点舍不得，都要回头看上麦子一眼两眼的，只要那么一看，她就感觉到那些麦子也站直了身子看她。那时候，庄小云的脸上不由得生出笑来。

整个村里的人都对庄小云的麦田充满了期待，也充满了敬意。因为麦子，庄里很多人也会走到庄小云的田边去，看看她种的麦子，欣赏她种的麦子。

梅三甲是一个例外。

梅三甲见了庄小云的麦子，不这么认为，也不这么期待。

这一点，庄小云不知道。

县城有名的摄影师是冲着庄小云的麦子来的。

摄影师非得要在庄小云的田边拍那些麦子的镜头。庄小云就手指着那片麦田说，可以拍，尽量拍。

那两天，摄影师除了早晨拍、中午拍，傍晚还拍。他除了弓着腰拍，还侧着身子拍。庄小云见了，觉得好笑，心想：一田麦子有啥好拍的？

看着摄影师拍着麦子，庄小云很满足。

庄小云把这事告诉在城里打工的男人，自己一田麦子让一个城里摄影师拍了很多照片。

庄小云，你躺在麦田里，也让摄影师拍一张你跟麦子的照片。男人在电话里说。

不想拍,更不想躺在麦田让摄影师拍。庄小云回绝。

庄小云,你怎么就不拍呢?拍!男人在电话里劝她。

庄小云挂了电话。

那一天,麦子青青。也是那一天,风吹着青青的麦子。

摄影师拍完照片就要走。走之前,摄影师跟庄小云说,你要提防梅三甲,他对你的那片麦子没安好心。

庄小云问,你怎么知道的?

摄影师说,梅三甲亲口说的,要毁掉你的麦子。

庄小云说,梅三甲没有那个胆。

摄影师说,有没有那个胆,都要防着梅三甲。

摄影师走时,庄小云望着摄影师的背影,望了很久。

庄小云伙在人群里,只要听到有人说自己的麦子,她就会心地一笑。只要有人说她的麦子被摄影师拍了照片,庄小云仍旧会心地一笑。

庄小云真的没有想到这一天要来。

这一天真的来了。

庄小云恨死了梅三甲家的牛。等她发现梅三甲的牛在吃自己的麦子时,天已大亮。

在庄小云看来,梅三甲是有意把牛牵进麦田吃麦的。

庄小云把牛赶出了麦田。那头牛边走边抬头看看庄小云的麦田。

庄小云觉得,自己的男人收拾梅三甲或是修理梅三甲,简直是小菜一碟。

庄小云没有把这事告诉男人。她要让男人在城里安心打工,

她不愿跟梅三甲结上梁子,更不愿自己的男人跟梅三甲结上梁子。

庄小云也没有把这事告诉村主任。她不想村主任为这事跑来跑去,让村主任为难。

麦子被牛吃过,庄小云没有表现出过多的伤心。

梅三甲终究没有跟庄小云道歉,也没有提赔偿的事,庄小云一点也不在乎。

在庄小云心里,那些被牛吃过的麦子,再没有机会抽穗,可那些麦茬却小心地绿着。

坐在田埂上,庄小云接到男人打来的电话。

那田麦子长势好不好? 男人问。

好! 庄小云的回答很清脆。

在庄小云眼里,那一田麦子,仍然生机。

放生龟

曹云一直记得那只放生龟。

春天的牛屎塘满满的一塘水,闪着波光。那只巴掌大的龟是杨万启在那个春天里放生的。杨万启在乌龟的龟甲上用刀子小心地刻下了"杨万启"三个字后,就把乌龟放进了门前的牛屎塘。龟腿在水里三下两下划拉之后,伸出的头就没进了水中,再也看不见它的身影。

杨万启在离开牛屎塘之前许下了一个愿:愿它平平安安。

曹云是看着杨万启把乌龟放进牛屎塘的。曹云心里有点舍不得。其实,曹云是替杨万启舍不得。毕竟,乌龟的身子已经超过了杨万启的巴掌。曹云看了看春天的太阳,看了看不再平静的牛屎塘。走在杨万启身后的曹云怎么也想不明白,他居然把到手的乌龟放生了。

后来的夜晚,曹云不止一回两回地梦到放生龟,梦到放生龟在牛屎塘长到斗笠大。尽管那样的梦很荒唐很不可信。醒来,曹云还是浅浅一笑,心想:自己怕和那只龟有缘。

曹云跟杨万启在麦地收麦。一地金黄的麦子晃着曹云跟杨万启的眼睛。曹云停下割麦,一手拉住杨万启割麦的手。他跟杨万启说,我还梦到过你放生的乌龟呃。

杨万启朝曹云一笑,你梦吧!然后,又开始割麦。

曹云在很多场合都说到了乌龟。曹云说,那只乌龟放走的时候,走得非常快。乌龟不晓得还在不在?起初,大家都愿意听他讲杨万启放生乌龟的事。后来,曹云再讲,听的人就渐渐地烦了。有的人冲着他就问,曹云,你咋老是关心那只乌龟,是不是想吃掉那只乌龟?

曹云不答。

新婚夜,兴奋的曹云对女人讲,杨万启不是东西不愿在家里养着那只乌龟,把它放生在牛屎塘。

女人不耐烦说,曹云,新婚夜你放着很多的话不讲,偏要讲放生的乌龟,你值不值?

曹云说,值!

曹云跟女人生活的不和美不协调绝对与他在新婚夜讲放生的乌龟有关。很多次,曹云跟女人吵架的时候,女人总是提到,你看中的是那只放生龟,不是我!

曹云一时语塞,奈何不了女人。

曹云愿意坐到牛屎塘的堤岸上也不愿意跟女人坐在一起。

全民微阅读系列

曹云经常选择坐在牛屎塘的目的很明显，就是希望能见到放生龟。有一回，眼尖的他发现杨万启放生的乌龟歇在岸边。他只差一点大喊。他的目光落在那只龟上。他愿意那只龟永远生活在牛屎塘，并且愿意让他见到。

看见放生龟，曹云没有跟任何人说。他要把这个秘密烂在肚子里。

就在那一次后，在牛屎塘，曹云就没有见到放生龟。

曹云心想：乌龟是随水走的动物，它会走到了哪里？那以后，曹云的心里就有了一个死结。

曹云是三十年后在离牛屎塘 30 里外的柳叶湖边抓到放生龟的。他欣喜地看到刻在龟甲上的"杨万启"三字还依稀可辨。

曹云选择在禾场上杀掉放生龟。宰杀前，放生龟缩进的龟头怎么也不出来。曹云急了，他朝龟背上压了五块红砖，可头还是没有出来。他卸掉红砖后，在等了一个时辰之后，龟头非常缓慢地伸出来时，曹云的刀落在龟颈上，快速地。

龟血喷涌。

曹云女人看在眼里，接着吼：曹云，你不是东西，放生龟你都敢杀，往后，把我也杀了？

曹云怪异地朝女人笑。

放生龟成了曹云餐桌上的一顿美味。他用半斤高粱酒就把那些熟透的龟肉一起藏到了胃里。放生龟的美味在他的胃滋润了一天一夜后，曹云很高兴地找到了神清气爽的杨万启。

曹云把杀了放生龟的事告诉了杨万启。杨万启不信。他不信自己的放生龟会跑到三十里外的柳叶湖，更不会落在曹云的手上。

曹云说，杨万启，你要再不信，我拿龟甲来。

杨万启看到龟甲上依稀可辨的名字,随后,骂了一句:混蛋曹云。

在杨万启的骂声中,曹云把玩那片龟甲。临走,曹云问:要不要龟甲?

杨万启很平和地说了一句,不要了。曹云把龟甲放在地上,还狠狠地踹了两脚。

曹云遭牛顶撞了,断了三根肋骨。养伤的那些日子,曹云想到了放生龟,越想越害怕,自己不该杀放生龟。

曹云拉住给他治伤的医生问,你说说,我是不是不该杀放生龟?

医生没有回答,只是告诉他,他的肋骨要尽快好起来,得注意休息。

曹云遭牛撞后,老是问女人:自己是不是不该杀放生龟?

女人给的答案,有时肯定,有时否定。曹云听了很生气。

曹云再问,女人吼:你要再问,我跟你分开过!

那以后,曹云再不多问,也不多说,好像忘了放生龟。

我就等拆迁

宋玉生的房子低矮,逢雨必漏。他对自己的房子特别不满意,一心盼望着拆迁。那年,宋玉生 30 岁。

门前的枫树上,是宋村安装的一个高音喇叭。有天早上,宋玉生从高音喇叭里听到了一个让他振奋的消息。那消息说,在离宋村 30 里开外的地方要建一个大型变电站，那地方有 10 多户人家要搬迁，并且，那 10 多户人家房子由政府统一修建后，再分给他们。也就是那天早上，宋玉生就萌生了一个希望，将来哪一天，自己的房子也能名正言顺地拆迁。

不到一年，变电站建好。宋玉生去看变电站。看完变电站，宋玉生最关心的是那些拆迁户。然后他跑到统一安置的住房一看，一栋栋房屋果真整齐漂亮。回来的路上，他就想，自己的房子有那么漂亮就好了。

很不容易到来一次拆迁机会白白地错失了。宋玉生那年 40 岁。

那一年，从葛洲坝输往广州的高压线路经过宋村。测量线路时，宋玉生拉着一位测量员问，路线经过不经过他的房屋？他那破屋碍事不碍事？测量员说，还说不准，要等整个线路的测量数据再定。

等吧。宋玉生不再犹豫。

后来，宋村有 3 户人家的房屋需要拆迁。那 3 户人家的房子由政府出钱修建，3 幢房子建好，在丽日蓝天下格外漂亮。

宋玉生开始埋怨：那条线路怎么就不经过自己的房屋？

50 岁那年，宋玉生的身体再没有以前健康，时常咳嗽，还伴随头晕。可是一听到要拆迁的消息，他就会强打精神。

那一年，县里做出决策，要在宋村修建一个农药厂。整个村里，再没有比宋玉生更兴奋的。宋玉生逢人便说，只要项目一开工，自己就可以拆迁，就可以享受到政府修建的好房子。他经常会出现在人堆里，开口闭口的，就是拆迁的事。

这个项目让宋玉生兴奋了一年。那一年，宋玉生的咳嗽和头晕仿佛减轻了很多。

一年后,农药厂的建设停留在纸上,没有一点动静。

宋玉生后来才明白,建农药厂是县长的意思,没有经过科学论证。后来有专家提出,在宋村坚决不能修建农药厂,专家还列出了不能建厂的 **8** 条理由。

宋玉生的病情慢慢加重。

宋玉生房子越来越破败。

村主任宋家宝每次见到宋玉生就说,玉生老爹,村里愿意出钱翻修你的房子。

不翻修,我就等拆迁。宋玉生不依。

村里还没有项目,房子拆迁,说不定等上好多年。宋家宝给他一个话。

宋玉生说,愿意等。

60 岁那年,宋玉生大病了一场。宋家宝领着村医去看宋玉生。村医拿出听诊器搁在宋玉生的胸口。村医还手摸着宋玉生的手,辨别着宋玉生的脉相。

听完看完,村医给了宋玉生一些药,叮嘱他怎么怎么吃。

临走,宋家宝说了一件事。

宋家宝说,今年,宋村将引来市里的公墓建设项目,需要宋村几座山,说不定,你的房屋将被拆迁。

宋玉生拉着宋家宝的手说,宋主任,是不是真的？我就等着拆迁。

真的！宋家宝肯定。

宋玉生用颤抖的手在房屋拆迁协议上签了字。

签完字的那天晚上,宋玉生一阵猛地咳嗽,一口气没接上来,就走了。那年他 **61** 岁。

宋玉生走的时候,手里紧紧抓着那份拆迁协议。宋家宝说。

宋家宝在村委会上提议,宋玉生用不着分房子了。他的钱,放在宋村的账户上,往后,谁家的孩子考上大学,拿出一部分作为学费。

宋家宝的建议很好,村干部都答应,村民也答应。

2011 年春,宋家宝讲了同族人宋玉生的故事。我一直没有怀疑这个故事的真实。

按辈分,宋玉生,我应该叫他叔叔。

后来,我才知道,我的命运跟宋玉生紧紧地连在一起。我还知道,村里其他孩子的命运还将与他连在一起。

我就是拿着宋村出的也就是宋玉生出的学费念完大学的。这是一个老人等了半辈子却没有享用的房屋拆迁费用。

大学毕业,我留在宋村小学。每次上课,我对孩子们说,只要你们用心学习,考上大学,村里就会有一个人为你们提供学费。那个人是谁,我没有告诉孩子们,孩子们也没有问。

每年清明,我都领着宋村小学的孩子们在宋玉生的坟头放上一挂长长的鞭炮,撒上纸钱。

空旷天底下,宁静山野中,那一挂鞭炮清脆激越的声音,传播得很远、很远。

废 窑

砖窑是乡里领导拿定主意后建的。建窑那年,很多村民参加了劳动。砖窑的烟囱还是乡里领导请了一个专门修烟囱的建筑队修好的。

不到三个月,窑建好,就开始烧砖。砖窑烧制的红砖,满足了城里人建房,也满足了村里人建房。

红砖生意很好,等候拉砖的车辆,一辆接一辆排队,排队的车辆从场内排到了场外。

牛尾看着那红火的场面,就有点心动,再没有比承包砖窑更来钱的了。

牛尾下定决心,一定要承包砖窑。他提着一袋子钱风风火火地来到乡财政所,交了承包款,然后就在砖窑承包协议上刷刷地签了字。

拿着那份协议,牛尾站在砖窑边,他大喊了一声:砖窑是我牛尾的了。

牛尾辞退了本乡本土的民工。起初,有几个民工跟他拼命地闹,说,牛尾,你个白眼狼,好处都不让村里人得。

有人还故意推倒了烧好的红砖,有的人还堵住了拉红砖的车。牛尾见了,抛出一句话,推砖、堵车,我都认了,以后再闹,我对你们不客气!

后来,再没有人推砖,也没有人堵车。

牛尾招的全是外地民工。在牛尾眼里,外地民工很听话,拼了命地在砖窑干活。

牛尾运气不好。那一年,整个砖场场坪积压的是没有卖出去的红砖。

那一年,牛尾仔细一算账,自己亏了。

牛尾借了一笔钱付清了所有民工的工资,让外地民工一批批回家了。

牛尾看看昔日红火的砖窑到了自己的手上,就成了废窑,他

全民微阅读系列

怎么也想不通。

牛尾背着一个大背包,在砖窑前大喊了三声:砖窑!砖窑!砖窑!然后就消失在村庄。牛尾还没走出村庄前,长鱼见了他一眼。长鱼说了一句:村里就你一个人有胆识!

牛尾一句话没对长鱼说,疯一般地跑开了。

有人说,牛尾跑了,他不跑不行,他借的都是银行的钱,要账的睡在他的家门口。

砖窑废了。

长鱼打量了砖窑,不停地感叹:牛尾,村里人不感谢你,长鱼得谢你,你给了长鱼一个好住处。

长鱼住进了砖窑。他在窑里放进了日常生活用具。

长鱼住进废窑的事,让村主任知道了,村主任赶紧过来,一直劝说,长鱼,你是村里的特困户,县里领导慰问的重点对象,下次来,要见不着你,村干部说不出理由。

长鱼说,你就说村里没了长鱼,长鱼出去打工了。

村主任走时,说,长鱼,你太不支持村里的工作了。

长鱼对着村主任的背影说,长鱼住在牛尾的废窑里,也叫不支持工作?

住在窑里,长鱼没事,就吹笛子,长鱼有一段没一段地吹。也不知吹的是啥曲子。那阵子,村庄的人听到笛子声,说长鱼一个人在废窑里发神经。

长鱼觉得住在砖窑好。夏天凉爽,冬天温暖。夏天,窑顶上的雨棚遮了火毒的太阳。冬天,呜呜作响的北风吹不进窑里。

春天了。春雨一场接一场地下。废窑也开始漏雨。村主任要长鱼住到别的地方,莫窑塌了。

长鱼说,我看过了,窑结实着,不会塌。

村主任无奈,只得依了长鱼。

年底,村里干部要集中慰问长鱼,送点粮食和衣被。

长鱼接过村主任手中的粮食,感激的话说完后,又说出了自己的想法。

长鱼拉着村主任的手说,以后,不用来送了,长鱼出去拿就是了。

村主任问长鱼有啥要求,长鱼说,要说要求,只有一个,窑里暗,最好安上电。

村主任说,村里尽量满足长鱼的要求,安排村里的电工,往窑里牵了电。

果真,每到年关,长鱼就在村里领回粮食和衣被。

从监狱里跑出来的逃犯惊动了当地的公安部门。悬赏抓逃犯的告示贴到了村里。人们的嘴上都在议论逃犯的生死和去向。

村主任告诉长鱼,最近监狱跑了一个犯人,见着了,要向村里报告。他还对长鱼说了犯人的大致面相。

长鱼说,一定报告。

长鱼那天起来,就发现废窑里躺着一个人。

长鱼没有叫醒那个人,就走出废窑。

村主任带着很多人来到废窑,那些人将废窑围了个水泄不通。

那个躺着的人还没有站稳就被抓住了。村主任对着告示上的逃犯面相比对了一下,就往派出所送。

当地的公安部门一定要将抓住逃犯的 5 万块钱赏给长鱼。没有长鱼,没有长鱼提供的线索,抓捕逃犯很可能还要持续一段时间。

长鱼一点心思没费地拿到了 5 万块钱。

长鱼一分不少地把 5 万块钱捐给了村里。

村主任说，长鱼，你一个人还吃着政府的救济，拿了 5 万块钱，往后可以养老。

长鱼说，长鱼揣着 5 万块钱，睡在废窑里，不安全。再说，拿 5 万块钱，也不该长鱼一个人拿，大伙都帮着抓了坏人的。

村主任只得依了长鱼。

2010 年，牛尾开着一辆宝马风光地回到了村庄。

牛尾要实现他办工厂的梦。他把宝马停在砖窑，一步步走进废窑。在窑内，他看见了长鱼。

长鱼一眼认出了牛尾。长鱼说，牛老板，你的砖窑还在，长鱼一直在给你看着。

那一刻，牛尾的眼里是泪。

韩三同

队屋是屋场上最大的建筑。屋场上没有谁家的住房能跟队屋比，队屋大，队屋高。

队屋又是仓库，是仓库就有实物，队里的粮食、农具、化肥种子都放在仓库。是仓库就有保管员看管。韩三同就是保管员。

在韩三同之前的保管员是捌海。捌海原来是光棍，一条腿比另一条腿短一寸，走起路来，一跛一跛。捌海守了一年仓库，队上来了一个姑娘，河南来的，硬要跟捌海结婚。捌海就同意结婚。结婚前，姑娘提了一个条件，就是结了婚，再不当保管员。捌海弄不明白,就找队长,队长安排了韩三同。

交接那天,捌海、韩三同跟队长在一起清点队里的实物,清点完,队长发现没少一样。捌海有点舍不得地拿出钥匙,然后拍拍韩三同的肩膀说,看好仓库呃。

韩三同接过钥匙,心底里不服气,心想,韩三同守仓库不比你个跛子差。

队屋钥匙只有两个人有,一个是队长,一个是韩三同。

队屋有很多小间,那些小间往往放着非常重要的实物,比如种子、比如农药。小间也有钥匙。仓库的钥匙算起来有好几片。韩三同找到大队的广播员,用半盒纸烟在他那里得到了一米长的铜线。他把一米长的铜线剪成两段,一段藏在箱子里,另一段串起那些银白的钥匙,挂在裤腰上。韩三同走路也很神气,钥匙也叮当叮当响。

那时候,仓库有石灰。队里的水稻田土壤呈酸性,为中和土壤酸碱度,队里人往往朝田里撒石灰。韩三同当保管员那年,队里的桃秀找过他。桃秀不为别的,就为一袋石灰。韩三同起初不答应,问她要石灰做啥用?桃秀先是不说。后来说了,说用石灰做一回米豆腐,还说,吃了石灰做的米豆腐还可以消消火。

韩三同笑着说,晚上,给你送去。

晚上,韩三同果真用一布袋装了石灰。

韩三同把石灰送到了桃秀家。刚好桃秀男人不在。韩三同就顺手摸了一把桃秀的胸。桃秀也不当回事,就让他摸了一次。

韩三同走时,说,桃秀,有人问你,啥也不说。

桃秀说,啥也不说。

那几天,韩三同一直处在兴奋状态,说话的声调也高了些,去仓库开门的步子也散漫了些。

没过几天,保根女人跟韩三同要点石灰。韩三同说,那是队里的石灰,又不是我韩三同的石灰。我做不了主。就是我做得了主,我就是给桃秀也不轻易给保根的女人。

话一出口,韩三同觉得说漏了嘴,用右手在自己的脸上左右扇了两下。那两下真的扇醒了他。

保根女人气得洒下一路的骂声:你韩三同什么东西,还不是个杂种。

韩三同当没听见。

韩三同打开队屋的门。在韩三同眼里,仓库的门很大,像一个黑洞,很快就吞没了他。

牛高马大的保根走进了仓库,同样,仓库的门像黑洞一样地吞没了他。

韩三同跟保根在仓库打了一架。韩三同彻底打输了,他让保根狠狠地压在身下。要不是队长赶到,险些出了人命。

队长想明白他俩为啥子打架。保根说,老子的婆娘找他要把石灰打碗米豆腐吃,他说仓库没有,前几天,桃秀让他摸了一把,他送过去一布袋。

韩三同不承认。用手指着保根的脸说,保根你乱讲话。

保根说,人家桃秀跟我说的,还有假?

韩三同无语。

那晚上,韩三同很后悔,不该给桃秀一布袋石灰。

韩三同再不做保管员。韩三同把那串提得叮当响的钥匙交给了队长。那串钥匙一出手,韩三同眼里就涌出泪来。

钥匙一交,队里就有人笑话韩三同,那么老实的韩三同还拿队里的东西送人情。

韩三同一听,心里不是滋味。

钥匙一交，队里就闹分田分地。

韩三同在常德城里有个表姐，劝他不要田不要地，到城里开一爿店子。

韩三同胆子小，当着表姐的面说，没了田没了地，往后靠啥子活命？

表姐给他壮胆，先到了城里再说。

分田那天，队里的户主集中到仓库里抓阄分田。队长指着韩三同说，韩三同，你可想好了。田是你自己不要的，莫到时反悔。

不反悔。韩三同站在人群里说。

韩三同话一出口，桃秀死死盯着他。

韩三同果真在城里开了一个小商店，生意还好。

有一回，韩三同回来，正巧遇到离了婚的桃秀端着面盆去队长家借米。

韩三同不走了，桃秀不走了，两人面对面地看着。

相互看了很长时间。桃秀把面盆朝胸前一抱，就走了。韩三同一阵小跑追过去。

韩三同买了一大包水果糖走进队长家里，拉住队长的手说，队长，把这些糖散了吧，这是我跟桃秀的喜糖。

队长问，那个跟你打架的保根散不散？

散！韩三同说。

韩三同走的时候，带走了一个人，那人是桃秀。

锁 木

锁木是村主任身边的红人。

村主任看重锁木。

村主任那天差点被汉皮打了。汉皮家的鸡被人偷了,满头是汗地找村主任处理。村主任说,汉皮,你报案,报派出所,这事村里管不了,找村里没用。汉皮气不打一处来,挥舞拳头,朝村主任打过来。锁木一急,跑过去挡了,汉皮一拳打在锁木脸上。

锁木一阵眼冒金花,擦着嘴角的血说,汉皮,你敢再打村主任,我跟你没完。锁木那架势,吓着了汉皮。

汉皮指着站在村主任身边的锁木,说,小人!

那一刻,村主任想,自己不能小瞧锁木。那以后,锁木就成了村主任身边的红人。

其实,村主任身边不需要这样的人。村主任想:我才不要你锁木替我挡那拳。

在村里,村主任说的话算数。村主任说,沙巴在北山偷盗的树要退出来就得退出来。不然,就得送派出所。沙巴把村主任的话当话,一根根藏在屋里的树,又一根根搬了出来,非常舍不得。

锁木说的话也算数。锁木说,茼蒿的牛吃了村主任家的菜就得赔。锁木说那话的意思就有点显摆。

那天清晨,茼蒿的牛绷断牛绳从栏里出来就直奔村主任家的菜园。在菜园,牛大口大口地吃着村主任家的菜。茼蒿自认理亏，把那头牛臭骂了一顿，再抽了三鞭后，非常服气地给村主任赔了菜。回头，茴蒿还对锁木说，锁木兄弟，村主任面前多担待点，都怪我那不听话的牛。

锁木在茴蒿面前扎实地显摆了一回。茴蒿一走，锁木脸上就露出笑来。

锁木得了村主任给的好处。况且，那些得来的好处，村里没一个人眼红。

上面来了救济粮。村主任就对锁木说，你挑担回去。

锁木也不推辞，使出力气就挑了满满一担回去。

上面来了被子，村主任就对锁木说，你搬床回去。

锁木就一床被子顶在头上，回了家。

锁木想进村委会，可村主任就是不松口。只要其他村干部一提，村主任就说，锁木糊涂，有心计，不能留在村里做大用，这事以后再说。

锁木想，是村主任压着自己。他要不压着自己，早就进村委会了。

锁木不明白村主任为何压着自己。

锁木想，自己要进村委会，光靠自己不行，还得靠自己的女人。

锁木就想到了女人。女人要身材有身材，要气质有气质。锁木有时候自己都想不明白，咋就得了这么俊俏的女人。

锁木对女人说，自己进村委会就差一口气了，还得摆一桌酒，接接村主任。

女人就摆了酒。

村主任过来喝了酒。

村主任喝高了，说话不着边际。

锁木也喝高了，胆子就大了起来。

全民微阅读系列

锁木开口,村主任,往后,我想进村委会。

村主任说,进!进!谁让你是我身边的红人,你不进谁进?

锁木觉得村主任给的答复响当当的,不由一笑。

锁木跟狗屠夫为争一寸地干架了。锁木的地挨着狗屠夫的地,锁木年年往狗屠夫的地边刨土,早就刨过地界了。狗屠夫不再忍了,拿了一把杀狗的刀子要杀锁木。

村主任跑到地边时,大喊两声:狗屠夫。狗屠夫。

狗屠夫握在手里的刀子才没有扎进锁木的身体。

村主任觉得锁木当初替他挨拳,自己今天替他挨刀就算两清了。

锁木狠狠地朝狗屠夫瞪眼,说了一句:小人!

一年后。上面再来了救济粮,村主任也不喊锁木去挑了。上面再来了棉被,村主任也不喊锁木去领了。

锁木觉得村主任替他挨狗屠夫的那一刀,就是要还清上次自己替他挨汉皮的那一拳。

锁木一刀扎进村主任的腰是在那天下午。

那天下午,锁木的女人一个人在家里。

那天下午,村主任路过锁木家。

锁木女人的喊声打动了村主任。

村主任走进了锁木家。

女人跟村主任并排坐在了一起。村主任听着女人说话。女人讲了一个笑话。女人讲的笑话是这样的:一位领导读材料时经常断错句,有一回他在计划生育工作会议上把"已结婚的和尚未结婚的青年都要实行计划生育"读成"已结婚的和尚,未结婚的青年,都要实行计划生育。"

女人讲完,村主任觉得好笑,就浅浅地笑了。

锁木飞快地跑进屋就对村主任下刀，刀子迅速地扎进了村主任的腰间。村主任脸上的笑就像花朵一样地蔫了。

村主任说，锁木，你不是一直想成为我身边的红人？

锁木说，你却不再把我当你身边的红人了。

女人快速地从村主任腰间拔出刀子。她对锁木吼：村主任没有对你女人下手，锁木你疯了！锁木你快跑！

锁木迅速地跑出屋子。

晚上，村子里的人议论：锁木抓回来了没有？

村卫生室，醒来的村主任断断续续地对锁木女人说，锁木一时糊涂，你去找锁木，留住他，千万别让他离开村庄。

锁木女人眼含泪水，背转身，走进了黑夜。

跳　楼

宋六斤跳楼了。

宋六斤是在村主任家的三楼跳下的，他扒开铝合金窗户就跳了。

村主任家的楼非常气派，楼高三层，外墙瓷砖，铝合金门窗，格外引人注目。

村主任修楼那年，宋六斤还抬过他家的预制板。每块预制板几百斤重，要四个人一起抬。那个时候，宋六斤一身的蛮力气。从一层到三层，他跟其他三个工友抬了三次。每抬一次，村主任都给他们每人一包烟，都请他们喝一次酒。

第三次喝酒,宋六斤喝高了,走起路来,身子有点晃。他一路跌跌撞撞走回去,还没到家就摔了一跤,额头让道上的碎砖划破了一道口子,流了很多血。他一手摸在口子上,黏黏糊糊的。宋六斤在村卫生室缝了三针。缝针时,村主任跟卫生室的医生说,宋六斤缝针的钱,记在他的账上。

宋六斤跳楼是有预谋的。

宋六斤预谋跳楼是从春天开始的。春天,跟他一起抬过预制板的人进了硬化村道的施工队,宋六斤没进。最让人羡慕的是施工队长每天给参工的人发现钱。宋六斤后来才知道自己没进施工队是村主任出的主意,是村主任不让他进。

宋六斤找到村主任,说,你家抬预制板,我拼了命地帮你家抬,现在,村里硬化道路,我就做不到工了。哪天,我要跳楼的,就在你家跳楼。

村主任对宋六斤的话没有在意,以为宋六斤闹着玩的。

宋六斤跟村主任说的话,又讲给了棉桃,棉桃是他的女人。棉桃不站在宋六斤的立场上,她生怕宋六斤做出愚蠢的举动让人笑话。棉桃说,宋六斤,你越活越倒过去了,怎么有跳楼的坏想法?那是愚蠢人的做法。再听说你跳楼,我跟你离婚。棉桃的话像砖头一样地砸在宋六斤的胸口上。

宋六斤想:你这样说我,我越要跳楼,我要跳给你看看!

在跳楼前,宋六斤在寻找一个理由。

宋六斤寻找那个理由,大概找了半年。那半年里,宋六斤活得很不自在。

有时候,宋六斤想到了喝酒。他选择一些古怪的地方喝酒。譬如,他选择在山崖边喝酒,喝一口,望一眼深不可测的崖下。譬如,他选择在水库边喝酒,坐在库边,水就在他的脚边荡漾。

有时候，宋六斤会给乡里干部打电话。他给书记、乡长打过电话，甚至也给七站八所的员工打电话。谁都不知道，他从哪里找到了一本乡里干部的通讯录。每打通一次电话，他都不说话，并且很快挂了电话。

那一段时间，宋六斤以为自己疯了。

宋六斤终于找到了一个理由。他认为那个理由很充分。

那天，村主任家的狗无端地咬了宋六斤一口。宋六斤用手捂着被狗咬的伤口，躺在村主任的屋前，无论村主任怎么拉怎么劝，他就是不起来。

村主任说，宋六斤，我要么打死自家的狗向你赔罪；要么送你到乡卫生院打预防针。

宋六斤就是不依，就是不起来。

村主任最后拨通了乡派出所的电话。很快，乡派出所的几个干警把宋六斤送到了家。干警们走时，宋六斤问，村主任他咋就不带我打预防针呢？干警们不说。

宋六斤铁定要在村主任家跳楼。

村主任不在家，村主任女人在家。宋六斤装作若无其事的样子去了村主任家。从一楼到三楼，村主任女人一直领着他走。在三楼，宋六斤扒开铝合金窗户，纵身一跳。三楼上，是村主任女人狂乱的声音。

宋六斤并没有死。

宋六斤自己奇怪，怎么没有死，他发现自己的一条大腿可能脱臼了。

宋六斤忍着疼痛躺在地上，他在等村主任回来。

那一天，村主任没有回来。村主任女人说，村主任听说你跳楼的事，赶紧跟乡政府的领导报告，车骑到半路上，出车祸死了。

全民微阅读系列

宋六斤不信。

村主任女人说,你不信,可以问棉桃!

棉桃披头散发跑过来,嘴里出来的话非常难听。棉桃说,剁脑壳的宋六斤,你怎么赶上村主任出车祸的时候跳楼? 这下闯大祸了。说完,棉桃一把拉起宋六斤。

棉桃背着宋六斤。

宋六斤说,棉桃,我这辈子运气差,打算不活了,跳楼都摔不死。

棉桃说,村主任比你运气更差,车骑到半路上,出了车祸,还没了命。

棉桃背着宋六斤,感觉很吃力。

棉桃说,宋六斤,你自己走!

宋六斤说,我大腿脱臼走不了,你得背我。

棉桃说,往哪里背?

宋六斤说,往村卫生室背。

在卫生室,医生给宋六斤做了检查,在脱臼的地方几揉几捏。宋六斤就感觉好多了。

宋六斤问医生:村主任死没死?

医生说,他刚从我这里走,还特地叮嘱,你在村卫生室治疗的费用由他来付。

宋六斤喊:棉桃,棉桃,村主任没死,他骗了我!

棉桃说,是我要村主任骗你的。你宋六斤往后再闹,就不跟你一起过了。

宋六斤用手使劲捻着脱臼的部位,嘴里哼出声来:哎哟。哎哟。

婉 秋

来到工地，婉秋就一头扎在男人堆里。

男人们抬石头，婉秋甩开膀子，就抬。一天下来，也不喊累。

男人们下沟掏黏糊的黄泥，婉秋三脚两脚趟进泥沟，就掏。一天下来，更不叫苦。

男人们看不下去，有人对着她说，婉秋，不用抬石头，也不用掏黄泥，往后做饭。

婉秋对众男人笑笑，说，做饭吧。

男人们觉得，干完活回来，有现成的饭吃，也不亏。男人们还觉得，毕竟婉秋是女人，暗地里帮她一回，值。

婉秋觉得，自己再不用抬石头再不用掏黄泥，也不亏。

做饭也不轻松。做饭就得起早床。婉秋起得比男人们早。起来，就在工地临时的灶台边转悠。天一亮，婉秋就喊开饭了。男人们起来就拿着碗筷过来吃。

晚上，男人们洗完手脚就上铺睡觉。婉秋把那些碗洗得叮当响。有的男人就在那叮当响的洗碗声中，慢慢来了鼾声。婉秋看看那些倒在通铺上的男人，嘴里就叹一声：男人也不容易。

工棚不大，住处就更紧了。男人们睡通铺，婉秋睡单铺。

工地上没有茅厕，拉尿就在工棚近处。拉屎就寻远处的树丛。半夜里，铜锁出去撒尿，夜一静，听得见尿落地的声音。天一亮，男人堆里就有人说，谁谁昨晚上一泡尿好长，像落了一场雨。

那天早上,铜锁让男人们笑红了脸。

那天早上,铜锁走近婉秋,轻声告诉她:在地上放把草,晚上拉尿在草上,声音就轻了,不然,男人们会拿你拉尿当笑话说的。

夜里,婉秋果真憋了一泡尿。起来撒,她怕撒出声响,就在地上垫了一把草。一泡尿撒完,没一个男人听到响声,也没一个人笑话。

一下雨,工地上干不得活。男人们就窝在一起打牌。打完牌,就等饭吃。

雨一连下了好几天。婉秋觉得闲,就在镇上买了毛线和针。婉秋再一闲,就打毛衣。

婉秋还是窝在男人堆里打毛衣。

男人们打牌打得兴头高,婉秋在男人面前一针来一针去。

有个男人就开玩笑,婉秋出来打工最划算,得了空,就打毛衣。

这话一出口,男人们这才觉得婉秋占了便宜。铜锁不说话,两眼死死地盯着那个说话的男人。那男人让铜锁的目光逼低了头。

过了秋天,天气就转凉了。天一凉,老板就给民工发了一个月工钱,让民工们买衣服。有了钱,男人们就到镇上挑衣服买,一件件,花花绿绿地买回来。

没买衣服的只有铜锁。

铜锁见男人们挑衣服去了,就把老板发的钱朝婉秋衣袋里塞。铜锁说,婉秋,我的工钱,你管着。

婉秋也不拒绝,说,我替你管着,要钱的时候尽管来拿。

工地离镇上不到三里路。听镇上人说,镇上有休闲的屋子,男人拿了钱可以在屋里短时间休闲、短时间享受。

时间一久,男人们管不住自己。有的男人就往镇上跑。有的男人回来说，镇上的女人如何如何。

没有去镇上的男人只有铜锁。男人去镇上，铜锁不问，也不打听。

天一冷，再出去干活，身上就得添衣服。

没衣服添的只有铜锁。

早上出门，男人们在身上都加了衣。没加衣服的只有铜锁。男人们就笑他，铜锁，你在上个工地那么不老实，这个工地上你老实了，为啥？

铜锁爆一句，啥也不为！

男人们出门，铜锁走在最后。婉秋跑出来，一把扯住铜锁，一件崭新的毛衣就往铜锁胸前塞。

铜锁停了脚步。

铜锁穿上了婉秋织的新毛衣。

男人们在山脚下抬石头，砌石墙。铜锁站在靠山的那边。

突然，山体滑坡了。没跑出来的只有铜锁。铜锁的身子被挤在了石墙和山土中。

男人们眼看着铜锁断气的。铜锁说不出一句话，只剩头露在外面。

婉秋赶到工地时，铜锁已经断气。几个男人在不停地挖他身后的土。

铜锁平躺在地上。婉秋坐在他的身边。

婉秋的一只手紧紧地握着铜锁的一只手，另一只手解开了他胸前的扣子。

男人们发现，铜锁身上的那件毛衣干净整洁。

护送铜锁回家的是婉秋。

五天后，婉秋再回工地，像换了一个人。

全民微阅读系列

有人问婉秋,魂是不是让铜锁带走了?

婉秋摇头不答。

那以后,男人们中再没有人往镇上的休闲屋跑了。

雪落下来之前,工地上的活干完,跟老板结完账,婉秋在铜锁出事的地方放了一挂鞭炮,烧了一叠纸。一阵青烟,稀疏地让寒冷的风吹散,再吹散。

银手镯

家才下决心不念初三了,他要出去打工。

家才娘始终不明白,说,娃,放着好好的书不念,怎么想到了要去打工?

家才说,我的梦想在城里。

家才要进城打工的消息,寨里的彩云知道了。彩云小心地打开了家里的那口红木箱子。红木箱子很精致。她拿出了箱里的一个包袱,然后打开,她看到了心爱的银镯子泛着哑光,便用一方细绒布轻轻拭去上面的尘埃。其实,手镯上面根本没有尘埃。

路边长着一丛丛芭蕉,有的已经扬起了宽大的叶片,风吹得那些叶片,一摇一晃的。

那天早上,家才走得很急。在村口,彩云拦住了背着背包满脸是汗的家才。她把手里的银手镯递给了家才。彩云说,手镯是娘留给她的,往后,就留在你身边,要是没路费了,就把它当了作路费。家才说,路费带够了,不差路费的。

家才说，彩云，银手镯，你还是拿着吧，我带在身边不合适。

彩云摇了摇头。说，家才，送出去的手镯，怎么能要回来呢？

家才上路了，他的背包了多了一只银手镯。

彩云望着家才远去的背影，再看看那一丛宽大的芭蕉叶，在微风里轻轻晃动，回家的脚步轻了起来。

家才把银手镯放在背包里，在最困难的时候，也没有当掉银手镯。

家才一走，彩云就盼着家才回来。

彩云一直等着家才。她跑到寨里的邮所，看看有没有家才的来信。邮所的工作人员用摇头的方式告诉她，没有信。

芭蕉的叶子苍老了，像帆一样地落下了。家才没有回来。

年底，很多打工的人回来了，彩云跑到村口，看那些回来的人里，一一辨认有没有家才。

家才没有回来。

等过了春天，等夏天。

家才一走八年。

家才是夏天回到寨里的。家才带着彩云的银手镯回到了寨里。

家才娘狠狠地在家才脸上扇了两耳光。家才捂着火辣辣的脸，听着娘的叙述。娘说，人家彩云姑娘等了你七年，你连音讯都不回。去年，彩云姑娘嫁人了。

家才拿出银手镯，拿在手里仔细打量，银手镯依然泛着当年的哑光。当年，他没有弄懂，一只手镯上有彩云姑娘的心事。

家才想到了寻找彩云。

他在彩云出没的小河边，希望能看见彩云，小河水默默地流向远方。

116

全民微阅读系列

他在彩云出没的山里，希望能看见彩云，天山的彩云一朵一朵飘到山的那边。

他在彩云出没的边边场上，希望能看见彩云。来来往往的人群里，没有彩云的身影。

家才没有看见彩云，只看见彩云的手镯，只见彩云的手镯泛着哑光。

那年夏天，寨子里出现了特大暴雨，暴雨持续了两天两夜。家才仍旧在暴雨里打听彩云的消息。

等到家才跑到彩云的村寨时，村里的村民告诉他，彩云一家四口被山洪冲走。

家才跪在地上，嘴里念叨：彩云。彩云。

银手镯留在了家才的手里。

家才把它藏在自己的一口木箱子里。

新婚夜。女人看见家才柜子里的一口箱子。就问，家才，把柜里的箱子打开。

家才说，睡，以后再打开！

女人跟家才睡了。

家才跟女人在地里干活。女人说，身子不舒服。

家才说，回家休息。

回到屋里。女人想到了柜子，想到了箱子，她想打开。

女人手里握着箱子时，家才在门外喊，当家的，身子好点了吗？

女人匆匆地把箱子放回柜里。

女人跟家才地里干活。家才说，肚子疼，疼得干不了活。女人说，回家休息。

家才跑回家里，在床上躺了半天，肚子不疼了。他想到了柜子,想到了箱子,想到了银手镯。

他迅速地打开那口箱子,拿出银手镯,放进了自己的裤袋,然后把箱子放回了柜里。

刚放好,女人就在外面说,家才,肚子还疼不疼?

家才说,不疼了。

女人去赶边边场。家才拿一坛子,把银手镯放进去,盖上盖子,再把坛子埋到了屋后地里。

这一切,女人不知。

晚上,家才躺在床上睡了,鼾声不断。女人睡不着,一脚踹醒了家才。说,家才,你家那口木箱,到底装的啥?

家才说,啥也没装。

女人说,打开看看。

家才说,打开让你看? 真要打开看?

家才打开了箱子。箱子里啥也没有。

女人说,以后,箱子犯不着锁了。

箱子一直没有上锁。

第二年,女人在地里开地,挖到坛子。她把坛子里的银手镯放进了木箱子。

很多年过去了。

家才在床板上断气前,不停地叫着女人的名字。家才断断续续地说,当初,我不该瞒你,那木箱子里的手镯,我埋到了屋后的地里。

女人说,家才,我早就晓得你埋它的地方。

女人枯瘦的手上拿着银手镯。她把家才的一只手抓过来,让他握着银手镯。

家才嘴里的话没有说完,渐渐,咽了气。

百狗雕

袁守仁是矮子寨最好的雕匠，自然活在手艺里。他在木头木板上雕花鸟虫鱼，雕啥像啥，活灵活现。

矮子寨的人都佩服袁守仁的手艺。

袁守仁五十岁后开始养狗。一条毛色棕黄的狗让他喂养了六年。六年里，袁守仁是看着那条狗长大的。平日里，他生出对狗的爱恋来，爱惜狗，就像爱惜手中的一把把刻刀。

袁守仁每次外出，都是黄狗守家。家里因了狗的看守，从来没有失盗。很多时候，袁守仁发现家里啥也没丢，只有黄狗围着身边转来转去，那一刻，他的脸上就露出浅浅的笑来。

一有响动，黄狗就叫。很多时候，寨子里是黄狗汪汪的叫声，显得悠远清脆。走在很远的山坡上，袁守仁能听出是家里的狗在叫。

矮子寨山高林密，有些看头，有个爱狗如命的人来矮子寨旅游，看见了袁守仁家的狗，跟袁守仁说，愿意花比市场价高三倍的钱买走狗，也好了却自己一生爱狗的心愿。

袁守仁看看来者，仍是摇头不答应。

除了对那条狗生出爱恋外，他对那条狗也有过抱怨。他抱怨狗不应该咬了连梗。

连梗处在热恋中。40 来岁的男人，好在有个陕西女人看上他，打了家具准备结婚，想在家具上雕刻些花鸟虫鱼，便热情很高地过来接袁守仁去家中。没想到,连梗才走到袁守仁门前的小道上,黄狗蹿出来,一下子就咬了连梗的腿,然后,就发疯般跑了。

袁守仁骂了声:死一边去,畜生!

连梗提起裤管一看,一股殷红的血在淌。袁守仁见状,赶忙用红糖和米饭捻了团敷在连梗腿上。袁守仁抱歉地说,兄弟,明日陪你去打预防针。

袁守仁执意留连梗不走。连梗连说三声"没事"后,就一瘸一瘸回了家。

黄昏里,袁守仁嘴里仍骂着黄狗。他内心里希望黄狗不要再在他眼前出现、晃动,不然,就会狠狠地踹它几脚。

天一黑,暴雨就来了。

袁守仁睡前没有听到黄狗的任何动静。

袁守仁在睡梦中听到了黄狗急促的叫声,一声比一声急。他觉得黄狗的叫声,在某种意义上是一种提示。在黄狗的叫声中,他隐约地听到大水奔流的声音。袁守仁连忙起了床,拧着手电筒,着了雨衣,然后提了装着刻刀的工具袋就往山的高处跑。雨水碰撞矮子寨的声音远远地超过了狗的叫声。他觉得身后的狗的叫声越来越弱,越来越辽远。

很快,袁守仁就淹没在雨里。

泥石流疯狂地从山腰下来,像一个十足的疯子,见谁惹谁。又像一股强大的气流很快就钻进了袁守仁的屋子。

天亮了,袁守仁回到自己的屋前,屋已冲垮。他大声唤狗,狗不应声。

袁守仁一直在寻找连梗。他没有找到连梗,很多人没有找到。清点寨子人数时,谁都说没有发现连梗。很多人估计泥石流经过矮子寨时,连梗肯定埋进了泥石里。

袁守仁生出后悔,没有留连梗过夜,说好和他一起去打预防针的。

袁守仁在泥石流经过的矮子寨空着肚子寻找了两天,没有看见那条喂养了六年的狗。他发现要想找到黄狗,就像找到连梗一样困难。

袁守仁失魂落魄。最后,他放弃了寻找。

袁守仁住进了政府临时搭建的安置帐篷。

袁守仁从安置帐篷出来再住进自己的新房时,就有了一个很大的计划,他要雕好一百尊狗雕。

袁守仁没有放弃自己的手艺。他开始雕狗。过去,他不雕狗,理由是他怕自己雕的狗活了,跟自己养的狗过意不去。

于是,袁守仁开始雕狗。他找来一根根粗壮的木头,那些木头也是他认为木质最好的木头,袁守仁就像熟悉自己手上的刻刀一样熟悉那条狗,坐着的,奔跑的,各式各样的狗,他都雕。

每雕好一尊狗,袁守仁仿佛看见自己喂养了六年的狗。

在自己的新房,袁守仁摆放着狗雕。他在那些狗雕前驻足,耳里是狗的叫声。

过了一年,袁守仁的儿子袁小元带了他的女友回来。女友看见那些狗雕,问袁小元,你爹没啥事干,尽雕些狗来看?

袁小元把女友拉到一边,说,我爹雕狗,那是没出息,改天,我让他一把火把那些狗雕给烧了,还不行呗?

袁守仁听见他们的对话,泪水在眼眶里打转。

第二天,袁守仁把那些狗雕搬出屋,堆在一起,一把火点了,火光中,他听见了他喂养了六年的狗在火里挣扎,在火里尖叫。

袁守仁走进屋,拿出那个装着刻刀的工具袋,然后把它扔进了火里。

看着燃烧的狗雕，袁守仁久久地站着，一动不动。

袁守仁让儿子接进城的那年，说话有些含糊不清。矮子寨有个胆大的人说，估计是疯了。他还说，袁小元的女人不让他烧那百尊狗雕，就不会疯。

磨　刀

牛黄有一把一尺长的刀。

牛大年看见牛黄在磨刀。牛黄在屋前就着一块磨刀石和半瓢水来回磨刀。起初，牛黄用手把水浇在磨刀石上，嚯嚯的声音响起。连磨十多次，也不喘气。磨过一段时间，等嚯嚯的声音停了下来，牛黄便用手指试试刀的锋利。

你磨刀干啥？牛大年问。

杀自己的女人。牛黄说。

牛黄30岁那年。女人跟一个外地男人在雨夜里跑了。牛黄下了决心，只要女人一回来，

他就要杀了她。

女人跟人跑了，你要找，不找能回来？牛大年说。

牛黄又开始磨刀，边磨边说，找什么找？到哪里去找？等有一天，她回来了，我就杀了她。

牛黄找过女人。他自己找过，也托亲戚朋友也找过。最后，他还求助派出所帮忙找过。找了10年，也没有音信。牛黄知道结

果:这辈子找到女人几乎不可能了。

临走,牛大年说,牛黄,你脑子里别装糊涂的想法,杀了人,是要偿命的!

牛大年走了。牛黄仍旧磨刀。来回磨过几下,他再用手试试刀的锋利。锋利的刀口划着了牛黄的指头。很快,血流了出来,牛黄不当回事,把那血滴在瓢里,就着血水磨刀。

嚯嚯的声音再次响起。

没多久,牛大年成为村主任。牛大年跟牛黄说,年底,县里的干部来慰问你,你就不要磨刀,也不要说杀你女人的事。让县里干部知道,留下不好印象。

行,只要能得到慰问物品和慰问金就行。牛黄当着牛大年表态。

牛黄没把牛大年的话当话。第二天,牛黄变卦了。牛大年陪着县里的干部慰问牛黄。牛黄不紧不慢地磨那把磨过很多次的刀。

你磨刀干啥? 县里的干部问。

杀自己的女人。牛黄说。

县里的干部说,牛黄,想想怎么过日子过生活,别想到杀自己的女人。有什么困难跟村里提,跟牛大年主任讲,村里的干部会一起商量解决的。

牛黄不说话,只磨刀。

牛黄那年 **40** 岁。

牛黄没有杀自己的女人,其实,他没有机会杀自己的女人,磨过的刀锈了。

锈了的刀,牛黄再磨。

牛黄不干其他的事,只磨刀。

县里的干部走时，牛黄说了一句话，明年，我还磨刀。

等县里的干部走远，牛黄嘴里冒出一句话来：明年，你们不把慰问物品给我，我要杀了你们。牛大年发现不对劲，赶紧捂住了牛黄的嘴。

牛大年不再是村主任。他看见牛黄还在磨刀。

牛黄磨刀的力气不如从前。从前磨刀，刀磨得霍霍的，磨得很顺溜。从前磨刀，牛黄不喘一口粗气。牛黄很灰心，再这么下去，他担心，就是女人回来了，也杀不了她。再就是，那把磨过无数次的刀，每磨一次，也不如从前锋利。

牛黄把刀搁在磨刀石上。

牛大年跟牛黄聊天。这辈子毁在自己女人手里。牛黄感叹。

不是毁在女人手上，是毁在那把刀上。牛大年挑明。

要不白活，就得杀了女人。牛黄回一句。

要不白活，就不能杀你女人。牛大年说。

牛黄越听越糊涂。

家家户户过小年。牛黄却把磨刀当过年。磨完，他用红布小心地裹着那把刀。

刀裹好，牛黄看见自己家门口来了一个人。那人是牛黄的女人。

看见女人，牛黄非常冲动，他赶紧拿掉刀上的红布。

女人说，牛黄，你杀不了我，不信，你试试！

牛黄手抖，解不开那布。一慌张，刀落在了地上。

女人说，以后要说杀女人，我就先杀了你。

牛黄再不作声。

女人从皮包里取出一张卡，然后说，卡里有钱，取出来盖屋，往后好好过日子。

牛黄看见女人张罗起屋。

不出半年，屋修好了，牛黄住在女人出钱盖的屋里。

女人梳理了头发，又在脸上擦了粉，对着镜子问坐在身后的牛黄，往后还想不想杀我？

牛黄说，不想。

女人问，往后还磨刀？

牛黄说，我杀不了你，不磨了。

女人说，磨！还要磨！

牛黄不明白，问，为啥？

女人说，磨快了剁菜！

磨！磨！牛黄看着镜子里的女人说。

女人转过身来，对着牛黄说，牛黄，以前跟外地男人跑了，其实我也不愿意。我要不跑，也没有我们的现在。

女人说着说着，脸上掉下两行泪。

牛黄听着女人说话，眼里渐渐潮湿。

失　盗

看见程光涛骑着电动车，程化云就眼红。

程化云眼红，就为程光涛的电动车是承包村道建设工程的吴老板送的。如果不是送的，程化云根本不会眼红。

春天里，程家庄终于申请到了村道硬化项目。项目建设资金在 100 万元以上，算一个大项目。面对这个项目，吴老板找过程光涛。

那些天，吴老板老是围着程光涛转。程光涛出现在哪，吴老板就出现在哪。程光涛说，吴老板，项目发包给谁，村里得研究，你完全没有必要围着我转。

程光涛跟村委会干部研究项目由谁来做。吴老板也在场。最终，双方签下合同，把村道建设工程发包给了吴老板。吴老板喜滋滋地拿到了项目。

村道硬化完，程光涛的电动车就骑进了村里。

程化云疑惑，电动车是不是吴老板送的？

这事没有得到证实。程化云想证实，心头却挨了一闷棍。

程光涛每天骑着电动车在新修的村道上晃来晃去。有时候，跟村道上走动的村民搭讪；有时候，还帮肩挑手提东西的村民把东西送回家。程化云看不惯。

程光涛骑车经过程化云门前，车开快了点，侧翻在路边。很快，程光涛站了起来。

程化云看见了，赶紧从家里出来，用了两把力帮程光涛把车扶起来，小声地问了一句：程主任，你的电动车是不是吴老板送的？

你说呢？程光涛反问一句。

程化云说不上来，心头倒像挨了一闷棍，摇摇头，再不作声。

程光涛坐上车，骑走了，留个背影给程化云。站在村道上，程化云想不明白。

老子还帮你扶车推车了，你就不说给我听听，是不是有这回事？过不了几天，你家就要失盗的！程化云对着程光涛的背影说。

没两天，程光涛家失盗了，果真应了程化云的话。

很快，程家庄就出了失盗的新闻，那新闻在不断地扩散。

全民微阅读系列

程光涛家失盗不到一个小时，全庄就传遍了。程化云也得到了这一消息。

程化云想：偷得好，下次还偷你家的！

啥东西没丢，就丢了那台电动车。程光涛还是有点可惜，毕竟是一台车。

程光涛想到报案，就去了派出所。

程化云见了从派出所回来的程光涛，还是表现出关心的样子。

程化云说，程主任，不就一辆电动车，偷了就偷了，将来再买就行。

程光涛说，我程光涛也是这么想的。

很快，乡派出所来了两个警察。两个警察开始拍照，开始调查情况。

程光涛说，小偷是打开院墙门锁，才进到院子的。当晚，车没停进屋。等天一亮，电动车就没了。程光涛说得很快。

两个警察在本子上也记得很快。

程光涛还说，最近村里没有外人进入，以前那几个不听话的年轻人都让派出所管得服服帖帖，应该不会偷车。

程光涛在警察面前判断。

案子的大致情形就是这样。程光涛最后说。

为破这个案子，派出所所长很重视。

第二天，派出所请来了媒体记者，跟踪报道失盗案。

面对记者的镜头，程光涛说，我的电动车失盗事小，关键是全村百姓治安事大，我们村今后一定会加强这方面的工作。

面对记者的镜头，派出所所长说，对于程主任家失盗，我感觉到程家庄的社会治安存在问题，今后，我们派出所会加大巡查力度,让老百姓安居乐业。

很快,电视台播出了程光涛丢失电动车接受媒体记者采访的新闻。

新闻播出三天后,程光涛没有想到自己接受了 3 台捐赠的电动车。

某建筑公司的老板捐了一台。建筑公司老板给出理由,程主任想到的是老百姓的安居乐业,在各家各户开展工作,没有车哪行?

某个建材市场的老板捐了一台。建材市场老板给出理由,程主任在建材店快要关门的时候,买了建材店的建材,让一个店子起死回生。

某个电动车销售公司的老板捐了一台。电动车销售公司老板给出理由,程主任免费为公司的电动车做了一次广告,公司捐出一台电动车不算什么。

一下子,程光涛有了三台电动车。程化云始终没有想到。

程光涛很有意思地坐在了派出所所长办公室。他说,所长,丢了的电动车不用再找了。有人给我捐了电动车。

所长劝他:这事你要不追究,我们就不查了。

电动车丢失一案,派出所只是立了个案,最终没有查出结果。

程化云不再眼红程光涛的电动车。

程化云想,哪个缺德的,再不要偷程主任的电动车,要是二台都偷走了的话,将来,他家得到捐赠的电动车会摆满一屋子。

还我一只羊

二连浩特到广州的高速公路要经过一个叫肖伍铺的村子，那段穿越肖伍铺的高速公路要建好，得拆掉 30 多户的房屋。

赵梨的房屋也要拆掉。他的房屋是去年冬天才建好的，那么新的房子，就要拆掉了，村子里很多人也觉得很惋惜。赵梨看着要拆的房子，还流了泪。

其他拆迁的房屋户主都在拆迁协议上签了字，不签协议的就只有赵梨。拆迁工作组组长老吴已经 5 次跟赵梨谈拆迁的事。赵梨就是不说话，也不搭理，更不用说签字。最让人不解的是，老吴每次带着工作组的人跟赵梨左谈右谈，赵梨就不说一句话，也不说一个理由。无论老吴和其他成员怎么解释怎么动员，赵梨仍是摇头。

老吴迫切希望找到赵梨不签字的理由。他觉得近 30 户的工作都是自己的团队一家一家做通的。他不能在赵梨不给出理由的前实施强拆，让站着的房子倒下来。在开工前，老吴一定能让赵梨在协议上签字。

天气很寒冷。赵梨把烤火当作是打发时间的最好方式，便在火塘生了火。

第 6 次，老吴是单独进入赵梨家的。他没有要工作组的其他成员来。火塘前，他拉住赵梨的手说，有要求，你就提，考虑到你的新房，在拆迁补偿上可以适当追加点。

听到这样的话，赵梨一点也不觉得温暖。他坐在火塘前还是摇头。就这样，他像打发时间一样地打发了老吴。老吴只得出来。

工作组又开始对赵梨熟悉的人进行座谈，了解赵梨不签字的真正理由。

跟赵梨关系处得好的人中有一个叫陈果的。老吴想在陈果的嘴里找到赵梨不签字的理由。于是老吴跟陈果很自然地见了面。见面后，陈果说，赵梨不是一个想多要国家一分钱的人。陈果还说，赵梨绝对不是那种人，有一回，他把我喊到一个工地上打了半年工，我跟他都让人骗了，老板不给工钱，半年工白打了。他回来后，借了一笔钱给我，说不收下那钱，他心里不踏实。陈果最后说，你们工作组要多做赵梨的工作，赵梨绝对不是多要国家一分钱的人，只是他的脑袋里肯定有一根筋还没有转过弯来。

老吴点点头。

跟赵梨关系处得好的人中还有一个是他的邻居。

老吴又很快找到赵梨的邻居。赵梨的邻居是个女的，叫池禾。池禾男人出去五年了，也不往家里打个电话，更不往家寄一次钱的。池禾五年来没骂过男人一句。

池禾田地里重一点的农活多半是赵梨给干的。一到要干重活的时候，不用请，赵梨就过来爽爽快快干了。只要活儿一干完，赵梨就回家，池禾怎么也留不住。

老吴跟池禾面对面坐着。

老吴先开了口，说，他赵梨不在签字协议上签字，也不说个理由，你说说看？

池禾说，吴组长，赵梨怕是想要回他自己送出去的一只羊。

老吴疑问，他要在谁的手里要回一只羊？

池禾说，村主任手里。有一回，赵梨坐在我田里，他说一定要要回那只羊。

老吴点了点头，他觉得池禾的话给了他一个提醒。

一年前，赵梨把那只羊送出去了。

赵梨想到了盖房。他要在自己的老屋基地上盖新房。他找了肥胖的村主任。村主任摇头说，哎呀，上面就是不给盖房的证。

赵梨放羊去吃草。羊很肥了，叫声好听，毛色光亮。村主任喜欢上了那只羊。村主任跟赵梨坐在田埂上。村主任笑着说，赵梨呀，你不出去，在家里倒是喂肥了一只羊。

赵梨笑着说，村主任，我就送你半只羊，给我弄个建房的证。

村主任说，送我半只羊？

赵梨说，我是认真的，就半只！

村主任说，你就这么认真？

村主任就牵着赵梨的羊回家了。赵梨坐在田埂上看着自己的羊走远。

年底，村主任杀了羊。等赵梨跑过去时，他看见杀羊的师傅在清理工具，地上一摊暗黑的羊血，肥肥的羊肉装了一脚盆。村主任催着杀羊的师傅快点收拾，准备喝酒。

赵梨问，我的那半只呢？

村主任说，你不是诚心送羊吗？哪有送半只的？

赵梨说，那是那是。那我的建房证呢？

村主任说，快来了快来了。

赵梨回来的路上，嘴里一个劲地念，一定要回那只羊。

一年内，赵梨一直没有找到要回那只羊的理由。

赵梨觉得要羊的理由来了。高速公路经过赵梨的家，房子要拆。赵梨没有想到，自己要回那只羊的时间会这么短。

赵梨下了决心，不签字，也不说理由，除非村主任送一只羊来。

老吴找到了依旧肥胖的村主任。

老吴说，村主任，明天去买一只羊回来，一定要买一只羊回来，无论花多少钱。

村主任问，老吴，买回来杀了吃？

老吴不说。

羊是村主任从镇上买回来的。买回的羊跟在村主任身后不紧不慢地走着。

老吴跟村主任去了赵梨家。

劈柴的声音很响。赵梨在门口劈柴，劈得一身是汗，一大块柴让他劈成了好几块。

老吴说，赵梨，你不就是要要回你的一只羊？村主任给你送来了。

看见一只羊，赵梨停了劈柴，他像看见了当年自己喂肥的一只羊。

很久了，赵梨问，协议呢？我这就签字！

谋杀一棵树

刘长贵对小区的一棵樟树产生了强烈的不满，那棵樟树已经严重影响他家的光线。

那棵樟树就长在刘长贵的楼前，已经有碗口粗了。它伸张的枝叶成了刘长贵窗口的一团无法吹走的云。樟树还小的那几年，

全民微阅读系列

刘长贵没有觉察到什么。现在,樟树越长越大,并且以非常快的速度生长,他越来越生出对樟树的埋怨。

春天,万物生长,小区的樟树像其他的树一样,换上了一片片的新叶,呈现出良好的长势。接下来的日子,刘长贵想,怎样让樟树死掉,怎样让樟树在他的视线里消失。

要么砍了。要么锯了。刘长贵想用刀,也想用锯。他觉得自己的这两个想法都很愚蠢。砍树锯树就那么简单?

小区有个物业管理委员会。光着头的老谢就是物业管理委员会的管事人。砍树锯树时,被老谢看见了,老谢肯定不会放过他。刘长贵想。刘长贵很快放弃了这样的想法。

刘长贵甚至还想到了一个想法。他想用车撞断它。刘长贵是春天买的车。他要用新买的车撞伤或者撞断樟树。他觉得一起车祸,让一棵树死去,让一棵树不存在,会非常合乎情理。只要出了车祸,老谢对刘长贵的处罚就会从轻,或者不会处罚。

那天黄昏,刘长贵坐在驾驶室里正准备给车加油,去撞樟树时,他有点舍不得。毕竟自己的车是新车。坐在车内,刘长贵无奈地看着樟树,一句话不说。

时间在一天天过去,刘长贵在一天天想着谋杀那棵樟树的办法。

刘长贵想到了一件事,想到了宏苕的一句话。自己还住在乡下的那几年,同组的宏苕买了一塑料桶柴油,挂在自行车衣架上。回来的路上,宏苕的自行车骑倒了,塑料桶随之破裂,柴油泼洒在地上。没两天,柴油流过的地方,杂草全蔫了。宏苕告诉他,柴油是个好东西。柴油除草是个好东西。

刘长贵决定用柴油谋杀那棵树。

刘长贵买了一矿泉水瓶柴油。他拧着那瓶柴油走进小区时,正好让老谢见到了。老谢没有认真看刘长贵的脸色，倒是认真看了他手里拧着的一小瓶柴油。

刘长贵恨不得骂他一句，一瓶柴油拧回来，咋就让他看见了？刘长贵最终没有骂出来，他冲着老谢说了一句，一瓶柴油，往后生火发煤用得着。

在选择什么时候把那瓶柴油倒在樟树脚下，让刘长贵犯了难。

在给树倒柴油的时候，如果让老谢见到了怎么办？刘长贵觉得白买了那瓶柴油。他把那瓶柴油扔到了垃圾桶里。

刘长贵的桃花运是在他非常怨恨那棵樟树时产生的。向兰花喜欢上了他。向兰花是刘长贵的高中同学，最近非常决然地跟男人离婚了，这让刘长贵很意外。

刘长贵的女人在沿海的一个城市工厂打工，这让向兰花加重了要到刘长贵家里看看的想法。

刘长贵面对向兰花几次提出的要求，妥协了。他决定带她到自己所在的小区，带她到家里来。刘长贵把车停在樟树下。下车后，刘长贵对向兰花说，车前的这棵樟树是自己的最爱，几乎每天都要看上一眼几眼的。

向兰花对刘长贵的话很在意。

刘长贵跟向兰花好过一星期后，刘长贵女人打电话到他的手机上。女人像觉察出了什么，问刘长贵是不是把一个女人带到了家里？刘长贵很慌张，却一口否定。

刘长贵决定不跟向兰花处了。

向兰花把对刘长贵的绝情记在了心里。

向兰花跟刘长贵吵闹。向兰花说，当初，你就不应该把我带到你家里来。

刘长贵说,当初是你非要我把你带到家里来。

向兰花走之前,语气很重地说了一句,刘长贵,你不是人。

刘长贵一听,心情更加糟糕。

见到老谢,刘长贵提出要跟他喝一次酒,喝酒了,才解闷。老谢说,喝。

酒喝到一半,刘长贵感叹,女人没一个好的。

老谢不同意刘长贵的看法,说,老刘,你喝多了,别喝了。

刘长贵说,你老谢啥意思? 老谢说,啥意思也没。

往后,刘长贵经常一个人喝酒。

刘长贵几天没有见到老谢了。跟人打听后才知道,老谢跟自己喝过那次酒后,犯了一次病,人在医院里躺着。

向兰花的出现,让刘长贵再次感到意外。向兰花拿着一把斧子,很快就对樟树下手。

向兰花说,刘长贵,我让你天天见不到你喜欢的樟树。我要毁了你的最爱。

砍过几斧子后,向兰花就跑了。

没两天,樟树叶就蔫了。

老谢回来那天,看见樟树的样子,非常伤心。

老谢觉得这事不是刘长贵干的。他还觉得,这事跟刘长贵绝对有关系。

楼前的樟树终于没了,刘长贵非常高兴,自己没有谋杀的一棵树,却让与自己生活不太相干的向兰花谋杀了。

高兴过后,刘长贵有点后悔,樟树毕竟是一棵树,是一条生命。

灯笼祭

苏乙然灵巧的双手会扎灯笼得益于苏老爷。

苏老爷亲手教会了苏乙然。那年,苏乙然 15 岁。

从扎笼子骨架到蒙上红绸,每一个环节,苏乙然都能做到稳准快。在她的手中,从没返工重做的灯笼。那一年,苏老爷从女儿对灯笼要领的把握看到了希望,看到了灯笼手艺的传承。苏老爷想:就是哪一天瞑目了,也无怨无悔。

苏乙然跟王笑非的爱情始于王笑非真心实意地买走她家积压的 100 个灯笼。苏乙然为那 100 个灯笼卖不出去而揪心的时候,王笑非主动上门说出全部买走的想法。王笑非的想法一说出来,让苏乙然改变了对他的看法。

王笑非分两次运走了灯笼。第一次运走灯笼时,王笑非给了苏乙然一个笑脸。苏乙然很以为然,她把王笑非的笑脸记在心里。第二次运走灯笼时,苏乙然给了王笑非一个笑脸。王笑非不以为然。

新婚夜,苏乙然说,王笑非,你真坏,就一个笑脸,就让我逃不掉了。

王笑非说,苏乙然,你也一样。

王家的灯笼出自苏乙然的技艺。王家灯笼在王家镇很有名气。

起初是王笑非跟苏乙然两人扎。订户一多,苏乙然感觉要请帮工，要请 3 个手脚灵活的帮工赶做灯笼，才能满足订户的需要。

果真，王笑非就请帮工扎灯笼。他把那些扎好的灯笼挂在屋里，一排排灯笼红红地挂着，很好看。

苏乙然发现王笑非的一个举动引起了她的注意。在预定灯笼的客户中，有一个叫柳小惠的女子每次来运灯笼，王笑非都是多送 5 个给她。

王笑非解释，大客户送 5 个就 5 个吧。

送就送吧。苏乙然再没有追究。

那两年，苏乙然几乎忘了柳小惠，权当她是一个客户。还有一个理由，就是苏老爷处于病中。三天两头，苏乙然要回来嘘寒问暖。

苏老爷一口浓痰没有从喉咙处吐出来，那一口浓痰要了他的命。他要苏乙然拿一个扎好的灯笼让他看上最后一眼。等苏乙然把灯笼搁在他眼前时，苏老爷双眼紧闭，已经落气。

那几天，王家灯笼关门，不做灯笼也不接业务。

王笑非请了镇里名气很大的几个道士做了一回道场。那些跟苏老爷还跟王笑非有关的亲戚参加了苏老爷的葬礼。

葬礼上，还有一个人，是柳小惠。

柳小惠是一个人来的。她在苏老爷的灵柩前深深地鞠躬三次。妖精！等柳小惠站直身子的时候，苏乙然在心里骂了一次柳小惠。

风光的葬礼结束后，苏乙然很感谢王笑非。王笑非很大度地拿出经营灯笼赚来的钱，让苏乙然在苏家庄风光了一回。

王笑非又开始做灯笼又开始接业务。只是，柳小惠没有来。

柳小惠的电话来了。

柳小惠的电话打到王家灯笼店。苏乙然接的。苏乙然说了一句，王家不做灯笼，也不卖灯笼。

苏乙然很快地挂了电话。

柳小惠电话约走王笑非后，苏乙然开始警觉。她觉得王笑非的心事用在了柳小惠身上。

王笑非满嘴酒气地回来。

那晚，苏乙然跟王笑非发生了争吵。

那晚，苏乙然手中成型的一个灯笼，让她三脚两脚踩扁。

你踩吧，全部踩了吧，想怎么踩就怎么踩，王笑非吼。

苏乙然去了苏老爷坟前。

苏乙然暗暗地流了一次泪。

苏乙然在苏老爷的坟头一回来，就变了个样。她开始摔盆子摔碗。她要结束跟王笑非的婚姻。

王笑非说，苏乙然，你发啥子癫？

苏乙然拿在手中的婉，狠狠地朝地上砸去，碗落地破碎的声音很刺王笑非的耳朵。

苏乙然果真在那天早上点燃了家里的灯笼。灯笼很快燃烧，引发了房屋大火。

苏乙然站在火里没有出来。

等到大火扑灭，苏乙然已经面目全非。王笑非坐在苏乙然的尸体边，一声声地哭。

派出所的民警在调查火灾的原因时，王笑非说，是苏乙然自己点燃那些灯笼的。

民警追问，苏乙然点燃灯笼的时候，你在哪里？

王笑非说，在跟一个叫柳小惠的女人谈业务。

派出所的民警说，据我们了解，苏乙然两天前有精神状况方面的问题,你不能让她一个人留在家里。

王笑非说,我也是这么想的。

民警说,你是不是这么想的,我们管不着。

民警走的时候,对现场的人说,如果有什么新的线索,报告派出所。

现场,很多人叽叽喳喳。有说苏乙然死得太冤了的;有说苏乙然要杀了那个叫柳小惠的女人后才能死;有说苏乙然不应该丢下那么好的灯笼不扎,就死了。

源于苏老爷技艺的王家灯笼,再没有传承,到苏乙然手里告终。

很多年后,在离王家镇三十里外的县城,苏记灯笼店生意很红火。苏记灯笼店的老板叫王笑非。县城很多人不解,苏记灯笼的老板咋姓王。

清风庭院

风从山那边吹过来,一直轻轻松松地吹过来。

竹筒背着一个包,那包像搁在他背后的南瓜,显然走了很远的路,嘴里出着粗气。

竹筒一手拉着一个人,是喘着气的易路花。

竹筒很快就翻上了庭院对面的高高山岗,岗上的光线渐渐地暗淡下来。

竹筒眼前散乱的是一些儿桃树杏树,桃树上的花朵正灿灿地开着,杏树上的花朵也是一个劲地白着,那些花影里,红砖青瓦的屋宇坚定地站着。

竹筒站着没动,背后的包也没动。他对身边的易路花说,你看呃。

脸上还在红润的易路花就看了一眼庭院,又看了一眼竹筒。

竹筒晃了晃背后的包,说一声,走!

竹筒没有想到易路花会放慢脚步,扭过头望着跟在身后怯怯走着的易路花,怕啥? 不是说,不怕的?

竹筒,我不走了,嫂子面前我胆子大不起来。

易路花,你咋了? 来的时候,还好好的。

竹筒又晃了晃背后的包,两个身影就走下山岗来。

竹筒女人站在门边,看见竹筒进了屋。

竹筒背后的包放在床头,就对站在门外的女人说,三个人的饭菜还加一个人的铺,莫站在门外了,听见没?

竹筒女人说,听见了。

天黑了下来,桃花在夜里看不出她的红,杏花在夜里继续白着,清风一阵阵地在庭院里过。

竹筒跟女人睡在一房,易路花睡另一房。

竹筒女人说,你一走,我就听屋外的风声看树上的花朵,这几夜的风吹得爽,树上还开了花呃。

竹筒说,你声音小点,易路花在睡呃。坐了几天的车,想睡,不说了。

竹筒女人用腿轻轻地蹬了一下竹筒,说你呢,她怎么来的?让她听听也好。一说到她,你就急了? 真是的!

路上碰到的,真的是路上碰到的!床那头的声音。

上次你说不带回来的,咋的又带回来了?

她想看看你,我拗不过她。

往后,怎么过日子?

就在家里同吃同住。

娃从学校回来,看见了怎么说?

一口咬定是娃的小姑。

女人来了疑问,竹筒,怎么说,都不合适,住两天了,让她回去。

竹筒用手揪了女人的腿,说,你小声点呃,听见了得了?

听见了就听见了。女人没喊一声疼,又问,那包里的衣服,是买给她的,还是买给我的?

当然是买给你的!

竹筒女人一听,再不用脚蹬竹筒。

易路花没有入睡,听着竹筒跟女人的说话声。易路花小声说了一句,竹筒你不是说,那包里的衣服是买给我的,咋的又成了嫂子的了?

这一夜,风声时紧时慢,易路花听着,没有入睡。

天一亮,那些风还在庭院有一阵没一阵地吹。易路花没让竹筒女人喊,就起了床。

竹筒女人做饭,易路花就烧火。竹筒女人的脸上时常摆出笑来,易路花也跟着笑。

桌上,竹筒对易路花说,不是跟你讲过了,嫂子心里容得下你。往后住下来,不走了!

易路花瞥一眼竹筒,啥也没说,脸上又摆出笑来,竹筒女人也跟着笑。

易路花跟女人说,嫂子,晚上,我有话跟竹筒说。

竹筒女人叹了一口气,唉……你们说,只是别让竹筒忘了明天还有地要犁。

竹筒说，记着了。

竹筒背着犁就跟自己眼前的牛走了。身后是竹筒的声音，你跟易路花都到地头去。

易路花没到竹筒开犁的地头去。

竹筒的庭院越来越模糊。易路花走上山岗，清风从脸上过。竹筒女人跟在身后，易路花看了一眼，说，嫂子留步，不送了。

竹筒女人止步，在竹筒带回来的包里拿出一套衣服来，说，姊妹，跟竹筒进来一趟不易，没什么送的，就一套衣服，拿着!

易路花看了一眼竹筒的庭院，眼里的泪遮掩不住，掉了下来。

易路花用手拉着竹筒女人的手说，再不来了。衣服是竹筒买给嫂子的，嫂子就莫推辞了。

竹筒女人说，回去了，好好过日子。

易路花再也说不出一句话，就把竹筒的庭院搁在脑后，身边是一阵清风。

竹筒回来，问，易路花呢?

走了!女人回一句。

竹筒的脸色一下子怪难看。女人看了一眼，说了一句，竹筒你怕还是对我不住，藕断了丝还连。

瞎说，明天在地里下种!

竹筒的话像一件瓷器重重地朝女人面前一甩。整个庭院，都是竹筒响亮的破碎的声音。

宋云端

宋庄跟袁庄紧挨在一块,最打眼的地方是化云寺。

化云寺很多年前就没了。它在那些想拆它的人的想法跟行动里很快就没了。追寻起来,化云寺没有剩下什么,倒是剩下寺前一棵柏树。那株柏树接地气接云雨,枝繁叶茂。有人考证后,宋庄人知道,柏树大概有 400 年历史了。

宋庄的春天跟袁庄的春天一样,云淡风轻。春天,宋云端跟眉清目秀的袁家梅恋爱。

有几回,宋云端总是步子轻松地走过化云寺,踩着那棵柏树的身影,到袁庄,再跟袁家梅卿卿我我。那几回,宋云端总是抑制不住内心的高兴。宋庄很多人不知道,袁家梅到底给了宋云端什么。总之,宋云端每次回来,脸上还带着春天的情绪,春风得意。

宋云端的娘愿意那个叫袁家梅的姑娘好好管住宋云端。她逢人便说,云端往后有人管有人操心了。等她絮絮叨叨后,有人生疑,你家云端往后未必有人管有人操心。

按理,越来越热的夏天,宋云端跟袁家梅相互恋爱产生的热情应该更高。结果,袁家梅给了宋云端那个夏天至关重要的一句话:不往下处了。

宋云端小声说,袁家梅,你给我一个理由。

袁家梅说,啥理由没有,就是不处了。

袁家梅的话,让宋云端的心渐渐凉了。他非常后悔,自己那么多次走过化云寺，只为一个想跟自己分手姑娘恋爱。

分手之前，宋云端说，袁家梅，你低看了我。

宋云端没有急着回家，表情极差的他在化云寺的柏树下坐到了天黑。

天挨黑，宋云端高一脚低一脚回到家。云端娘问，咋了？

宋云端说，袁家梅，她神经病。

云端娘说，云端，不许乱说人家袁姑娘，你才神经病！

宋云端说不过娘。

宋云端失恋了。宋云端的失恋跟别人不同。他常去化云寺看柏树。他看见了柏树的沧桑。看久了，他坐下来，一坐半天。他觉得，到底是树粗叶密的缘故，宋庄的风穿过柏树时，发出的声响也不大。

天黑前，宋云端傻傻地走回来。

宋庄有人对宋云端的娘说，劝劝你家云端吧，不要老是去化云寺，老是坐树下。不然会坐出病来。

见到宋云端，宋云端娘说，云端，你在化云寺，在树下就是坐死了，也坐不来你宋云端的媳妇。

娘的一句话，让宋云端开窍了。宋云端要离开宋庄，他对娘说，娘，我要出去打工，离开宋庄，再不回来。

宋云娘说，只要你不去化云寺坐了，去哪都行！

宋庄的夏天就像一页很难翻过去的书，书上写满了有关宋云端和袁家梅的文字。只要宋庄的人一闲下来，就会说起宋云端和袁家梅。他们到底在恋爱的哪个环节出了毛病，宋庄的人很想知道。

宋云端没给答案。

袁家梅没给答案。

宋庄四十里外有一监狱。秋天的夜晚，监狱里脱逃三个犯人。两个犯人从高墙上跳下来，摔断了腿，没逃掉，还有一个脱逃了。

再次通缉犯人的告示贴在了宋庄。只要抓到犯人或提供犯人的行踪，奖赏 10 万元，成为告示中的主要内容。

宋云端看完张贴在村部的告示，没当回事。走之前，他还是记住了告示上写着的派出所电话号码。

宋庄的人像关注每天的天气预报一样很快就开始关注监狱脱逃的犯人，议论宋云端和袁家梅的话题就自然转移了。很多人说，宋庄隔监狱四十里地，又是农村，犯人在宋庄出没的可能性不大。

出没的可能性到底大不大？就要出门打工的宋云端不愿分析。

天没亮，宋云端清理好出门打工的衣服，轻松上路了。

宋云端看见了一个人。那个人像一团黑影很快朝一片橘树跑去。

那张告示，让走在路上的宋云端引起了警觉。他迅速地回忆起告示上写着的派出所电话号码，很快打通了派出所的电话。天刚亮，派出所就来了干警。宋云端引着干警进入了橘树林。

犯人很快落网。

奖赏的 10 万块钱，自然是宋云端的。派出所通知宋云端带好身份证去领奖赏。

宋云端摇摇头说，我不是为要那 10 万块钱。

没两天，宋云端就上了电视，报纸。

宋云端接到袁家梅的电话，袁家梅在电话里轻声说，愿意在化云寺见一面。

宋云端没有拒绝。

宋云端去了一趟化云寺。在那棵柏树下，他看见了分手一段时间的袁家梅。袁家梅特意打扮了自己。宋云端从风里闻到了袁家梅身上飘来的香水味。

袁家梅说，云端，当初，我低看了你。往后，重新来过。

宋云端眼里含着泪，很久了才说，我跟你袁家梅处不到一块。

很快，宋云端给了袁家梅至关重要的一句话。那句话一出口，他就结束了跟袁家梅的对话。

转身时，宋云端看见袁家梅不再眉清目秀，脸上好像多了一些米粒一样的痘痘。

宋云端离开宋庄之前，把那 10 万块钱捐给乡敬老院。

那以后，化云寺的那一棵柏树下，经常有一个女孩站着，像是等什么人。

那女孩是袁家梅。

宋庄有人悔：袁家梅，咋不小心就错过了宋云端？

奎　日

骆家村有钱人不多，奎日算一个。

奎日靠修理成为有钱人。奎日的修理店开在村里。村里谁家的农具坏了，都背到或拉到奎日的修理店找奎日修理。奎日所在的村子大，农户多，坏农具的人家也多。

奎日接的活多，一时忙不过来，就加夜班修。

奎日没日没夜地干，终于成了村里的有钱人。村里很多人说，奎日将来要发大财，做独门独户的生意，没人跟他争跟他抢。

奎日挣来的钱不存银行也不存农村信用社，他把攒下的钱拿出来买了摩托车。

奎日是村里第一个买摩托车的人。奎日的摩托车买回来，村主任的老婆暗暗地恨过奎日，杂种的奎日！我家男人当村主任都买不起摩托，你奎日让村主任的脸没地方放。

奎日的摩托车放在修理店前，很多人跑过去看。有的人看得流口水，有的人则坐上摩托车做驾驶状。奎日见了，说，莫坐莫坐，莫坐倒了。坐的人才很尴尬地下来。

奎日的车技是自己练出来的。一有空，奎日就骑上摩托车在村道上练习。起初，奎日是两只手握着手把让车跑，到后来一只手握着手把，也能把摩托车开得飞快。

奎日出门买配件，往往骑着摩托车出去。很快，就回来了。摩托车给奎日带来了方便。

苏玉案家的小柴油机是她用板车拉到奎日的店子里的。奎日拆开了苏玉案家的柴油机后，对脸色白净的苏玉案说，柴油机烧缸了。

奎日在货架上翻弄了几下，发现店里没缸套了。他说，苏玉案，你家的柴油机缸套要到县城里买。

见奎日要去县城，苏玉案说，愿意搭一段路的顺风车，到镇上去一趟。

奎日用手指指摩托车后座。苏玉案就跨上了车。

在奎日眼里，苏玉案成为第一个坐自己摩托车的女子。一上车，苏玉案抱着奎日不放手。奎日跑过一段路，他以为苏玉案会松开手。苏玉案却没有松开手的意思。

奎日说，苏玉案，你莫抱那么紧，被人看见了不好。

苏玉案说，不管别人看见不看见。她一副不答应的样子，还抱那么紧。

快到镇上时，苏玉案在车上说，奎日，往后，我要做你的女人。

奎日说，苏玉案，你心机太重，往后做不了我的女人。

苏玉案说，奎日，你停车，我不坐了。到镇里办完事，我一个人走回去。

奎日停了车。苏玉案从车上下来，一个人走。

奎日很快发动了车，一眼没看苏玉安，车就一溜烟走了。

奎日从县城回来，在镇上转了一圈，没看见苏玉案，就骑车回来了。

苏玉案家的柴油机修好，是苏玉案的爹来拉的。奎日问，你家苏玉案咋不来？苏玉案的爹回一句，她跟她新处的男友到县城看电影去了。

哦。奎日哦了一声。

不出两年。奎日盖了房子，在村庄，那房子盖得大也盖得气派。

第二个坐奎日摩托车的女子是杨叶眉。杨叶眉非常文静地坐在他的车上。杨叶眉的文静让奎日心动。奎日喜欢的是杨叶眉的文静。

奎日的女人是杨叶眉。婚后，奎日对杨叶眉说起苏玉案，说苏玉案心机太重，不能做朋友，更不能做夫妻。

杨叶眉说，苏玉案不坏，心机不重。

奎日说，你怎么看出来的？

全民微阅读系列

杨叶眉说不出理由。

奎日成天在修理店修理那些坏了的农具。杨叶眉很少帮忙。奎日没有怪她。

奎日承诺要给杨叶眉很好的日子过。听着奎日的承诺,杨叶眉很知足。奎日一有空,就带上杨叶眉到县城里看电影看录像。奎日觉得那是一段好时光。

两年后,奎日的摩托车让奎日的一条腿成了瘸腿。雨天路滑,奎日在回来的路上出了车祸,他压根儿没有想到自己的摩托车在车祸中会压断自己的一条腿。

奎日成了瘸腿。苏玉案回娘家见到奎日,很关切地问,奎日,你的腿咋了?

奎日说,让摩托车毁的。

苏玉案心疼地说,可惜。说完,苏玉案眼里的泪就出来了。

奎日说,苏玉案,你心太软了,我家杨叶眉都不伤心,你伤心个啥?

苏玉案走的时候,说了一句,我怕杨叶眉往后会对不住你。

她杨叶眉往后会对不住我?苏玉案的那句话是啥意思呢?奎日怎么也没想明白。

等奎日想明白时,他眼睁睁看着杨叶眉大包小包背着跟别的男人离开村庄。那天,奎日冲着杨叶眉的背影说了一句,杨叶眉,我没有看出来,你跟苏玉案比,差太远了。

杨叶眉一走,奎日逢人说,杨叶眉太有心机了。

奎日修理店的生意越来越差。

奎日准备关门歇业那天,离了婚的苏玉案站在了奎日的面前。

苏玉案说,别关门,店子接着开。

奎日无奈地摇了摇头。

苏玉案说,我就不信,你奎日的腿站不直,连生意都做不了？

第二天,奎日新开张的修理店,多了个帮手。那个帮手是苏玉案。

有空,奎日问苏玉案,咋想到要到店里来？苏玉案说,当初,我说过,要做你的女人。

奎日一听,泪水涌出。他突然觉得当年在摩托车上,苏玉案那句话不是跟他说着玩的,双手抱那么紧,也不是白抱的。

只是带了一只羊

张羊羊没有必要那么疲倦地赶回家中,在回到家中的前一天晚上,他选择了在一家在长途汽车站附近算不上很大的酒店住下。

张羊羊没有意识到住进这家酒店会改变他将来的生活。他只是像过去一样,用住店的方式住进了酒店。酒店的老板除了登记他的身份证之外,还留意了他的那口小木箱子。木箱子里面装的什么,他没有对酒店的老板说。老板也没问。

住在酒店,张羊羊很高兴。就在他入睡前,他想到了那只羊。

他是在一个小集镇上发现那只小绵羊的。那个集镇,从头到尾,不到 200 米长。两边多为出卖牲口和土特产的生意人。喧闹中的小镇努力地保存着地方小镇的特色。而那只颜色很洁白的小绵羊躺在那个宁夏人的一口木箱子里。有人用手摸它的时候,它会很清晰地发出几声咩咩的叫声。那只羊很打眼,而且很快吸引了张羊羊的目光。

张羊羊这次出去最大的收获就是买到了孩子喜欢的一只羊。他花了他愿意承受的钱买了一只羊。张羊羊跟那个长满胡子的宁夏人用了很短时间的交流后,那个宁夏人很乐意把羊卖给他,还很客气地把那口木箱子顺便送给了张羊羊。在离开之前,宁夏人放了一大把干草在木箱子里,还一再叮嘱他,木箱子有几个小孔,很透气,小绵羊在木箱里不会有事的。果真,在小木箱的四周。张羊羊看到了一些小孔。

在离开集镇之前,在离开那个宁夏人之前,张羊羊在心里一直偷偷地乐着。

一路上,那口木箱子跟张羊羊形影不离。

张羊羊刚刚入睡,房门打开了,进来两个警察。一个高个,一个矮个。紧接着,酒店的老板也站在了矮个子警察身后。

高个子警察说,张羊羊,有人举报你涉嫌犯罪,用木箱私藏保护动物。

张羊羊哭笑不得。

张羊羊判断,自己住进酒店时,肯定是老板对他的木箱子产生了怀疑。

张羊羊记得,就在前台登记时,那只羊在木箱子里发出了两声短暂的叫声。那只绵羊叫过两声后,小木箱里再没有发出声音。

我只是带了一只羊,酒店老板可能误会了。张羊羊解释。

张羊羊接着说,我的小孩读初中了,一直没有见到小绵羊。她对小绵羊非常感兴趣。在一个市场上,我看到一只小绵羊,就把小绵羊买了下来,想回家给女孩一个惊喜。

两个警察用同样的口吻命令张羊羊打开木箱接受检查。张羊羊打开木箱盖子,果真是一只羊,里面还有一些干草。

两个警察看了看张羊羊就走了。

那一夜,张羊羊几乎没有合过眼。他很后悔住进了这家糟糕的酒店。

第二天,张羊羊从酒店出来。

张羊羊给小绵羊喂了水,还喂了一些干草。

张羊羊很快回到了家中。他把那只小绵羊从木箱里抓了出来,然后,把那只木箱搁在走廊上。

女儿很高兴地见到了那只小绵羊,还逗着它玩。

张羊羊把在酒店遭警察检查的事对自己的女人说了。

那天,女人跟张羊羊之间的对白开始了。

你说你用木箱子装了一只羊,警察也敢查你? 分明是你想掩盖一种事实。女人抛出的话很厉害。

是真的,警察是查我了,我只是带了一只羊,我啥也没干! 张羊羊跟女人解释。

啥也没干? 警察无缘无故会查你? 那警察吃饱了撑着? 女人紧追不放。

我啥也没做,警察他查他的,查了啥事没有。张羊羊解释。

张羊羊,你给我老实点! 警察在酒店查你,肯定还有别的原因。你要不说,就离婚! 女人的声音越来越大。

只是带了一只羊。非得把事情闹大闹到离婚的地步,啥意思? 要怪只怪我嘴贱。张羊羊很不服气的样子。

你别不服气,不说清楚,我就跟你离婚。女人一步也不让。

只是带了一只羊。张羊羊还是那句话。

只是带了一只羊? 女人心里窝着一个疑问。

张羊羊跟女人真的离婚了。女儿判给了张羊羊,那只从宁夏人手中买回的羊让女儿抱了回来。

一年后。

张羊羊一次酒后非常失落地找到我,对我说,他只是带了一只羊,其他的,啥也没做。

我知道张羊羊还活在过去的纠结里,一直出不来。

我很直接地告诉张羊羊,要跟过去告别。张羊羊跟我谈起他愿意离婚的理由,他不愿生活在怀疑跟猜忌里,他受不了。

张羊羊就像当初接受小绵羊一样,就像当初接受警察的检查一样,接受了我的观点。

我跟张羊羊结婚前,有两点最关键的理由是我看中的,真诚跟爱心。

这两点,在张羊羊身上表现了出来。不抓住这样的男人,就是做女人的失败。

不抓住这样的男人,就是做女人的失败。这是我当警察的高个子哥哥给我的忠告。我的那个高个子哥哥,就是那天在酒店检查张羊羊绵羊的那个警察。

婚后,我把这件事毫不隐瞒地告诉了张羊羊。

张羊羊很孩子脸地看着我,然后说,本来嘛,我只是带了一只羊。

就要那棵树

米唐的门口长着一棵树。树是樟树,枝繁叶茂,像一大团无法握住的云。

米唐常常对那棵树一望好半天。她在树下唱歌,在树下写字,还在树下跳舞。米唐娘看见了,说,米唐不唱了,该吃饭了。米唐就不唱了。米唐娘说,不写字了,该去撒把鸡食。米唐就不写了。米唐娘还说,米唐,不跳了,该去园子里剥些菜叶来。米唐就蹦蹦跳跳去了菜园。

米唐考进了城里的学校。那棵树成了米唐学费的一少部分。凑学费的那些日子,米唐娘就想到了门前的樟树。当米唐娘的身后跟着几个肩背锄头手拿斧锯绳索的人时,米唐就知道,再怎么挽留这棵树也迟了。

那一大团无法握住的云倒下来的时候,米唐远远地站着,买树的人也远远站着。树一倒地,米唐抓着一根枝就哭起来。买树的人见了,劝她:米唐,别哭了,不就一棵树么?

那些挖树的民工也跟着帮腔:再说,树就栽在离你学校不远的地方,你还可以去看!

米唐就渐渐地住了哭。

买树的人示意那几个人锯断了一些树枝。那几个人手中的锋利锯子,来来回回地寻找树枝最柔弱的部分下锯。树枝脆裂的声音很响,响在米唐空旷的屋前。

树让一家工厂买走,那家工厂在城里。米唐看见那棵脱光了衣服的樟树走上了去城里的路。

米唐在樟树生长的地方,又开始唱歌。米唐娘听了,说,米唐,不唱了,你比娘幸运,树到了城里,你还在城里能看见,娘就真的看不见了。

娘的话,又说出了米唐的眼泪。

米唐沿着那棵树走过的路,进了城。

米唐念书的学校,隔那家工厂不远,也就是隔那棵树不远。米唐下了课,就对那家工厂望,就对那棵树望。

星期天,米唐就去看那棵樟树。米唐看见樟树栽在厂门口。厂子里的人很讲究,还为樟树搭了远看近看有点黑的凉棚,树很快就活了过来。那些发出来的新芽长出来的新叶就说明了树没有死。米唐还看见有一个人还在为树浇水。渐渐地,米唐就跟浇水的那个人熟了。浇水的是老魏。米唐每次走的时候,就跟老魏说,魏叔,很感谢你,过几天来看你。说完,米唐就默默走开。

回到宿舍,米唐拿出画笔和纸,一笔笔,很快画出了那棵树。画完,米唐把那幅画贴在床头。她起床时看,睡觉前还看。同宿舍的女生弄不明白,就问:米唐,好多的事物可以画,干吗要画一棵樟树?米唐淡淡一笑,再不多说。

再出去,米唐邀了个有照相机的女生。在树下,那个女生为米唐照了好几张照片。

米唐回到家。米唐就高兴地对娘说,娘,那棵树长得好好的,还发了芽。说完,米唐还拿出了在树下照的照片。娘听了看了跟着高兴。米唐说,娘,往后,我还要买回那棵树!

米唐还到那棵树下去。接纳城市的阳光和雨水,樟树完全活过来了,再没有那黑黑的凉棚遮盖它美丽的身躯。米唐站在树下,老魏还在为那樟树浇水。只是那些从厂里出来的人,边走边说,有的人说到了树,说到了厂长,说厂长不应该拿职工要发的福利去买树,说这厂弄不好就要垮了。老魏看看他们走远,才对米唐说,米唐,这厂子怕不行了。

米唐问,魏叔,厂里的人往后会不会对这棵树起坏心?

老魏说,工人情绪不稳,说不定哪。

米唐"啊"了一声。米唐很艰难地从那棵树下走回了学校。

米唐从那所学校毕业后就恋爱了。

米唐领着男友走向那棵树。站在那棵树前,米唐停下步,用手指着那棵树枝说,你看你看,那树枝上还歇了一只黑鸟。男友顺着她手指的方向,漫不经心地看了一眼。

米唐说,你多看一眼,就不行?男友说,行。男友就紧紧地盯着那棵树。那树上的一只鸟让他盯飞了。

这个时候,米唐很幸福,也很沉醉。她让男友的手轻轻地揽住了自己的腰。

这个时候,米唐的眼里就有一些晶亮的泪水。

城市这么大,这么繁华。米唐最喜欢的地方就是那棵树下。她经常把男友带到那棵树下。她看见那些从城市吹来的风,一阵一阵地翻看樟树的叶片;她看见那些枝头落下的叶片很眷恋地飘向大地;她还看见老魏很坦然地在树下做最后的守望。

男友起初弄不明白。男友说,米唐,恋爱的地方多着呢,你再换个地方行不行?你说行,我把那棵树买给你!

米唐要的就是这句话,她等的就是这句话。

米唐的眼里浸着泪水说,这棵树就是我家原来门口的那棵树,我想让她回家!

男友说,行。

米唐门口的樟树又回来了。

米唐也请人给那棵樟树搭了凉棚。她还对娘说,娘,有空的时候,给树浇上水。

米唐走后,村里有人和米唐娘坐在屋里聊天,聊着聊着,就聊到了门口的樟树:米唐娘,你家米唐能耐呃,那棵你舍不得卖的树,又给你弄回来了!

米唐娘说,当日挖门口的樟树时,我家米唐还在树下哭呃。我就晓得她舍不得,说不定她还要把这棵树要回来。

米唐娘说完,两行泪径直往下落。

向　果

向果落榜了。

向果从县招生办赶回村里,村庄在他眼里开始模糊,天就放肆地黑了。低矮的屋前,向果像一棵树样地站在门外,不肯进屋。

星光天,向果娘睡不着,起身开门,看见向果,说,回来了也不进来?

向果进屋说了一句,我要出去打工。

向果娘不依,外面的世界也不好闯,等些日子再作打算。

向果又说了一句,娘就依我一次。

向果娘还是没依。向果像树上落下的一颗果子,就一下扎在床上。

向果留在了村里,他把苦水咽在肚里,一个理由是为了娘,再一个理由是为了叶小开。叶小开像一只飞来飞去的蝴蝶,看不到她的时候,她擦了粉上了香就在城里做事。看到她的时候,她在村里,也在向果的眼里。

梅花塘是向果家的。整个夏天,向果没去别的地方,就去了梅花塘,塘里盛开了很多美丽的荷花,每一朵荷花就如叶小开光洁的脸。

向果就在梅花塘边走着,轻松地走着。

叶小开歇在塘边,一袭白裙,就像一朵盛开的荷花。

向果娘远远地看着向果跟叶小开,看着他和她经过的下午。

向果在塘边见到了叶小开,见到了飞来飞去的蝴蝶。

向果!叶小开大声地喊。喊声极响亮,很多的荷花张着的耳朵都听见了。向果就停下脚步,从容地停下脚步,一点也不慌张。

叶小开的眼里只有向果,站着的向果很耐看。

耐看的向果就让她看。

向果像荷花一样地笑了一下,就走回家了。

直到天黑,叶小开还歇在塘边。叶小开飞走的时候,小声地说了一句,向果我要你。

晨风吹过,门前有的是凉爽。向果娘坐在晨风里一味地提醒向果,你跟叶小开在一起的场面,娘看见了,你跟了叶小开,是你的福气,主意你自己拿。

向果变了脸色,说,我不要跟叶小开在一起,她的心不单纯。

向果娘坚持自己的想法,有些事不像你向果想得那么简单,她不单纯你单纯?

向果让娘给的说法,迅速地砸低了头。

村庄热。向果的棉地里更热。向果在宽阔的棉地摘着棉花,一朵一朵软弱的棉花从向果的棉树上回到他的篓子里。

全民微阅读系列

叶小开来了,她快速地走进了棉地。

向果和叶小开浑身是汗,那一地复杂的棉树遮没了向果跟叶小开的身影。

向果果断地说,叶小开这么疯,我做了你。

叶小开说,你做,我让你做。

向果压在叶小开身上,叶小开就有点疯了。

叶小开抱着向果,向果就有点疯了,叶小开看看天,天上的一朵白云就像一大团棉花。

向果和叶小开出来的时候,浑身是汗。向果在篓子里抓出几朵棉花,擦了擦叶小开脸上的汗。

叶小开幸福地让他擦着,轻轻地擦着……

秋天里,叶小开回味着向果擦汗的动作,她拿出在城里赚回来的钱,给向果买了摩托车。

冬天里,叶小开回味着向果擦汗的动作,她拿出在城里赚回来的钱,给向果买了羊皮大衣。

春天里,叶小开回味着向果擦汗的动作,她脚步轻盈地进了向果低矮的家门。

看着这一切,向果娘脸上的笑容像梅花塘曾经盛开的荷花。

向果娘说,叶小开给你幸福,你要好好爱她。向果低着头不说话。

在村里,向果办了红薯粉厂。

办了厂,向果对娘说,往后睡屋里就少了。

向果娘说,好好地待你的叶小开,睡不睡屋里没事的。

向果再没说啥,不声不响,卷了铺盖。不声不响,他就去了厂里。

向果娘出门,就有人对她说,你家向果真是有福气,读了一肚子书,认得了叶小开,办了厂,发财了。县里领导都来视察了,还上了电视。向果娘一听就高兴。

还有人说,你家向果的厂办在村子里,这村里的红薯,他不能挑剔着要。向果娘一听,说,我得提醒提醒。

向果娘来到向果的厂里,向果正好在车间里出粉。粉出来,冒着热气。向果娘说,娘给你说个事。

向果停了出粉,说,娘,你说。

向果娘话到嘴边,咽回去。

向果说,娘有啥事,就说。

向果娘才说,向果,你不能不要村里人的红薯,那可是上等的红薯,个大味好,没得说。

向果说,叶小开的厂子里,不要红薯,她做的是假红薯粉。

向果娘说,都是叶小开的主意?

向果说,还没结婚前,她就想着要做。我说,一定要做,我就不结婚。她又说,只要结婚,她就不做了。

咋又做了? 向果娘疑惑。

向果说,她说向家是她扶起来的,不听她的,她就不扶了。

向果娘说,向果,叶小开她会害了你,离婚,咱不稀奇她的摩托车,咱也不稀奇她的羊皮大衣。她迟早会害了你。

向果说,我都成县里的民营企业家了,还能闹离婚?

向果娘下跪,说,向果,人不能昧了良心做事,叶小开只害了你,她要跟你长久在一起,她会害更多的人。

向果双手扶起娘。很久,向果说,娘,就是死,也不做假红薯粉了。

麦 青

日头往西移,坡上的光线,明显的比先前亮了。

麦青坐在山坡上看着自己的牛,女人坐在麦青的旁边。牛就在坡上不紧不慢地啃草。牛还对麦青不时地望望,麦青说,卖得了。

麦青女人回话,是卖得了,卖牛的钱要攒起来,往后用钱的地方多。

麦青瞥一眼女人,就开始吆喝牛,牛就在坡上的光线里走动起来。

麦青一口接一口地喝着谷酒。酒喝到了兴头上,女人劝他莫喝了,还要卖牛呢。麦青这才放了筷子放了杯,去牵牛。

麦青迈着晃晃悠悠的步子,那头牛的步子也晃晃悠悠,身后响起女人的声音,卖了牛的钱,好好拿着呃。

麦青就回两句,你当我麦青是三岁娃不晓得高低? 真是的!

麦青还没回家,就有好多人知道麦青卖了牛,村主任也知道了。

村主任看见脸上还红着的麦青,开口说,麦青兄弟,卖了?

麦青就说,卖了。

村主任又开口,麦青兄弟的牛钱,借得?

啥用? 麦青问。

村主任说,村里欠上面的税费,上午来催了。

麦青想，牛是自己喂的，这主好歹自己做得。麦青就点了点头。

麦青没有回家，麦青去了村里，当着几个村干部的面，拿出那包牛换回来的钱，朝村会计的办公桌上一放，村会计数了钱后，就开了借据。

麦青拿了借据要回家，村主任留他喝杯酒再走，麦青不依，说，出来半天了，得回去了，自己家的酒还没喝完。

麦青进屋没黑，女人见麦青没牵牛回来，知道是卖了。女人想，牛钱揣在他身上。

睡觉时，女人迷迷糊糊地问了一声，牛钱呢？

麦青在床那头答话，天不早了，还不睡？

女人的声音就没了。

眼看着，麦青的娃大了，一开学就要进高中了。麦青想，自己要用钱了。

麦青没跟女人说，就去找村主任。村主任摇了摇头。麦青要走时，村主任说，村里是没办法想了，麦青兄弟你自己想办法还来得快些。

麦青只好装作没事的样子回来。

麦青狠狠心，想了另外的法子，让儿子上了学。

高中毕业，儿子回家种田。没两年，儿子谈了对象。麦青想，买电器置家具要的是钱，麦青从坛子里抠出那张借据又找了村主任。

村主任又摇了摇头。麦青回来的路上，一直想着村主任的那些话，对不住你呃！麦青兄弟。

麦青回来又狠狠心，想了另外的法子，让儿媳妇进了门。

没两年，儿子出去打工，回来接走了媳妇。

又不出一年,麦青的儿子又接走了娘,就剩麦青在守家。

守在家里没事,就容易想到借据,一想到借据,麦青就想到那头牛。牛没了,钱变成了薄薄的一张纸。怎么想,心里都不那么开心不那么暖和。

麦青想,这事还得找村主任,是村主任欠他的一头牛钱,不找他找谁。

村主任上医院检查回来的事,很多人知道了,村主任得了绝症,村里好多人看过了。麦青想,自己是跟村主任一块长大的。麦青买了一篮子鸡蛋,还抓了一只鸡过去。

站在村主任的床前,麦青说,那头牛换来的钱我一直瞒着。

村主任颤抖地说,晓得晓得,真不容易,麦青兄弟,再瞒一段时间就行了。

麦青想,你还要让我跟你一块瞒到土眼里去?

看着躺在床上的村主任,麦青这想法始终没说出来。

村主任的病情在加重,村支书说,村主任要你麦青过去。

村主任当着村支书的面说,麦青,我还怕你不来呢,当初你借给村里一头牛的钱,村里困难,我又还不上,往后就拿组织上给我的安葬费给你。

麦青说,村主任,那怎么行?

那怎么不行? 村主任很吃力地说出这几个字。

麦青领到钱的那天,心里很不是滋味。

周小鱼的爱情

周小鱼是非常了不起的女孩。这话是村主任周一池说的。

周一池有一件没有制止住的事情，让周小鱼制止住了。那天，周贵发好好养着的鱼，翻筋长长的一根钓竿搁在塘边就钓。周贵发看见了，就发话，你钓我贵发的鱼，我今天就杀了你。翻筋稳稳地站在塘边没理他。周贵发就回头拿了一把菜刀，嘴里不停地喊，我杀了你。刀还没落在翻筋身上，翻筋就一把夺过周贵发手里的刀，用力朝塘里一甩，两人就扭打起来。周一池看见了就大喊，你们疯了，停，停下来。俩人不但没有停，仍继续扭打。周小鱼看见了，跑过来，一把扯开翻筋。她望望翻筋，又看看周贵发，说，再打，就报派出所。俩人就不打了。翻筋收了钓竿就走。

周一池说，多亏了周小鱼。

周小鱼说，没事没事。

周小鱼恋爱了，男友是村里的显峰。显峰写得一手好文章，还经常来稿费。送信送汇款单的人往往走到显峰门前就喊，显峰，你的信，还有你的汇款。喊得村里人羡慕显峰，说显峰是秀才，将来上电视呢；还有人说显峰是作家，将来出息人呢。这话说得显峰高兴，周小鱼更高兴。

天还没黑，周小鱼愿意跟显峰坐在贵发的池塘边，那夕阳的余晖散落在塘里，塘水散发着金子般的光泽。他们看池塘的鱼翻着水花。看久了，显峰就从衣袋里拿出来发表的文章读给周小鱼听。周小鱼愿意听。显峰有滋有味地念着,周小鱼有滋有味地听着。显峰的文章念完了,天就黑了。周小鱼说,你的文章写得好。显峰就一笑,站起身,就走回来。

周小鱼也跟着显峰的身后走回来。

塘水仍闪着金光,周小鱼坐下来。显峰也坐下来。塘里的鱼不断地翻着水花,响响的。显峰开口,周小鱼,有件东西给你看。周小鱼说,好哇。显峰就抖抖索索拿出一张纸,塞给周小鱼,再看着周小鱼的脸。周小鱼看着那张纸,发现纸上的字,密密麻麻的,像很多细小的蚂蚁。她看着看着,心里发热,脸上发红。好一会儿,周小鱼说,显峰,咋把这些话写在纸上?显峰说,我特别特别喜欢你。说完,再不敢看周小鱼,只看那一塘水,直到水晃了他的眼睛。

塘水不再闪着金光,周小鱼起身跑回来。她身后的显峰站着没动。

就在显峰特别喜欢周小鱼时,村里来了个投资的老板。老板很年轻,当着周一池的面介绍说,我叫阮离城,想在村里投资。周一池问他结婚没?阮离城说,还没。周一池听了傻傻地笑。

谁来稳住老板谁来稳住阮离城,周一池想到了显峰。周一池那天让显峰见了阮离城,开口就说,显峰呀,好好写写阮老板。阮老板来村里投资,搞项目,得扎扎实实宣传宣传。

显峰那几天跟阮离城谈得来,很快就谈到了周小鱼。一谈到周小鱼,阮离城就哈哈笑了起来,说,有意思有意思。

没几天,周小鱼见到了阮离城。阮离城说,周小鱼,显峰对你好,你不知道?

周小鱼说,显峰是对我好,我可没对他好,他不知道的。

阮离城说,周小鱼,往后,你可以到我的公司里上班,工作随你挑。周小鱼点头。

周小鱼把阮离城带到了池塘边，在显峰坐过的地方，阮离城站住了，他第一次抱住周小鱼，抱得紧紧的。周小鱼任他抱。阮离城的舌头在她脸上不停地寻找。周小鱼流了泪，她知道，阮离城抱着自己的那一刻，便宣告与显峰的结束。

周小鱼再见显峰，说，我跟了你两年，你只知道文学只知道写作，你要知道，女人有时是多么愿意有人抱呀。几句话说低了显峰的头。

阮离城的公司开在了村里，也就是周小鱼的公司开在了村里。那一阵，周小鱼很忙，就没见着显峰。

有一天，周一池跑来告诉周小鱼，显峰去了北方，不打算回来了，阮老板给了他 20 万，他一分也没要，全捐给了村里。

周小鱼眼里是泪，她没有哭出声。

周小鱼想，自己与显峰的那段恋情，就真的结束了。

兰花花

兰花花是地主徐福康的小老婆。当那顶一路颠簸的花轿在徐福康的院子里停稳时，兰花花就成了徐福康的小老婆。

那年，徐福康 50 岁，兰花花 22 岁。

兰花花 22 岁的天空里是一天的好景致，湛蓝的天空，飘着无语的白云。

白云飘荡的天底下，徐福康有着 120 亩水田，在徐庄，那些田一丘连一丘,肥力足,水路又好。

有空,徐福康就带着兰花花看那一丘连一丘的稻田,绿浪起伏的样子,让徐福康的脸上写满了笑容,也让兰花花沉醉。许久,徐福康就对肚子没有隆起的兰花花说,只要你生了儿子,这田就是我家的,也是你兰花花的。

兰花花羞红着脸,隔着衣衫,右手轻轻地摸着的肚子。兰花花觉得自己的肚子空落,像没有装下种子的袋子。

徐福康的院子非常大。非常大的院子里,那一座座用桐油漆过的木仓仍散发着桐油的光泽和气味。很多时候,徐福康带着兰花花走到那一座座木仓前,用一竹质的烟斗,响亮地敲几下,沉闷的声响,回荡在院子里。

徐福康没有放弃敲每口木仓,直到敲出兰花花脸上的笑容。果真,兰花花脸上绽放着笑意,她亲手接过徐福康手中的烟斗,很有节奏地敲得木仓发出沉闷的声音,同样。

那一天比一天黄的稻子生发了徐福康胸中的快意。他想:明年青黄不接时,又该放多少租呢。他狠劲地抱着兰花花,释放着心中的无限快意。兰花花被那种突如其来的快意,快速地击倒。

那120亩田的租子还没有收,徐福康就被关了起来。真是人算不如天算,徐福康的120亩田一夜就被充了公,120亩田的稻子也充了公,连所有木仓里的余粮也被徐庄的人分了。

人们分到了粮食,就渐渐忘记了兰花花。在整个庄子里,粮食是最重要的,徐福康是重要的,不重要的是兰花花。徐福康被押走之前,死活不肯走。他被区长和长工刘长生推搡着出门。一脚跨出门槛前,徐福康对兰花花说:花花,咱们的日子就这样完了。

一句话说出了兰花花眼里的泪。

兰花花 22 岁的天空里，下起了雨。

在徐福康走后的第一个夜晚，下了一整夜的雨。那些雨点或稀疏或密集地打在徐福康住过的院子，打在徐福康曾经打开又曾经关上的窗户上。

在那个雨夜，兰花花想起了长工刘长生。

在如此大的院子里。兰花花的眼里一直有一个人影晃动。那个人就是刘长生。尤其是刘长生在她进入徐家大院的第一天，就冲她一笑。那一笑持续的时间很短，在她 22 岁的天空里。她觉得，刘长生那一笑里一定藏着一份东西。有几次，兰花花想把这事告诉徐福康。可是，话到嘴边，兰花花又像咽着徐家的饭菜一样简单地咽回去，在徐福康面前更是若无其事。

庄子里的人对兰花花没有怎么样，对徐福康就不一样。斗徐福康的次数越来越多，每次斗徐福康，都是区长和民兵组长刘长生。刘长生再不是长工了。每次斗徐福康，徐福康都跪着。兰花花在一边站着陪斗，她看着徐福康越来越虚弱的身体，眼里的泪没有落下来。

徐福康死了。

再没有人斗了。

兰花花再不陪斗了。

兰花花的 22 岁还没有完。

刘长生到区里开会要经过徐福康的大院，也就是要经过兰花花的门前。

兰花花坐在门前，看见刘长生从门前走远。

刘长生回来，天还没黑尽。兰花花出来拉着刘长生的手说：不走了，长生哥哥。

刘长生说，我还要给区长汇报呢，要来明天来。

兰花花看着刘长生的背影在黑暗里消失。

区长非常严肃地对刘长生说,千万别上了地主小老婆的当。地主的小老婆也会使用美人计的。

回到屋里,刘长生一夜没有合眼,心里想:我可不能上你兰花花的当。我决不中你兰花花的美人计。

刘长生再去开会,依然经过兰花花的门前。

兰花花依然站在门口看他走远。兰花花多么希望刘长生能回过头来看她一眼,甚至对自己一笑,就像自己进入徐家大院后,刘长生给自己的一笑,很微妙的一笑。

兰花花私下里想过,你刘长生对我那么一笑,心底里就不干净。

刘长生开会回来。兰花花拦住他,就说,天黑了,就在我家里睡。

刘长生一把推开兰花花,走之前,留下了两句话:我不会上地主小老婆的当。让我睡也不会睡。

刘长生的两句话像两把锋利的剑,一下子刺疼了兰花花,刺疼了兰花花的心。谁也没能拔出她心里的两把利剑。

刘长生走的时候,兰花花再没有望他一眼。她的眼里流出了泪水。

兰花花的 22 岁的天空,依然很美丽。她望着天上的云朵,平躺在收割后的田里。除了静静走过的风之外,她觉得四周太安静了。

兰花花需要这种安静,她把锋利的剪刀迅猛地扎进咽喉的时候,殷红的血在她的脖子上疯狂地流动。

兰花花的眼睛始终没有闭上。

一路走远的风中掺杂着血腥味。区长和刘长生赶到田里的

时候,兰花花的身体僵硬地躺在徐富康的田里,

区长说,长生,就地掩埋。

刘长生看了看兰花花曾经拉过自己的一只手,始终没有看出什么。

刘长生轻轻抱着兰花花,他一直没有想到自己给过兰花花什么。

兰花花的 22 岁快要结束时,刘长生帮她很快地找到了自己的墓地。

赛　壮

那年暑假,我看养了队里的一头牛,一头公牛。

那时候,我很清楚,队里一共有 12 头牛,每一头牛会有不同的人看养,看养牛的人都会记上工分。

我给那头公牛取了一个我喜欢的名字:赛壮。知道赛壮名字的人只有两个,我和蔡棉花。队里有一个女孩叫蔡棉花。女孩随娘姓,她爹死了。蔡棉花长到 18 岁,追求了几个男孩。那些男孩都不愿近她的身。她娘很无奈,又很害怕。

赛壮体型很大,干起活来有的是力气。赛壮经常被派上耕田耙地的用场,使用过它的人都说它好用,身上有使不完的力气。

赛壮好斗,尤其跟公牛斗。只要一看见公牛,它就拼命地斗。队长拿定主意,再不敢养公牛。没了其他公牛的存在,赛壮也就没有那么高的斗志。

赛壮还有一种本事,就是能在水里出没。它能在水里潜伏很长一段时间。那年夏天,我把赛壮牵到河里戏水,它总是潜在水里,让我真真切切地见证了一回。

平常,队里的那些牛都分散看养,主要是怕相互之间斗架。

听队长眉飞色舞地说,赛壮每年都要发几次情。每次发情期间,它都要找队上母牛交配。交配前,它围着母牛打转转,瞅准机会了,就很急地一下骑到母牛背上。

队上绝大多数的母牛愿意跟赛壮交配。只是那些跟它短暂交配的母牛老是怀不上崽。队长很着急,怕队里的牛青黄不接,就光明正大地把母牛牵到邻村的公牛那里去交配。那些牵出去的母牛回来,果真就怀了崽。

队里很多人抱怨:赛壮没卵用。我那时没有跟着队里人一起抱怨。

更有意思的是,有一头头齐尾齐长相很好的母牛不愿意跟赛壮相处交配,母牛一看见赛壮就跑,就是不让赛壮近身。赛壮还死劲追赶过几回。后来,它就不追了。

赛壮跟邻村的一头公牛斗架的场面,确实让我提心吊胆了一回。那一回,要是我看养的赛壮被斗死在外村,我不知怎么收场。

我从来没有把赛壮放那么远。那一天,我把赛壮放得远远的,放到了河滩上。我没想到邻村有头公牛也在河滩上吃草。赛壮很快就挣脱了我手中的牛绳,两头牛不知怎么就知道了对方的存在,很快就开战了。它们一阵猛跑接近对方,一个劲地用头角不停地寻找对方可以攻击的地方。头角撞击在一起,发出很吓人的声音,况且头角不长眼睛,扎在哪里,哪里就能扎破皮甚至出血。

我看见赛壮身上留下了好几处伤疤,还流着血。

赛壮边斗边退。赛壮想到了河水。它一头扎进河水里。

两头牛在水里斗了起来。赛壮发挥了优势,它潜伏在水里不时地扎一下那头公牛。那头公牛只好撤退上岸。

我赶紧下河骑着赛壮就回来了。

赛壮最后的命运没有跟我紧紧拴在一起。那一年,我考上了省城的大学。喂养赛壮的是蔡棉花。

蔡棉花在我面前带走赛壮时,我对蔡棉花产生了强烈的好感。

蔡棉花的脸非常干净,脸色也非常好看。那天,她的头上扎了一朵好看的花。

我渐渐觉得,有点喜欢蔡棉花了。

赛壮很愿意地跟着蔡棉花走了。

在大学里,我除了收到父亲写给我的信外,再就是我收到了蔡棉花给我的信。

蔡棉花很同情赛壮。她在信中说,她对赛壮很好。她经常把赛壮牵到水草肥美的地方让它吃得饱饱的。热天,她还点火生烟驱赶赛壮身边的蚊虫。冷天,她还在牛栏里铺上厚厚的稻草。

大学三年,蔡棉花瞒着她娘给我写了三十封信。

在第三十封信里,蔡棉花告诉我,赛壮的结局非常凄惨,已经被邻村的两头公牛用头角扎死。她还在信中告诉我,队长也没有要她承担失去赛壮的责任。

那一天,从蔡棉花视线里消失的赛壮进入了邻村两头公牛的追赶之中。赛壮一路跌跌撞撞,处于劣势,倒下后,就让那两头牛扎破了肚子。

看完蔡棉花的信,我非常心疼我喜欢着的赛壮。

回到队里的第一件事就是让蔡棉花带我去看赛壮斗死的地方。蔡棉花带我去了。她用手指着一片水田,含着泪说,当时,赛壮的腿可能是跌断了,陷在田里怎么也爬不起来。要不,它可以躲过一场劫难的。说完,蔡棉花问我,还看不看? 我说,不看了。

我跟蔡棉花结婚的那天,在乡村简单的婚礼上,满脸白发的队长真心要我讲跟蔡棉花的恋爱经过。

婚礼上,我和蔡棉花分别讲述了跟赛壮在一起的日子。因为赛壮,我和蔡棉花的命运就紧紧地联系在一起。

说完,满堂客人皆惊。蔡棉花的娘说,死丫头,瞒着我还写了那么多信。

梅镇的夏天

天气越来越热。从梅镇那棵粗大榆树上看起来越来越绿的叶子,就可以断定,夏天要来了。

夏天一来,镇上就来了一个跛腿年轻人。他看了看高高的梅镇,再看了看高高的榆树,就不再往前走,一屁股坐在了粗大的榆树下。

老榆树不认识他,梅镇人也不认识他。年轻人第一次出现在梅镇,就是一副可怜兮兮的样子,脸上脏,衣服脏,腿上更脏。露出的右小腿像烧煳的米饭,样子很难看。跟着他一起来的还有一提包,提包是牛皮做的,不新不旧,只要拉链哗啦一拉开,提包的口就张得大大的。

梅镇人不知道他从哪里来的。老榆树开始同情他,给他遮阴又给他遮雨。

梅镇人开始同情他。有人给了他衣服,还对他说,你那件衣服太旧了太脏了,换换吧。年轻人顺手就接了衣服,说了几声"谢谢"。他把衣服放在身边,眼睛盯着小腿,小腿在一点点溃烂。他觉得离自己数钱的日子不远了。

有人给了他凉粥,对他说,一天到晚在太阳底下坐,口里肯定干得厉害,喝了吧。年轻人顺手接了凉粥,一口灌下。灌完,连说"谢谢"。之后,他眼睛盯着小腿,很艰难地移动了一下,给他凉粥的人看了很伤心。年轻人觉得数钱的日子就在眼前。

有人给他菜饭,还对他说,一天没吃饭了,肯定饿坏了,赶快吃了吧。年轻人顺手接了饭碗,筷子在一个劲地往嘴里扒饭扒菜。吃完,他的眼睛再盯着他的腿,再不作声。他觉得再过一天,就到了数钱的日子。

梅镇很多人都在同情他。梅镇的夏天,就有了一个话题,很多人说来镇里的那个年轻人可怜,太可怜了。年轻人也听到了他们的议论,也低下头,暗暗地流过泪。

从梅镇那棵粗大榆树上传来的长长短短的蝉声就知道夏天渐渐过去,年轻人没有要离开的意思,听着那蝉声,就小睡一会儿。

有的人再给他衣服,他摇了摇头,说,给我点钱吧,我还等着钱上医院治腿呢。给衣服的人就在自己的口袋里掏出了钱。

有人再给他凉粥,他摇了摇头,说给我点钱吧,我还等着上医院,再不上医院,我这腿就废了。给他凉粥的人回到家里,拿来钱给了他,说,赶紧上医院吧。

有人给他饭菜,他摇了摇头,说,给我点钱吧,我还等着钱上医院,再不上医院,我这腿真的就要废了。给他饭菜的人从口袋里掏出了钱。

年轻人没有离开梅镇。他每天在梅镇人同情的目光里获得了上医院的钱。夜幕降临,他就开始数钱,数那些轻易换来的钱。数完,他自如地拉开提包的拉链,把钱放了进去。然后,他很狡猾地一笑。一抬头,他从那些繁密的枝叶间,能看见梅镇天空里的星星。

梅镇人眼里的夏天很快就要过去。很多人都在担心年轻人。一个夏天,他应该有了不少的钱,应该拿着很多钱离开梅镇到医院去。

又有人站在了他的面前,看着他,说,上医院的钱差不多了吧?

年轻人摇摇头,说,昨夜里让一伙人抢了去,真的回不去了。

很多人听说了他的遭遇,在他的面前丢下一张张的钱,就走了。

很多人又来了,在他面前丢下一张张钱。

年轻人看看梅镇的天,一张一张地叠起了那些钱,快速地放进了包里。

蝉不在那棵榆树上叫了。年轻人用手擦了擦他跟焦煳米饭一样的小腿,艰难地站起身。起身那刻,那块焦煳的东西,很快地脱落。

梅镇有人看在眼里,然后看见年轻人很快地跑出了梅镇,跑出了夏天。

很多人不知道,年轻人就是我的亲兄弟。我的亲兄弟跑了多久跑了多远?

我知道梅镇隔我的村庄一百多里,他是哭着跑回来的。他的女人得了癌症,死在了医院的病床上,欠下一屁股债。医院的院长说,要是还不了,就不用还了。我兄弟死活不依。

我的亲兄弟从那以后满镇子乱跑,在自己的腿上,用一种很浓很黏的猪血贴着,样子怪难看的,博得了很多人的同情。

我的亲兄弟从梅镇回来就把那些钱还到了医院。医院院长说,我的亲兄弟很讲信用,差了医院的药费还记得还。医院院长还留他在医院里吃了一顿饭,饭吃到一半,他把一些没有动筷的菜,用一个白色的饭盒,装了满满一盒,来到了他女人的坟前。

从女人的坟前回来,我的亲兄弟对我说,哥,我再不用那块伤疤骗人了,等我以后有了出息,我就到梅镇去,找到那些给我衣服给我凉粥给我饭菜给我钱的人,好好报答他们。

我一把抱着我的亲兄弟,只听他在我的背后一字一顿地说,哥,我以后,再不骗梅镇的人了。

1987 年的秋天

1987 年的秋天,让我幸福,又让我痛苦。

那年夏天,我如愿考上大学。

我成了村里的第一个大学生,这个事实让躁动的村庄经历了很多的惊讶和喜悦。村庄里经久不息的话题就是:意波这下考上大学了;意波往后不用下地下田了;意波往后能娶上标致媳妇了,谁家的闺女还小看他?!

那个炎热的夏天还没有结束。我的录取通知书是村里的贺九送来的。瘦瘦的贺九一脚跨进家门的时候,我和娘围着餐桌在吃早饭。早饭极为简单:我煮的稀饭,娘细心腌制的酸豆角。看见贺九脸上不易淡去的笑,我就知道,贺九肯定有事要跟娘说。

贺九说,你家意波怕是考上了?贺九说完就扬了扬手里的牛皮纸信封,那个牛皮纸信封像一道好菜一样地吸引了我的目光。

我放了碗筷,碗筷放得叮当响。我接过贺九手中的信封,迅速掏出了里面红色的录取通知书。

我快速地看了一遍通知书,就对娘说,娘,我考上大学了。

贺九高兴得双手拍了起来,嘴里说,那就好那就好。

贺九高兴着要走,我送他,他不依。娘送他,他更不依。

贺九一走,我又喝了一碗稀饭,嚼了一大口酸豆角,我嘴里的酸豆角有滋有味的。那个炎热的夏天就在我的有滋有味的酸豆角中开始了。

我和娘站在梨树下,那是我家最好的也可以用来骄傲的梨树,树上毫无顾忌地挂着皮色没有黄透的梨。

上大学的费用肯定比上高中要多。娘站在梨树下说,到哪里去弄学费?

我抬头看了看树上的梨,还没有回答娘的话,怀村就走来了。

我考上大学的消息肯定是贺九散布的,连村主任怀村也知道了。

怀村就对我说,意波,你是村里第一个考上大学的,村里放场电影。

怀村讲的话作了数。第二天晚上,一天的星,村里就放了一场电影。怀村要我和娘坐在放映机前面一点。我听他的,就坐下了,娘也坐下了。我看见很多人都朝我看,坐在我前面的几个女孩子还不时地回头看我。

场子上很安静，怀村在电影放映前，说了几句话，大致的意思是，村里要出几个像意波这样的伢，会再放几场电影。

电影就开始了。我和娘并排坐在一起，娘不怎么朝银幕上看。我的手抓着娘的手，说，娘，学费的事少想点。

娘才抬头，盯着那块扯得不正的银幕。

1987年的秋天跟以往的秋天不同，树上的梨子像往常一样地熟了，我爬到了树上，摘那些梨子，摘一个往袋里放一个，娘站在树下叮嘱我小心一点。

我在树腰上，透过密匝的梨树叶跟那些梨，看见怀村来了。

怀村对我吼，意波，别爬那么高，快下来，我有事跟你说。

我从树上下来，赶忙从袋里掏出两个梨来，说，村主任，吃。

怀村没有接梨，顺手推过来，示意不吃了。

怀村着力把我拉到一边，只见他从袋里拿出一个包来，说，你这三年的学费，拿着，千万别对其他人说，包括你娘。

我接了那个包，放进袋里，顺手拿出两个梨来，他拿在手里当没事一样地走了。

怀村走不多远，又走回来，拍了拍我的肩，轻声对我说，以后，人家问起学费，就说是大学里免了。

我让怀村给弄糊涂了。

晚上，我对娘说，怀村借给了我上大学的钱，梨还卖不卖？

娘说，不卖了，挨家挨户送出去。

1987年的秋天，我回望那株梨树，回望娘，回望怀村跟贺九，顺利地走出了村。

大学毕业，我分配在检察院工作。我把一年的工资全攒起来，年底，我回了一趟村。

我把那些钱包成一匝,让娘给怀村送去。

娘口里哈着热气就去了怀村家。

娘很快就回来了。

娘脸上尽是忧郁地说,意波,怀村他说没借给你钱,说啥也不要。

我急了。

我赶到怀村家,怀村躺在床上,嘴里喘着粗气。怀村看见我,很艰难地笑了一下,说,意波,村里人看到你出息了。

我笑笑。

我说,怀村主任,1987 年的秋天,你一下子借给了我三年的学费,你就忘了? 那天,我在树上摘梨呢。

怀村说,这事我记着,永远记着。

怀村示意我靠近他,我在他的床沿上坐定。他接着说,意波,那时候,怀村怕你跟娘为学费犯愁,我只好在村里的账上做了一下手脚,我要不那样做,外村人会见笑,这么大一个村,让一个伢上不起大学,丢人呐。

我听了,心里很不好受。

我走的时候,怀村执意拉着我的手说,1987 年的秋天,村里那才叫风光呐。你放心,钱,我会交到村委会的。

我听了,心里踏实了。

从怀村家出来,我快速地打量了村庄,很快找到了回家的路。

芷兰秀发

"收头发——"长长的声音在邱家庄响起,邱家庄人知道:是那个收头发的中年人来了。

邱家庄很多的女孩是在那个中年人锋利的剪刀下,结束自己的长发时代,芷兰也不例外。

中年人背后挂一个陈旧的牛皮包,芷兰一口气追上那个中年人,说,师傅,你等等!

芷兰跟中年人站在夏天,站在夏天的树下。

夏天很燥热,树上有一只肥肥的蝉着力地鸣叫。中年人稳稳地站在芷兰的背后说,开剪了,给最高的价。

芷兰脸上带笑地说,开剪吧,师傅。

安生没上前拦芷兰,他知道自己拦芷兰不住,只好远远地看着,汗一粒粒在脸上在身上无所顾忌地生长又流动。

中年人掏出了亮而净的剪刀,剪刀张开嘴,吃发的样子干脆而贪婪。

芷兰就听见脑后有一种很脆的声音传来,那是剪刀断发的声音,极像芷兰的手半缓地撕碎青青菜叶的声音。

中年人一把挽着断落的芷兰的长发,满意地说,这是我见过的最好的长发!

芷兰掉转身来,眼泪就珠子一样地落下来。芷兰说,师傅,你别说了。

中年人把头发放进了牛皮包，然后拿出钱，给了芷兰。

芷兰一把捻着钱，一转身，就走了，身后是越来越热的夏天。

芷兰转身离去的背影留在安生的眼里。

安生追上了中年人，说，师傅，我出钱买下你刚刚收来的头发。

中年人摇头。安生又说，我出双倍的钱。

中年人迟迟拿出长发，狡黠地看了安生一眼，说，拿走吧。

很多剪了长发的女孩走出了邱家庄，芷兰也不例外。

芷兰跟安生翻上高高的澧水大堤。芷兰说，我的长发剪了，卖的钱，作路费，你回去。

安生没有拉住芷兰的手，呆呆地站在澧水大堤上。

安生在芷兰的脑后没有留下一句话，芷兰就走了。

安生回来做了一个木匣子，木匣子做得极精致。在木匣子的底部，还刻了一行字：芷兰秀发永久保存。字刻完，安生想到了上漆，里面上的是黄漆，外面上的是红漆，还用绿漆做了边，等油漆一干，安生就把芷兰的长发留在匣子里。

安生没事的时候，就打开木匣子，用手摸摸长发，然后一笑。合上匣子那刻，安生像看见了披着一头秀发的芷兰，觉得芷兰还在庄里。

邱家庄不断地传来芷兰的消息：说芷兰在外面做了小姐；说芷兰跟了一个大她四十岁的老头……

消息一个比一个坏。安生却不当回事。

汹涌的澧水冲决大堤，狂妄地进入邱家庄的夏天。安生什么也没带，手上拿了木匣子，奔向大堤，水就在他的身后追赶。

安生上到大堤上时，老村主任一把拉住他，说，安生，庄里还有人没上来。

安生说，我去，你替我管着匣子，要回不来，你把匣子给芷兰。说完就把匣子往老主任怀里一塞。

安生很快就把船往水里划，船在浑水里就像一片漾着的黑色菜叶。

很快，安生就救回来一个老汉。

很快，安生又救回来一个女孩。

安生再没有回来。

水退了。

芷兰回来了，头发让几枚发夹护着，发夹的颜色比夏天的颜色还扎眼。她身上挎着的包，在邱家庄的夏天晃荡精致。

芷兰坚信，安生不会走。

芷兰在邱家庄寻找安生。她没见着安生，就打听。有人说，安生走了。

芷兰还不信，好好的安生怎么会走呢？

芷兰眼里的树往上长了，树上歇了肥肥的蝉，蝉又在鸣叫。芷兰在自己断发的树下找到老主任，问，安生呢？

老主任说，水灾时，走了。

芷兰信了。

芷兰没哭。

芷兰要走，老主任说，芷兰，安生还有一样东西在我家里，你回来了，以后你就保存好了。

芷兰说，拿来看看。

老主任很快拿来木匣子。芷兰一手接过木匣子，老主任就走了。

握在芷兰手里的木匣子很轻。她打量了一会木匣子，再把底翻过来看，她一眼就看清了那一行字:芷兰秀发永久保存。

芷兰打开匣子,匣里是一把乌亮的头发,安静地卧着。

芷兰口里喃喃:安生,你把我的头发要回来了?

芷兰轻轻地把匣子搁在地上,一枚一枚地松了扎眼的发夹,从包里掏出那把小剪刀,小剪刀在一小口一小口地吃那些头发。

邱家庄的眼里,芷兰的秀发一根根一缕缕无序地落下……

远远地,过来一个人,是那个收头发的中年人,芷兰没有唤住那个中年人。

"收头发——"

那个中年人嘴里发出的声音,长长地忧伤地响起。

芷兰这才知道,这个夏天真的距那个夏天很遥远很遥远了。

吹　鱼

吹鱼在城里打工。

天一亮,吹鱼急急地骑着自行车去城里,车架上绑着铁锹和锄头。天一黑,他晃悠着,骑车回来,车架上仍绑着铁锹和锄头。

吹鱼要做的事就是挖沟。包头说了,在没有沟的地方挖沟,在挖了沟的地方再挖深一点的沟。

吹鱼想,挖吧,来城里就是挖沟的,挖了沟就来钱。

有空,吹鱼就坐在树底下疑问,城里怎么有挖不完的沟?回来的路上,吹鱼还想,城里的沟怎么挖不完?

吹鱼挖着包头所包的那段沟,却没有来钱。

吹鱼每次回家,回来的只有人,没有钱。女人胖云问,在城里打了半年工,工钱呢?

吹鱼说,再等等吧。

吹鱼继续挖沟。

沟挖完了。吹鱼找包头要钱。

吹鱼没有找到包头,包头走了。

吹鱼没有回家。他下了要找到包头的决心。

很快,吹鱼就在那条沟附近的一家餐馆找到了包头。餐厅在三楼。包头在三楼跟一个女人喝酒。吹鱼手拿着那把锹走上了三楼,一点也不紧张地在包头坐着的桌边坐了下来。

吹鱼的那把锹的锹口雪亮雪亮。包头看见了,女人也看见了。

包头喊吹鱼喝酒,像喊吹鱼开工一样地喊了他。

吹鱼摇头。吹鱼说,我等着工钱,给了就走,酒留着你自己喝。

包头说,没钱给。

吹鱼说,你要真不给,我就跳楼。

一听要跳楼,包头没有紧张,说,吹鱼,你跳吧。

一听要跳楼,包头身边的女人吓了一跳,有点紧张。

吹鱼拿着那把锹走近窗户。吹鱼自己数着,一步,两步,三步。

一步,两步,三步。包头数着。

一步,两步,三步。女人也数着。

包头说,别跳,不就是一点小钱?!

女人在包里拿出了钱。

吹鱼拿到了钱。

吹鱼没有急着回家。他在一家小餐馆,一盘两盘地要了一桌

全民微阅读系列

菜,喝了半斤白酒。

吃剩的菜,吹鱼叫服务员打包。

回到家,吹鱼就听见胖云骂:两天没回,死哪去了,一嘴酒气的才回来。

吹鱼却高兴着,把吃剩地菜朝桌上一放,又把那一包钱拿出来。

胖云见了,才没有骂。

胖云大口大口地吃着吹鱼带回来的菜。

吹鱼看着看着,眼里的泪就出来了。

胖云问,吹鱼,好好的,你哭啥?

吹鱼这才擦了眼泪,说,高兴。高兴。

吹鱼想再出去挖沟。他骑着自行车出去,车架上仍绑着锹和锄头。

再要吹鱼挖沟的是陈老板。陈老板有要求,这次挖沟,民工不能随便回家,要住在工地上。

吹鱼也不例外。

住就住。吹鱼就住了下来。

陈老板每天给现钱。起初,陈老板招人挖沟的时候说,这条沟,是市政公司的一个工程项目。市政工程公司有的是钱。他还说,要不嫌烦,每天收工的时候,就领钱。

头几天,吹鱼就跟其他民工一样领了钱。渐渐,领钱的民工嫌烦了。有民工说,沟挖完了,一次发。陈老板注意到了民工的想法,他就一个一个地问民工,到底怎么发工资。很多人说,一次发。陈老板还特意问吹鱼,吹鱼说,一次性结工钱。

挖开的沟,埋下了管子。慢慢地,沟就填上了。

吹鱼两天没看见陈老板了。

陈老板没来工地。

吹鱼急了,陈老板挖完沟跟大伙开工钱的,咋就不来?

吹鱼想到了去市政公司。在去之前,吹鱼想到了一个点子。他要送两面锦旗给市政公司。

吹鱼一手拿着那把铁锹,一手拿着两面锦旗。一面锦旗上写着:感谢为我提供工作!另一面锦旗上写着:我的工钱,您还记得吗?

吹鱼是上午走进市政公司的。下午,吹鱼拿到了工钱,其他民工也拿到了钱。

吹鱼没有急着回家。他去了一家超市。

吹鱼想:冷天了,胖云脸上干燥,给她买盒化妆品吧。

吹鱼就买了 30 元钱两盒的"靓丽"早晚霜。他高兴地回到家,就听到胖云的骂声,在外那么久,连个电话也不往家里打,吹鱼你还是人吗?

吹鱼的高兴仍写在脸上。他拿出"靓丽"早晚霜,再拿出一包钱,胖云的骂声就息了。

胖云往脸上来回地擦那些"靓丽"早晚霜,吹鱼就在一边看,看着看着,眼里就来了眼泪。胖云没有看见吹鱼眼里的泪。

"靓丽"晚霜在胖云的脸上散发淡淡的香味。她沉醉在那些香味里。很久了,胖云问,吹鱼,还挖不挖沟?

吹鱼说,挖。

胖云的脸凑近吹鱼的脸,吹鱼分明感到晚霜的香味。胖云说,吹鱼,那天的电视里,一个男人给一个女人买了三千块钱的化妆品,女人还嫌少,就跟男人分手了。

吹鱼觉得好笑,就一笑,说,我才给你买了 30 块钱的,你不嫌少?胖云说,吹鱼,就这样子的早晚霜,我喜欢。

全民微阅读系列

吹鱼让胖云说出了眼泪。

胖云用手擦了擦吹鱼眼角的泪。

吹鱼看着胖云,说,过了年,照样去城里挖沟。

话一出口,吹鱼有点后悔,明年,老板要不给工钱,又想个啥点子?

谁来证明你的马

梅四久的马丢了。

梅四久早上起来就去了马圈,他没有看见马,只看见了柱子上的一小截链子,那链子是用来系马的。那一次,买回来的链子,他嫌长了一点,就截成了两截,长的一截系在马上,短的这一截套在柱子上。

喂了十年的马丢了,梅四久决定找马。他带了干粮和水,天一亮就出去,天黑了就回来。饿了就在树底下吃干粮,渴了就喝水。

回到家,梅四久觉得疲倦,就躺在了床上。渐渐,就鼾声四起。朦胧中,那匹马系在圈里,尾巴摇来摇去,嚼草的声音很响。梅四久醒来,才发现自己做了一个梦。

坐在床上,梅四久就翻看五年前和马在一起时照的一张张照片。每看一张,他就有一种难受的感觉。

每次找马,梅四久带着那截链子。他觉得,那截链子可以比对自己马上的链子,也算一个证据。

梅四久找了三天马,问了很多人,男的女的都问过,都说没看见。还有的人反问他,你自己的马,咋就不好好看着?梅四久让人说得很尴尬。

梅四久仍旧找马。有人劝他,你还是到派出所报案,让派出所出面,找到马的可能性就更大。

梅四久仔细一想,觉得在理。一个星期后,梅四久就走进了派出所。

梅四久看见自己的那匹马系在派出所前院的走廊上。那一刻,他赶紧跑过去,把头贴在马头上,话还没说,眼睛里就涌出了泪水。然后,他就用手摸着马的头。

梅四久很想牵回自己的马。可是,值班民警不依。民警说,梅四久,这马是它自己走进派出所的,我们在各村都贴了广告,也没人来领。你来领,没有谁证明马是你的。

梅四久说,系这匹马的链子跟我手里的链子是一样的。

民警看了看梅四久手里的链子,然后说,相同的链子有的是,根本不能证明马是你的。

梅四久还说,这匹马有一个胎记,胎记就在屁股上。梅四久走到那匹马后,用手指指马屁股上的一个细瘤。

民警说,有胎记的马多的是,不能说有胎记的就是你的马。

梅四久最后说,我找卖马的人来证明。

民警依他。

梅四久走之前,就去地里割了草。他把割来的草放在走廊上,马就慢慢地吃草,边吃边看着梅四久。

马是梅四久在庄一群手上买的,要庄一群来证明不就行了。梅四久和民警找到了庄一群。

梅四久对庄一群说,马是十年前买的,你应该还记得。

庄一群接连摇摇头,然后说,十年前的事,不记得了。梅四久说,你再想想,不就过了十年,咋就不记得你的马?庄一群说,想不起来了。

梅四久无奈,只得回来。

梅四久回来,又在家里翻出了自己和马照的照片。他觉得照片上的马跟派出所的马是一样的。有一回,庄里来了个照相的,照的是快相。等两天就有,还保证送过来。照相的人说动了梅四久。梅四久就跟照相的人提了要求,说,就跟我的马照几张。

在民警面前,梅四久拿出了照片。民警仔细看了看照片里的马,又看了看梅四久。

民警看看那些照片,然后摇摇头,说,还是不能证明是你的马。

怎样才能证明是自己的马?梅四久想不出好的办法。

梅四久开始上访。他先见了乡长,说自己的马在派出所里,派出所不让牵回去。

乡长就到派出所了解情况。派出所所长跟乡长汇报了情况。乡长回头跟梅四久解释,要说马是你的,得有证据。

梅四久不跟所长闹,他没有吱声。

梅四久给马割了草,就去了县里。梅四久坐在了县信访局。信访局的人说,梅四久,你先回去,我马上给乡政府打个电话,让派出所把马送过去,很快,你就能牵回你的马。

看见信访局的人在给乡里打电话,梅四久才肯走出信访局的门。

梅四久回到家。还没来得及开门,派出所的民警牵着马来了。

梅四久问,谁来证明马是我的?

民警说，梅四久，你再不能往上上访了，你不知道，你在市里上访一次，乡里要被县里扣分的，要不然，年底，乡里年底评不上先进，影响乡领导的提拔。

梅四久根本没有想到事情会这样。

那谁来证明马是我的？

我来证明马是你的。民警说。

羊子善

羊家庄会木雕的只有羊子善。他雕人物雕花鸟，雕啥像啥，且活灵活现。

羊子善对一些杂树生出好感，好到近乎痴迷的程度。往往，他在树前一站，一盯老半天，舍不得放手。有人问他，咋对一棵树看得那么痴？羊子善用手拍两三下树，笑着走开。

庄里很多人找羊子善雕些小件，他满口答应。往往，来者一块木板或一截木头朝他面前一放，他就说，放下放下。再不说多话。

过几日，那木板上或木头上就有好看的花鸟，或人物，栩栩如生。

羊子善平时喝点谷酒。因此，家里也备有酒坛。每次，他都从坛里用竹提提出半提来，倒在杯子里很有韵味地喝。女人姜丝就劝他，少喝点，酒伤身体。羊子善也不搭理，仍一小口酒一小口酒地往嘴里送。

羊子善不光在家里喝酒,在外面也喝,一喝就上脸,脸上喝得红润、发光。庄外有女人见了,就说,羊师傅,你的脸,那么好看,回去了对着镜子雕下来,肯定卖个好价钱。

羊子善也不生气,回一句,你才卖个好价钱。然后,抿嘴一笑。

羊子善高一脚低一脚回到屋里,对着镜子一看,果然,脸真红。他就着一盆凉水,把那脸上的红洗了个透彻。

羊子善有好几把刻刀,宽口的、窄口的、弧口的,都有。并且每一把刻刀的刀口雪亮。平常,他把刻刀集中放在一个牛皮套里。每隔一段时间,他会一把把排出那些刻刀,在那些刻刀上擦上油,防止生锈。

羊子善把刻刀看得很重。一回,羊子善不在家,姜丝就翻开他的牛皮套,拿了他的一把刻刀切了鞋底。鞋底切到一半,羊子善回来,迅速抢过那把刻刀,还对姜丝说,你给我滚!老子的刻刀,是你用来切鞋的?

姜丝泪眼看羊子善,就问,你一把刻刀看得比我还重要?我可是为你做的鞋呢。

羊子善反问一句,你说呢?

姜丝没有说啥,眼里含着泪就开始在家里清理衣服。姜丝背好包出门,羊子善不看她也不拦她。

那一日,羊子善脸上没有笑容。

那一月,羊子善脸上还是没有笑容。

庄里有人劝羊子善,姜丝都走了一个多月了,要么去找她,要么忘了她。

羊子善没有多说什么,在酒坛里提了两竹提酒,倒了一碗,然后就喝,然后倒头便睡。

待羊子善长长短短的叹息过后，就是长长短短的鼾声。醒来，就换了一个人，见什么人喊什么人，喊得极亲热。庄里人再在他面前提起姜丝，他说，还提她干啥。再无二话。

庄里很多人认为，在一些家具上雕刻图案，比较烦琐。渐渐，来找羊子善刻小件的人就少了。

羊子善依然看中他的刻刀，每隔一段时间，他从牛皮套里一把把拿出来，擦上油。

羊子善家里的木刻多了起来。他把那些生出好感的杂树锯了回来，然后就在木头上刻。

冬天，天气有些冷。羊子善就把过去刻好的木雕当柴烧。他明白，他在那个冬天，烧掉了很多木雕。

若是柴堆里烧着了刻着鸟兽虫鱼的木雕，羊子善还能听见那些鸟兽虫鱼在火里挣扎，噼里啪啦地叫。羊子善也不惋惜。

羊子善就坐在火堆旁，做着新的木雕。

羊子善要在春天里完成一件叫"嫦娥奔月"的作品。在他眼里，那是一件很大的木雕。"嫦娥奔月"还没有雕好，就来了一个人。

那个人轻轻叩开了羊子善的门。那个人掏出名片给羊子善看，说是专程来请羊子善师傅的，还一个月给 3000 块钱工钱。

羊子善摇摇头，说，我不是羊子善，羊子善跟女人散伙后就走了。这里没有你要找的那个羊子善。

浙江人信以为真，摇着头就走了。

羊子善倚在门边，觉得好笑，自己的这点木雕手艺，还值得让一个浙江人大老远跑来？

羊子善又开始雕他的"嫦娥奔月"。低矮的屋子里，他有和嫦娥奔月的感觉。

没过两天，那个浙江人又轻轻叩开了羊子善的门，开口说，羊师傅，我们公司派我专程来接你的，你要不走，公司会再派人来，直到把你接走。

羊子善没有让那个人看见"嫦娥奔月"，就在门口说，我跟你说过了，这庄里没有羊子善，他跟女人散伙后，早就不住庄里了。

浙江人半信半疑地走了。

一条高速公路经过庄里，羊子善低矮的房子在拆迁范围。

来庄里丈量房屋的是国土资源管理所的工作人员老张。老张喜欢木雕。

在羊子善家里，惊讶着的老张拉着羊子善小声说，羊老板，我想买下你的那件"嫦娥奔月"。

羊子善摇头说，那是我的心血，不卖。

老张又说，羊老板，卖了可以再刻。

羊子善说，以后房子拆了，住在安置房，就没有这个认真劲，也刻不好了。

老张把嘴凑到羊子善的耳边说，羊老板，我可以把你的房屋面积量大点，只要，你肯卖了"嫦娥奔月"。

羊子善想想低矮的屋，看看"嫦娥奔月"，点了点头。

老张给羊子善的承诺兑现。羊子善的屋，对比庄里其他屋，拿到了最高的补偿。

明亮的安置房里，没有了"嫦娥奔月"，羊子善觉得室内空荡荡的。

羊子善找出那个牛皮套，用笨拙的手一把把拿出刻刀，他才发现，那些刻刀上有了浅浅的锈迹。

青 毛

牛是好牛,膘好劲大。王庄人说,干起活来,其他的牛没法比,一天犁田 5 亩,不在话下。王庄人试它体力,套上牛轭,3 个劳力轮流使唤,不用扬鞭,硬是把一块 5 亩的水田给犁过来了。完了,卸了牛轭,牛仍健步如飞,把 3 个犁田的劳力吓傻了。

王庄人给牛起了一个名字:青毛。

青毛又是犟牛。打起架来,几乎拼了命,非得抵倒对方。有一回,青毛跟庄里的另一头牯牛干上了架,那头牯牛屁股后是一碗口粗的树,青毛一使劲,撞过去,那头牯牛抵倒了树,然后,青毛再奔过去,抵住牯牛的头,一只角扎进牯牛的眼里。那头牛起不来,后来就废了。王庄人又气又恨,恨不得杀了青毛,虽说是一头牛抵得上两头,毕竟斗废了的那牛也不差。

因此,看管青毛的人得非常用心,生怕跟其他的公牛在一起,惹是生非。往往,青毛走过的路上,远远地就有人打招呼,你让青毛慢点过来,莫让牛打起架来。

青毛被圈在另外的栏里。庄里修了一排牛栏,那些系在牛栏的牛能和睦相处。青毛的栏单独修开,生怕青毛跟庄里的牛打架。

平时,王庄有人议论,说见过很多的牛,没有见过像青毛这样的牛。也有人说,青毛将来的命短。

青毛跑起来,像一阵风,好多人攥不住。

王庄能够降住青毛的只有回仓。回仓能把发犟的青毛给找回来。王庄的大牛全是用牛栓头拴着的,牛栓头拴在牛鼻上。牛栓头一头大一头小,在小的一头系上牛绳,牛就能牵能系。青毛也不例外。

一回,青毛鼻里的牛栓头腐烂掉了,它就脱了绳,出栏后糟蹋了半田庄稼。王庄人见了很心疼。谁走近它身边,它就跑,拿青毛没办法。回仓心不急,他慢慢走过去,然后一指迅速插进鼻孔,上了新的牛栓头,套上牛绳。青毛就服了。

回仓就因为能降住青毛,却打了一辈子单身。王庄很多人给回仓说过亲。有几个姑娘跟他刚好上,就听说他连青毛那样的牛都能撵住,往后,跟他过日子,还有啥奔头。自然,回仓的婚事就黄了。自然,回仓的婚事黄了一桩又一桩。

青毛在王庄生活了五年。

青毛就失踪了。青毛的失踪引起了很大的躁动。王庄人说,那么一头牛,怎么就会跑呢?队长哨子一吹,集合很多人,再发动人去找。回来的人说,问了很多人,都说没看见。庄里就回仓不找牛。队长问回仓理由,回仓说,老子连女人没娶上,就毁在青毛身上,管它回来不回来。队长一听,摇头走开。

青毛是找不回来了。王庄人放弃了找青毛。反正,牛是庄里的,又不是自己的。找不回来就找不回来。

王庄的牛登记在册,或死或杀,均要向公社党委报告。恰好,庄里有个蹲点的干部,干部姓祁。祁干部写了一个关于青毛丢失的材料,很多人在材料上按了手印。那材料管用,一递上去,祁干部回来说,王庄丢了一头牛,找了十天半月,没找到,也不追究庄里队长的责任了。王庄人高兴。最高兴的是队长。

青毛其实没有失踪。

青毛出现在我的村庄。那时,我的村庄正好有一头母牛,也生得健壮,处在发情期。那头母牛站在月光下,抬头望月。青毛那晚脱绳后踏碎一地的月光,一路狂奔。猛然间,青毛的出现让母牛始料不及,母牛也在月光下狂奔,踢踏之声四起。

青毛失足掉下深沟。青毛没有活着出现。

发现青毛的是我那个队里的队长。青毛四角朝天,样子非常悲壮。队长的脸上流露出了幸福的笑容。

青毛命短,果真印证了王庄人的判断。

青毛的死因,我那庄上的人,有说翻了牛百叶的,有说摔断了肠子的,有说划破了牛卵子的。所有的死因,再没有人去探究。毕竟,青毛躺下了。

活剥青毛就在那条深沟。曹鱼是队里杀猪的汉子,拿了杀猪用的工具,一刀一刀地挑开了牛皮。队长站在被曹鱼剥得血肉模糊的青毛前,说,曹鱼,求你把那牛角给我剥干净,我那娃当着宝要。曹鱼就把牛角收拾得干干净净。

等那些肉全部脱离骨头后,队长就安排两个劳力,把肉挑回了队长屋后的梨树下。

队长对所有的人说,吃牛肉的事,谁要说出去,谁家就别想吃牛肉!

很多人望着肉案上的肉,都不作声了。

队里人都吃到了青毛的肉。

队长在一只牛角上缠了红绸。他家的娃喜欢牛角,常常吹出不大不小的声响来。队长叮嘱娃,牛角只能在家里吹,不能拿出去。

队长家的娃不听,拿着牛角去了王庄。回仓见了,认得是青毛的角,拉着娃就奔队长家来。

队长觉得会出事,就对回仓说,回仓,你有啥要求,尽管提,尽管提。

回仓说,队长,回仓不求别的,就求摸一把你的女人。

队长女人听见他们的对话,从屋里出来,说,回仓,进屋来摸吧。

回仓一路走回来,脸上是高兴的样子。他不时地看看那只摸过队长女人的手。

四十年后,队长说,全队人都吃了青毛的肉,我最亏呃。

队里人始终弄不明白,队长分了牛肉不算,还多拿了两只牛角,咋就亏了?

倾 听

陈村在整个乡里没有特别的地方,就那一山好树,一根根枝繁叶茂向天走,值得一看。林管站的卜站长不管是喝了小酒,还是没喝小酒,都这么说。

起初,卜站长说这话时,陈村人没引起注意。后来,陈村人或站在自家的屋前或密密麻麻地挤到山下一看,满眼郁郁苍苍,一山的树,经风一吹,林涛起伏。就觉得他的话没错。

陈村人就活在那一山树里。卜站长也活在那一山树里。

那一山树像绿色的波涛无时无刻就要吞没陈村,吞没每一个进入它内心的人。

林乡长第一次进山。

全民微阅读系列

林乡长跟卜站长顶着 2004 年夏天火毒的太阳到了陈村，汗粒在他们的身上不停地生长。他们聊着聊着就钻进了厚实的林子。

林子里的风凉凉的，凉凉地吹过来。

让那凉凉的风一吹，林乡长身上的汗粒没了。他半开玩笑地说，卜站长，栽这山树还是你想的点子。到时候，乡里要伐树，你舍得？

那一刻，卜站长的脸上展开了笑容，说，怎么会不舍得？舍得！

林子里有块大青石，走不多远，就能看见。大青石平整光洁。卜站长坐了很多次，每次进山，走累了，他就在上面坐会儿，歇口气，听听风吹树的声音。树还没成林时，他坐在上面，还能看见天上的云。

那块大青石，同时并排坐下了两个人，林乡长坐，卜站长也坐。

他们的谈话就从这块青石上毫无顾忌地传开。

林乡长拉着卜站长的手，不时地感叹：卜站长呀，我听到了风吹树林的声音了，多好听的声音。

卜站长只是笑笑。

林乡长接着感叹：卜站长，要没你，就没陈村的这一山好树。

卜站长只是笑笑。然后，他抬头看那些树顶，风一阵阵地吹得那些树响。

林乡长出来时，头上的太阳猛烈地打在陈村，打在夏天的那一片林子。

林乡长边走边说，陈村的林子就交给你了。

卜站长望着林乡长，他的脸再一次绽开了 2004 年夏天灿烂的笑。

卜站长脸上的笑还没有持续到秋天，就让乡里的决定结束了。

全乡的干部会议上，林乡长说，为了还债，不得不动用陈村的树了，乡里也是不得已而为之。

林乡长说完，干部们就开始了讨论。有的说是得砍了；有的说，还债嘛，是得想点办法……

卜站长坐在椅子上一句话也没说。

最后，多数干部的意见是砍。林乡长说，砍吧！

会就散了。会议室剩下林乡长跟卜站长。卜站长一把死死地攥着林乡长的手，就往外拉。

林乡长说，卜站长，你松手，有话就说，我跟你走，还不行？

卜站长说，到陈村去，到青石上说去。

天气已经凉爽了，林子极静。

整个林子都沾上了秋天的气息，那块大青石也不例外。青石上仍旧坐着两个人。林乡长跟卜站长，背对着背。乡长的手搁在胸前，再也不拉卜站长的手。

卜站长闭上眼睛，脑子里是无数把斧子在狂乱地砍着树，是很多的民工在来来回回地背树，走动的声音杂沓。

卜站长睁开眼，脸色铁青地说，林乡长，你听，满山都是砍树的声音，满山都是倒树的声音。

林乡长板着脸说，听不出来，你卜站长胡说些啥？

卜站长手指着一棵树，大声说，大碗口粗的树，过几天，就要倒了。

林乡长说，卜站长，你是不是有病？我可没见一棵树倒。

卜站长说，好，我有病。当初我就看得出来，你第一次进山就在打树的主意。

林乡长说，我当初是在打这一山树的主意，难道有错？

卜站长说，没错。动用这山树前，要不你撤了我。

卜站长不依不饶。

林乡长也不依不饶。

林乡长说，卜站长，你别逼我。

卜站长眼里滚动着泪，眨巴着眼，不再说话。

两人就那么静静地坐着，背对着背。风一阵一阵地吹来，林子静极。

他们在大青石上坐了两个时辰。

卜站长起身，说，走，乡里要砍就砍。

林乡长说，等等，要走一起走。我在里林子里倾听到了一种声音。

卜站长出神地望着林乡长。

他们走出了林子，他们一路回望着陈村的那一山树。

林乡长写了辞职报告。林乡长要走那天，卜站长送他。

林乡长紧紧地握着卜站长的手说，风吹树林的声音多好。

卜站长想到陈村留下来的那一山树，含泪地点点头。

陈村的树安然地生长。陈村人根本不知道那一山的树差一点让 2004 年秋天的斧子砍掉。卜站长从没对陈村人讲起这件事。

在一般人看来，陈村的树得以保存下来，得力于卜站长。其实，在卜站长的心里，更得力于林乡长，他是拿了自己的职务来保的。

陈村人在山口挂了一个牌子，牌子上写着"卜取树"。

卜站长看见了，就在自己的名字前加了一个名字，"林爱山"。

陈村的山有两个人守着,一个是林乡长,一个是卜站长。

白老师与田

白老师高中毕业就回了村里。村里的干部很高兴,说白老师回来就好了。在一起讨论时,说村里再穷,也要把白老师留住,留住白老师,就是留住了白家庄的将来。

白老师就留在村里。

白老师年轻时,没有转正。村里分田,按在村的人口分,他自然就分到了田,白老师的田一上一下两块,有三亩的样子。分田前,队长问白老师,要不要?白老师说,要,哪一天不教书了,就会闲着。

白老师就要了田。白老师在那长着紫云英的田边站了很久,紫云英红红的花朵才送他回家。

在学校教完书,白老师就往家里跑,赶着犁田,赶着下种。村里干部看见了,说,白老师,你把那些娃娃教好了就行。田,村里的干部来种。白老师说,教那些娃,我有底。一句话说得村里的干部不好意思再下田。

日子明媚,白家庄明媚。很多的燕子在白老师的头顶飞。白老师犁田时,觉得辛苦了,就清清嗓子,唱个一嗓两嗓的。高高低低的声音,飘开去,让村里女人听见了,说白老师一点都不怕吃亏,累得浑身没劲了,还快活。

全民微阅读系列

看见那些绿的秧苗在露水里在阳光里长出来，白老师的高兴写在脸上。白老师明白，那两块田，就是两个面包，饥饿时能填饱自己，那两块田就是两块毯子，寒冷时能温暖自己。

白老师教书时，心事花在学生身上。他教出的班级是整个联校最好的班级，他教的学生，有两个参加了奥林匹克数学竞赛，还拿了奖。学生高兴，白老师更高兴。白老师把高兴藏在心底。

联校校长要他到联校介绍经验。白老师说，没啥经验，再说，我忙，回家还得给水稻上肥。他摇摇头就回了家。

白老师回来，总要到田边看看，看看那些秧苗渐渐地抽穗扬花，看看那些谷子渐渐地金黄。学校放了暑假。白老师就安心在家里收稻，安心在田里栽下晚稻。

村里有人说，白老师的田种得好。村里还有人说，村主任天天搞农业的，还没有白老师的两块稻来劲。

没两年，白老师就结婚了。白老师对自己面容好看的妻子说，自己现在当老师，往后不当老师了，就种田。田是我将来的面包，也是毯子。

白老师的妻子很听话，没退那三亩田，也没让人家种，还说，就守着你的面包和毯子。

大热天，白老师和他妻子两个人在田里忙乎。

过了两年，白老师转正了。村里有人说，白老师这下好了，拿着稳当的工资，可以不要田了。

白老师说，田还得要。

白老师和妻子并排在田里插秧，一起往后退去，眼前就是一片绿。栽过十来行后，白老师就站起来看看那些绿色。白老师妻子站起来，看见村里干部在远处栽下秧苗的田边指划。白老师妻子忍不住说，老白，那时候，咋就有干部过来帮忙，现在就没有干部来帮忙了？

白老师说，现在干部上上下下搞协调搞招商搞引资，忙不过来。

村子里很多人在城里打工了。尤其过了年，很多人就大包小包地背着出门。白老师看见那些人进城的身影想，那些人，有一天，还要不要田？

村里很多人不打算要自己的田了。田一块接一块地荒了。村主任就拿白老师当例子，说人家白老师有了公家的稳当饭吃，都还种着田，分了田，要是不种，那是糟蹋！

有一回，村里易米老气横秋要找村主任退田。村主任也不示弱，人家白老师还真心实意守田，你易米起啥子浪？三言两语就把易米堵回来了。

这事让白老师的妻子知道了，说村主任在夸你。

白老师一笑。

白老师一直种着自己的田，不管收成大不大。

村里很多人荒了田。白老师看着那些荒了的田可惜，找到村主任，说，很多田荒了呃。易米的田都没种了。村主任叹口气，说，是荒了。村主任一脸无奈。白老师回来的路上，不住地嘀咕，不能荒不能荒。

白老师退休了。

白老师还种着那两块田。妻子劝他不种了，白老师说，我要不种，村里人说我年轻时想着要种，现在不种，怎么行？种吧！

有白老师教出来的学生回来，也劝白老师。那学生说，没有白老师就没有我的大学，就没有我的公司，就没有我的前程。只要白老师肯走，我给最好的待遇。学生劝得情真意切。白老师边听边摇头。学生劝他不走，只得走了。学生一走，就有人对白老师说,你那学生在城里开了好大好大的公司,不让你干活,还给你钱,咋就不去?

白老师不说。

白云在白家庄的天空飘荡,荡向远方很多人爱着的城市。白老师在田里活儿干累了,就和妻子坐在田埂上。白老师看看白云,又看看那些新建的房子,清一清嗓子,就唱:我们的家乡,在希望的田野上。妻子也清清嗓子跟着和:炊烟在新建的住房上飘荡。

唱着唱着,白老师的眼里就唱出了泪。

感谢王菜南

要知道,肖伍铺是澧州到鼎州这段 90 里驿道上有过繁华的铺子,是很多敬业的铺司和后来的投递员歇脚的铺子,更是那些从澧州盐矿挑盐到鼎州的挑夫落脚的地方。多少年来,稍微对铺子有过感情的人,就不会忘记它。

我也不例外。

我应该好好感谢一次王菜南了。要没有他,就没有现在的铺子,更没有铺里老人的快乐。

王菜南不是别人,是肖伍铺的广播员。铺里没有换过广播员,自从王菜南成为铺里的第一个广播员后。每天的早上,中午,晚上,他都会让近乎繁华的铺子变得很有生气。

铺子渐渐冷落。铺里很多人爱着别人的城市,就沿不同的方向去了不同的城市。王菜南没有走,我想走。娘几次看着我也有想出去的举动后,对我说,娃,娘不求你别的,只求一年能回来两次,看看我,也看看王菜南。

我应允。

我决定离开铺子到常德去。常德离我太近了。常德一直是离肖伍铺最近的城市。走之前,我看了一次王菜南。

娘让我带了一篮子红枣过去,说,王菜南就在铺里广播室,让他尝尝。

我一点也没有判断错,王菜南就在广播室,顶多在铺子里转悠,绝对跑不到哪里去。

那是我见到的一间最小的广播室,放了一张很旧的床,床上的被子叠得还成样子。一台立式扩音机有些旧的站着,那些没有完全拉直的线有点像连起来的蚯蚓,在没有刷白的墙上一句话也不说的行走。一个叫作麦克风的东西,包了一段褪色的红绸,很有点精神和情调。王菜南手摸开关准备打开扩音机时,我喊了他一声,他一惊,没想到我会来,会提着一篮熟透的枣子来。他在最小的广播室里一惊。

要到常德去,顺便给你送一篮子红枣。我说。

王菜南看见我比看见我送他的红枣还高兴。说,好哇好哇。

我跟王菜南没有多说话。我把那篮红枣放在他的床上,就走了。王菜南送我,送我到门口,就不送了,就看着我走远。

我从王菜南的广播室出来不久,就听见铺里的广播很精神地响了。王菜南放的是一张唱片,唱片里有一首我半年前喜欢的歌,那就是"我不想说"。

从常德回来一次,我就看一回王菜南。我还把从常德其实是从广东带来的不怎么新鲜的香蕉,摘下三个两个来给他。每次他都高兴地接了。他高兴我也高兴。看完王菜南,我就看我娘。

我娘说,有你这份心,王菜南也值了。

我在铺里休息的那天,看见王菜南一个人搬着一张木制的梯子,梯子很长,很长地横在他的肩上,手里提了七八圈铁丝,就往外急急地走。我拦住他。他说,张家冲的广播线锈断了一截,那里的老人听不到铺里的广播。等我安好了线,回头就喝两盅。

王菜南说完就走了。我看见他手里拿着的铁丝,一圈一圈地晃荡着,闪出刺眼的光。

我知道,铺里的年轻人走得差不多了,要么在外面读书,要么在外面打工,要么在外面当老板。铺里安静多了,王菜南有我记得他,他应该高兴。铺里有王菜南记得我,我也很高兴。

我在常德有过一次意外,是自己的身份证让小偷拿走了,随之拿走的还有 20 元现金。我在那个低矮的出租屋里,等了三天,希望小偷把身份证给我,我再给他 20 元都行。可是小偷再没有送来。

我只得回了一次铺里。

这一次,我没有买回那从广东运过来的香蕉,也没有见王菜南,直接见了娘。我跟娘说,我的身份证丢了,回来拿户口册,等着要用,还要往城里赶。

娘掩饰着什么,我也没有多问。娘看我急急的样子,也没有多说。我还告诉他这次不去见王菜南了。

娘点点头,我看见娘的眼里有了泪。

等到年底,我消停了,从常德回来。去了铺里,我没有见到王菜南。

广播室的门紧紧地锁着。王菜南早早地回家过年了?我在广播室前站了一会儿,就冒出这么个想法。

我带着疑问回了家。

娘告诉我，娃，王菜南在你上次回来之前，就走了的。他走的时候，还对村主任说，我走了，就得再安排一个广播员，铺里不能没有广播。

娘还说，铺里的年轻人走完了，剩一些老人，不是王菜南放着广播逗着铺里的老人乐，铺子就不像铺子了。

娘再说，村主任那天在村里找不到热闹场面的人，就把城里的歌舞团接来，为他送行。歌舞演到一半，铺子里好多人反对，越这样，越对不起走了的王菜南。他王菜南走的时候交代了的，只放着广播为他送行就行。村主任满数给歌舞团的演出费，歌舞团的歌舞就停了。村主任就在广播室里放了王菜南喜欢放的唱片。

我一惊，王菜南在铺子里就了不得了。没有王菜南，就没有铺里老人的欢乐。

我一直听着娘的叙述。内心里，却有一个想法蜗牛一样地推着我，肖伍铺很多的人是不是应该感谢王菜南？

白　露

采桑两岁的女儿是在白露那天被拐走的。

采桑把女儿看护得很紧。尽管看护得很紧，女儿还是被拐子给拐走了。村庄里把拐卖人口的人，叫拐子。村庄的人深恶痛绝拐子，骂拐子断子绝孙，骂拐子不得好死，咒拐子出门被车撞死。

白露早晨，采桑把女儿从床上叫醒，穿好衣服就下了地。女儿就在地上玩,就在禾场上玩,就在采桑的视线里玩。

采桑是看着女儿在禾场上玩的。采桑感觉要拉肚子了,急急地就走向了茅房。

采桑在茅房里听见了一阵脚步声。采桑对那阵脚步声没有引起足够的注意。她感觉肚子拉空了,起身出来,发现禾场上的孩子不见了。

采桑在禾场上喊了两声。

采桑就在地上跺脚,谁拐走了我的女儿,出门被车撞死。

采桑在屋前屋后找。采桑没有看见女儿,嘴里骂,谁拐走了我的女儿,断子绝孙。

采桑在整个屋场上找女儿,没看见女儿。

采桑这才意识到女儿是被人拐走了。

采桑是中午踏进妇女主任家的。妇女主任在接一个电话,脸上洋溢着笑容。

等妇女主任接完电话,采桑说,我家女儿让人拐走了。

妇女主任不信。好端端的,咋会让人拐走呢?

采桑说,拐走了。我寻了半天,也没找到。

妇女主任说,采桑,你赶快把这事报告乡派出所。

采桑说,报。赶紧报。

采桑花了两个小时走到乡派出所。派出所的人在午休。采桑就在门口等。

派出所的门打开,采桑就跟派出所值班的民警说,我家女儿让人给拐走了。

民警问,看见拐子没有?

采桑说,我没看见。

民警说,采桑,你不能提供一点线索,我们一时还无法抓到拐子。等我们有了线索,抓到了拐子,我们就通知你。

采桑觉得民警的话有道理,就回来等通知。

采桑回来,还是走那条路。

采桑在路上看见了一个孩子,是一个女孩,跟采桑的女儿样子差不多。

采桑把那个孩子抱了起来。

孩子很愿意让采桑抱,也不哭。看见这么听话的孩子,采桑哭了。

采桑把还孩子放在禾场上,孩子玩得很开心。

采桑抱着孩子找到了妇女主任,说自己的孩子找到了,不用找了。妇女主任说,我们在发动全村的人在找孩子。如果找到了,就不让全村人找了。

白露的晚上,非常凉爽。采桑哄着孩子入睡。孩子起初不睡,有点闹。采桑露出胸,把奶子塞进孩子嘴里。孩子含着奶子,就不闹了,就睡了。采桑才把自己的奶子从孩子的嘴里移开。

那晚上,采桑想到自己的孩子,一夜没有合眼。

天一亮,妇女主任跟一个陌生女人敲开了采桑家的门。

妇女主任说,采桑,有人知道你拐走了人家的孩子,你把孩子抱出来,还给人家。要不,她就要在派出所报案。

采桑说,妇女主任,你说什么,采桑不明白。

妇女主任一个劲地抱怨,采桑,你真糊涂,人家的孩子,你怎么能抱走呢?人家有后台,把你告了,你不就进去了?

采桑的头被妇女主任说低了。

采桑进屋,抱着熟睡中的孩子,缓缓地走了出来。

采桑把孩子抱了出来。陌生女人一眼认出了自己的孩子。陌生女人说,采桑,我昨天在路边拉了一回肚子,出来就没见女儿了,到处打听,有人说看见你抱着一个孩子回家了。

采桑把孩子给了陌生女人。

采桑看着女人抱走孩子,呜呜地哭了。

十年过去了,采桑的女儿没有找到。

二十年过去了,采桑的女儿没有找到。

三十年过去了,采桑的女儿没有找到。

又是白露。天高云淡。

采桑在田里吃力地打坑,她要种上秋天的萝卜。

一个男人吃力地走向那块地,走向采桑。

靠近采桑,男人用沙哑的声音喊着采桑。

采桑回头,看见了男人。

男人说,采桑,有一件事不说出来,死不瞑目。

采桑说,啥事?你尽管说。

男人说,当年,是我抱走了我们的女儿,我想,只有抱走了我们的女儿,你才会跟我好。

采桑说,当年,我晓得是你抱走了我们的女儿。你就是抱走了女儿,我也不会跟你好,我跟你的缘分没了。

男人说,采桑,我把女儿的地址告诉你,去找找她。

采桑不再打坑,扬起锄头,对着男人吼,你给我滚,我一锄头挖死你。

男人没有离开那块地,他看见了天高云淡,看见了采桑,看见了采桑手中扬起的锄头。

白露那天,村里人说,采桑跟一个老头打起来了,也不知为啥?

割稻的方木

方木要在田里割稻。田就在山脚下,远远看去,那一丘丘的稻子像一张张黄毯子, 空气里漂流着稻子成熟的声音。这个时候,村庄的内容大部分让稻子占领。

方木手拿一把雪亮的划镰下到田里,也就是下到"毯子"边,田里早就没了水,脚板平稳地站在泥上,陷不到泥里去。

方木想,我割稻不会怎么着的。方木就紧紧地握着从铁匠铺里打来的划镰。

方木在割稻,也就是在割碎那一张厚实的"黄毯子"。

方木像一只鸟轻轻地歇落在田里后,方木爹也来了。

方木爹也跟着下田了。方木爹一手扔掉了手中的一小截燃着的纸烟,就说,不等了,开割。

方木那让一件薄薄衣衫遮着的腰弯下去, 这个时候的村庄没有一点吵闹,最先收稻的只有方木。

方木就一手捻住那一株株稻, 另一手里的划镰朝稻的腿部割去。这样的动作来回了很多次。

方木想到了要伸一伸腰, 他感到腰里像塞着什么, 酸酸地疼。

方木看看远处的稻, 割到田那头, 还不是一刻两刻的事。

方木就说话了。方木说,我不想在村里干了,那广播员当得不顺心。

方木爹没有站起来,听见了方木说的话。

村主任找上门来要的你呃,他会害你?方木爹面前的稻子听见了方木爹的话。

方木说,昨天,村主任做的事,我就想不开。

你莫糊涂呃,你一脚在村里还没踏稳呢,村主任自然有村主任的套路,他还比你差?方木爹放了一把稻站起来说。

方木说,那他也不能拿我做由头?

割稻割稻呃,往后你会明白的。方木爹横了一眼方木。

方木又低下身子割稻,使劲地抓住那一株株的稻,划镰割得那些稻脆脆地响。

方木爹看在眼里,对割稻的方木说,你嫩骨头没绵劲,歇歇,脑壳里莫乱想。

方木说,要歇一路歇。

你先歇去。

方木就势坐在了一把稻上。坐在稻上,方木看了看还在"毯子"边移动的爹。

方木歇过一会后,又快速割稻,快速剪那张"毯子","毯子"越来越小,越来越瘦。

方木爹斜斜眼睛看看方木,说,割完稻你就到村里去。

方木说,不去,我想不通,明明是村里接待乡广播员的酒菜,乡广播员没吃没喝走人了,村主任就叫村干部来吃,完了还要我在单子上签字。

方木,这事你可不许乱说,村主任是为你好呃,你想想,他不叫张三,也不叫李四,偏偏就叫上你。

这是害我呃。方木抓着的一把稻没有割,只管说话了。

一点也不害你,方木爹抓着的一把稻没有割,只管说话了。

往后，我割我的稻，不求在村里，就是找不到事，我背起包包打工去。割完稻，我就把这事对村主任说了。方木割断了手里抓着的稻，沉沉地朝背后一放。

方木，你不做广播员都行，村主任拉你吃饭的事你就莫说呃，要不我拿划镰割你的颈呃。方木爹割断了手里握着的稻，沉沉地朝背后一放。

方木瞥了一眼爹，背又低下去。

方木的手猛地一抽，原来是划镰挨着了，一根指头流血了。

方木爹吼，脑壳里尽装些乱七八糟的东西，这不割着了？往后说不定还要割着心呃。

天黑以前，那张"毯子"还剩极小的一块，方木爹起身要走，对着割稻的方木说，我到村主任那里说说，明天，你还是到村里去。

方木说，爹，去了也白去，明天，我下田打稻！

猪娘养的，要打你一个人打。方木爹把话丢在方木的眼前，丢在就要沉入夜色的村庄，那话像一截烧过的木头。

我看见过西梅

我那天下班后，就往出租屋走。刚进那条巷子，我远远看见两个人。一个我认识，是西梅，村里鱼腿的媳妇；另一个，我一直没见过，就是走近我，我也不认识。

我看见西梅的时候，西梅正扶着那人，那人块头大，像喝醉了一样,走不稳路,还一手搭在西梅窄窄的肩上。

西梅和那人一步步朝我走来。

西梅认出了我。我看见西梅的脸上擦了好多粉,嘴唇涂得红红的。西梅给了我意想不到的笑。

西梅并没有对我说,她扶着的男人是谁。

笑一笑后,西梅扶着那笨拙的男人就走了。

西梅与我擦身而过。

年底,我回了一趟家。我娘对我说了一件事,鱼腿的媳妇丢了,全村人都没有看见西梅。

我说,他鱼腿的媳妇不会丢。

娘说,怕丢了咧,出去一年了,她西梅还没个影,也没个音讯。

我看见过西梅,她在街上,还没丢。

没丢就好没丢就好。娘嘴里像经一样的念着这句话。

娘啥时候出去的,我不知道。

娘出去没多久,我就听见鱼腿喊我名字。我看见娘跟在鱼腿的后面。我知道,鱼腿是我娘带来的。

鱼腿不好意思进我的家门,还抓了一只鸡过来,那一只鸡让他紧紧地抓着,不时地叫一声两声的。

我说,啥事?你别急,先放了鸡再说。

鱼腿顺手把那只鸡给了我娘。我娘提着鸡就走开了。

鱼腿跟我说,你要是看见了西梅就告诉我,我找了她一年了,不晓得她到哪里去了。

我说,鱼腿,你别急,她西梅丢不了的,说不定还在街上。

鱼腿说,要找到她,我要打断她的腿。有人说,她在街上跟别的男人好,我找了几次就是没找到。

天咧！我不能把自己看见西梅的过程告诉鱼腿。

我劝他，鱼腿，她西梅好歹是你的媳妇，你没看住她是你的不是，她要回来了，你可别打她。

鱼腿走的时候，重重地塞给我一句话：我要知道了，对你不客气。

鱼腿就要走，我娘出来说话了，饭都不吃，你走个啥？

鱼腿听见像没听见，步子急躁地在我家门前响起。

娘赶紧责备我，你看你看，知道了，告诉鱼腿，不就成了？

晚上，娘还在责备我。娘说，你看见了，就告诉人家鱼腿，他找了她一年多，也够烦的了。现在的年轻人，就不像我们那时愿意帮人。帮人，你懂吗？

我说，娘，有些事不是你想象的那么简单，我说了，就不是帮他，等她西梅回来，事情不就好办了？

娘说，我见的事，比你少？

我再不跟娘计较。

过了两天，西梅在村里出现了。我看见了西梅。

西梅对我的笑还像在巷子里一样。西梅对我笑了一下，就像扶巷子里的那个男人一样扶着鱼腿。

鱼腿回过头来，对我说，西梅说在城里见过你，你还撒谎，白让我给你娘送了一只鸡。鱼腿话没说完，就让西梅捂住了嘴。

要不是西梅一手捂住鱼腿的嘴，还不知鱼腿说出怎样的话来。鱼腿很轻蔑地看了我一眼。

看来，鱼腿并没有打断西梅的腿的意思。

我回来，娘喊我，说吃了鸡再走。

我说，不吃。

娘说，咋就没上回回来听话？

我没有说理由。

我拿出钱来，让娘买了两只鸡给鱼腿送去。

鱼腿说，反正，西梅回来了，鸡就不送来了，都是一个村里的人。

西梅说，我家鱼腿也不好哄的，看见了就看见了，青天白日下，我扶个男人走，我家鱼腿不在乎，老实跟他说了，不就没事了？

我不知道，眼前的西梅会是这个样子。

不让你为难

我跟赵西海、烧杆、刘金才在王包头的工地上一个工日没丢地结了账出来，都赶着回家。

他们走前面，我走后面。我跟他们三人刚进车站，我的背后让巴掌重重地拍了一下，扭头一看，不是别人，是村里的言成，脸上还贴着笑。

言成是前年从村里出来的，每次回去，就在我们几个面前说城里的钱好赚，要我们出去一块儿挣钱养老婆。还说只要我们到了城里，接我们吃一顿。那时候，言成说得我们心里痒痒的。

言成说，拦住你们的目的是在一起喝酒。

见了言成，赵西海说，喝了酒再走，反正天黑前回得了家。

烧杆说，反正，我老婆不晓得我回不回来，喝就喝。

只有刘金才急了，说，我那婆娘等着我。喝了酒就得走。

我就对言成说，邀齐了，喝就喝去。

从车站出来，言成的脸上，很好看的样。

言成就引我们到了一家餐馆，餐馆离车站不远。

言成就跟老板娘要了酒菜。

菜一一端上桌，每一个白白的盘子里彩色的菜，散发着香味。我在心里盘算了，这一桌下来，言成怕收拾不了。

我就说，言成，就这几个人，叫多了菜，反正吃不了，不要了。

言成不依，说，你这不是打我的脸吗。言成的脸色就没了在车站时好看，渐渐就没了笑。

言成又手一挥，对服务员大喊，再来两个菜，我的兄弟来了。

菜跟着就上来了两个。

最先动筷子的是刘金才。刘金才说，反正，我不喝酒，就吃饭了，惹得烧杆跟赵西海笑。

言成站着开了酒，倒了四杯，然后说，我敬你们。

我看了一下言成的手，他端酒的手在抖。我为言成捏了把汗。言成怎么了？

每个人杯子里的酒，都干了，都干得爽快。

酒一下肚，言成就上脸，脸上红红的，说话也变了调。

烧杆说，言成你喝不得卵酒。

言成手一招，说，你烧杆小看了我，是不是？我看见言成的手还在不停地抖。

刘金才在一旁吃吃地笑，笑完，专拣那些肥肥的肉吃。

眼看着，酒就要喝完了。

言成问，还喝不喝？我摇头，说，不喝了。

言成的头菜叶一样地伏在了桌上。接着，言成哭了起来。

这种场面，老板娘见得多了，最多看了我们两眼，就对着她的账单做着什么记号。

刘金才就慌了，赶紧说，言成你混蛋，接我们喝酒，还不买单，还在酒桌上哭，哭个卵，哭也是你买，我还急着回去呢。

言成不哭了，嘴凑在我的耳边细声说，兄弟，言成我就靠你了。

全民微阅读系列

我知道，言成从来是说到做到的，最近在城里肯定是为难了，不为难，他不会舍面子舍人地装哭。

我说，言成，不让你为难，单我们来买。

一脸喝得红红的赵西海说，我也出一份。

烧杆说，我也吃了的，不做矮子。我也出，不就一顿酒饭钱？

只有刘金才一只手插在衣袋里，按着王老板发给他的工钱，拿着眼睛看着我，接着还打了一个饱嗝，手从袋里抽出了钱。

结账的时候，只有言成坐在桌边，不出声，脸上的颜色，渐渐的好看。

我很快就跟脸上是笑的老板娘结了账。

言成走在我的前面，歪着身子走了出来。

言成没有跟我们一起回家。言成手一招，就慢慢消失在街上。

我跟赵西海，烧杆，刘金才上了车。赵西海到底见识多，说，这一顿，每个人少做了三个工，回家了，统一口径，王老板他自己也亏了，少发了我们三个工的工钱，不让言成为难。

我一笑，说，西海，还是你想得出。

回来，我们谁也没说言成的不是。

丁胡子

丁胡子与团鱼结得有缘。丁家庄的人这么说。

丁胡子捕团鱼有 3 条路子。一条路子是摸。丁胡子完全掌握了团鱼的生活习性,可以下到水里摸团鱼。大热天,团鱼多歇在岸边透气、晒太阳。摸团鱼得大热天,丁胡子脱光了衣服,在水里不感到冷。第二条路子是钓。丁胡子有很多枚钢针,那些钢针缠上尼龙线,再用猪肝作诱饵,穿在钢针上,也能钓到团鱼。第三条路子是用弹枪打。那种弹枪装有铅弹、绳线,绳线上扎着锋利的钩。

有了捕团鱼的本领,丁胡子没有空手回来。只要丁胡子一出去,就有一个几个、一袋几袋的团鱼跟着他回来。

起初,团鱼不值钱,没人要。丁胡子就把团鱼送人。

丁胡子给宋旺来送过团鱼。

丁胡子提了一个 4 斤重的团鱼去了村主任宋旺来的家。丁胡子还没进门,就听宋旺来说,你丁胡子别的本事不长进,拿些团鱼送人的本事可大了。丁胡子一下愣住了,他觉得那话不对劲,自己好心好意送你团鱼,你宋旺来还不乐意。丁胡子脚再不往宋旺来家迈。

丁胡子好像从宋旺来的口气中受到了一点刺激。走回来的路上,他想:以后,再捕到团鱼,宁愿放生,也不送你。

果真,有一年年底,在丁家庄联村的乡干部马云持要几只团鱼。宋旺来笑嘻嘻找到丁胡子。丁胡子说,不巧,我的那些团鱼都放生了，你到别处去弄。

丁胡子的几句话，说没了宋旺来脸上的笑。临走，宋旺来送他一句话，你丁胡子将来会毁在团鱼上。

没过多久，团鱼价格一路走高。靠着价钱好的团鱼，丁胡子得了不少好处。丁胡子把捕团鱼当作生活的全部。

丁家庄大小堰塘的团鱼，给他带来了财富。丁胡子还在丁家庄周边村庄的堰塘里抓团鱼、钓团鱼、打团鱼。

一年下来，丁胡子光卖团鱼的钱就不得了。丁胡子干脆不插田，不打工，就捕团鱼。

丁胡子没有女人缘。

丁胡子长相一般。人家喊他丁胡子，实际上，丁胡子没有胡子。正值青年，有人给丁胡子介绍对象。丁胡子说，没时间谈对象，我还要在堰塘里钓团鱼。每次有人给丁胡子介绍对象，丁胡子总是用同样的理由谢绝了。

几年下来，丁胡子果真耽误了婚事，身边没个女人。丁家庄的人弄不明白，丁胡子是不是把那些团鱼当了女人？

天气一冷，丁胡子就用弹枪打团鱼。用弹枪打团鱼，讲究的就是一个准。只要团鱼在水面上冒头，大拇指大的铅弹就得朝团鱼方向甩。铅弹牵引着牢实的绳线，咚的一声落水后，丁胡子快速收回绳线，那绳线上扎着的一排钩上，往往就挂着团鱼。

冬天，梅家塘水面宽，塘中的团鱼就浮上来透气、晒太阳。

丁胡子在梅家塘打团鱼，团鱼还没打到，就听塘边一声水响。原来是向飞燕跳塘了。

向飞燕是庄里的寡妇。丁胡子一手扔了弹枪，跳下水，就把湿漉漉的向飞燕抱上岸。

向飞燕身上湿漉漉的，直哆嗦。丁胡子二话没说，就把向飞燕背回她的家。

丁胡子要走,向飞燕说,你就把我和我女儿,当成你喜欢的团鱼带回家吧。

向飞燕就两句话,说通了丁胡子。

向飞燕,带着你那女娃一起过日子吧。很久了,丁胡子说。

堰塘的团鱼越来越少,也越来越金贵。丁胡子捕到的团鱼总跟他过不去,不是跑出去,就是狠狠地咬他。那一年,丁胡子把 10 只团鱼装在一个尼龙袋子里。没想到,那些团鱼是怎么咬开缠紧袋子的绳子,跑了,跑得一只不剩。

2008 年,拿丁胡子的话说,就是团鱼跟自己有仇了。丁胡子让团鱼咬过手指。那一回,丁胡子用弹枪在梅家塘打到一只大团鱼。团鱼打上来,丁胡子正要抓它,没想到团鱼一下咬到了他的手指。

丁胡子一脚死死踩在团鱼背上,很久了,团鱼嘴才慢慢松开,嘴里流出很多血。

向飞燕知道后,劝丁胡子赶紧打预防针。

丁胡子不依。

向飞燕说,赶紧打一针,一条命莫毁在团鱼上。

果真丁胡子的手指就废了。

丁胡子最终毁在团鱼上。丁家庄的人这么说,也应了宋旺来那句话。

大热天,丁胡子脱光衣服,下水到梅家塘岸边捕团鱼。一只很大的团鱼在岸边晒太阳。丁胡子在水里游得急,肚子撞在斜插在水里的一根木桩上。

丁胡子再没有起来。

丁家庄的人把丁胡子捞上来。

向飞燕哇哇地在塘边哭开了。她一边摸一边哭。

我要请庄里的纸马匠给你扎一堆团鱼。在生你舍不得那些团鱼，死后也要让那些团鱼跟着你走。向飞燕哭声嘶哑。

出殡那天，向飞燕一把火点燃纸马匠扎好的团鱼，很快那些团鱼化成灰烬。

第二年，向飞燕花钱为丁胡子立了一块石碑，碑上书：丁胡子之墓二〇〇九年清明立。

丁胡子死后，丁家庄再没有人捕团鱼。

剁砧板

刘家庄有剁砧板的习俗。

谁家的东西被人偷了，谁家的女主人就搬出砧板，架在门前禾场上，边骂边剁。

偷了东西的人，听到女主人剁砧板，怕应验怕遭报应，把偷的东西趁夜里送回去。送回去了，就啥事没有。

剁砧板讲究的是剁要有力，骂要洪亮。具备了这两点，才能剁砧板。往往，骂声很难听很尖刻很恶毒。要是哪个哪个偷了东西，赶快送过来，要不就死儿死女。要是哪个哪个偷了东西，不赶快送过来，就出门遭车撞。要是哪个哪个偷了东西不送回来，就遭雷劈遭水淹等等。什么难听尖刻恶毒的话都有。

刘梧桐剁过砧板。

20 年前，刘梧桐家丢了一棵树，剁砧板给剁回来了。

刘梧桐的树长在山里。她的一山树长得很好，根根笔直粗壮。不知谁看上了她的树，锯走了一根。

好端端的树，咋就让人偷了？刘梧桐很气愤。

刘梧桐想到要剁砧板。

男人是倒插门的，不太明白剁砧板的习俗。男人想，刘梧桐选择了剁砧板，也不知能不能剁回那根树？

谁还会把树还回来？别剁！男人劝她。

剁！非得剁！坚决剁！刘梧桐说。刘梧桐架势很大地搬出砧板架和砧板，拿了菜刀，哆哆哆、哆哆的声音响起来。

哪个死儿的不把树送回来，那往后就死儿死女死绝根，往后出门遭车撞。刘梧桐还不解恨：哪个今天晚上不把树送回来，我天天剁天天咒骂。刘梧桐放大嗓门就骂。

刘梧桐很卖力地剁了一上午。中午，刘梧桐才住了刀，收了砧板。

第二天，刘梧桐拉着男人跑到山上。被偷的那棵树静静地躺在山里。

树是剁砧板剁回来的。要不剁，回不来。刘梧桐说。

男人始终不信。他很轻蔑地看了刘梧桐一眼，然后背着树回来。

10年前，刘梧桐喂养的30只鸡被人偷走了。她接连剁了五天砧板，那些鸡没剁回来。

那天夜里，刘梧桐睡得很死，没听见自己笼里的鸡打一次鸣。以往的夜晚，公鸡打鸣，刘梧桐是能听到一声几声的。

天一亮，刘梧桐没发现鸡笼里的鸡出来吃食，她跑到鸡笼边一看，鸡笼空空。

鸡被偷了，刘梧桐连做早饭吃早饭的心思也没有，她搬出砧板架和砧板。很快,禾场上哆哆哆的声音响起来。剁了半天砧板,刘梧桐就停了。

第二天,刘梧桐到鸡笼边一看,她喂养的鸡没有回来。

刘梧桐又剁。边剁边骂些难听的话:谁偷了她的鸡,吃了要得绝症。谁偷了她的鸡,全家要死绝。

第三天,刘梧桐再到鸡笼边看,那些鸡还是没有回来。

刘梧桐剁了五天,一只鸡没有剁回来。

别剁了,还是到派出所报案,让派出所的民警来查案,兴许还能找回那些鸡来。男人劝她。

不听你瞎说,以前被人偷的那些东西都是剁砧板剁回来的,谁去报过案? 刘梧桐不依。

现在不同了,再怎么剁都没有用。男人说。

5年前,刘梧桐才骑过三回的一辆新电车被人偷了。

刘梧桐,咱不能再剁砧板了,赶快报案,通过法律手段找回来。男人说。

报案能找回? 还是剁砧板吧?! 刘梧桐还在犹豫。

剁砧板还能管用? 得走报案的路子,相信派出所相信警察,让派出所的警察来查,男人说。

刘梧桐跟男人走进了乡派出所。

刘梧桐面对民警说了电车的情况。

男人面对民警说了最近村里人员流动的情况。

派出所登记了案子,让刘梧桐跟男人回来了。

你就在家里等结果吧! 回来前,派出所所长对刘梧桐说。

你家的车辆被丢案我们派人在查, 很快会有结果的。第二天,派出所的民警跟刘梧桐说。

就在刘梧桐等结果的那段时间里,刘梧桐很纠结:到底还剁不剁砧板？

还剁砧板？有点法治意识好不好？男人反说。

我要不剁，万一新电车找不回来呢？刘梧桐说。

那一笼鸡，你剁了五天，找回来了吗？男人说。

那是运气不好。刘梧桐说。

还运气？你那是犯糊涂！男人说。

禾场上，刘梧桐跟男人仍在说剁砧板的事。派出所的民警来了。民警说，你们家的案子破了，新车停在派出所，赶快去签个字，把车领回来。

刘梧桐说，行。

以后再不剁砧板。刘梧桐对男人说。

果真，刘梧桐再不剁砧板。

刘家庄剁砧板的习俗再没有沿袭，慢慢地，就让人忘了。

杀　狗

米亚跟男人没提离婚时，就主动养了一条狗。

狗是黑狗，体形不大，却很讨米亚喜欢。

那一段时间，米亚有一半的心事用在了养狗上，有一半的心事用在了跟男人离婚上。

米亚很清楚，在村庄养狗，主要是看家。

米亚喂养的是一条纯黑色的狗。她给黑狗取了一个她非常喜欢的名字：小黑。

靠近屋东头，米亚还用木板和砖头给小黑搭了一个简单的窝。狗窝透气，但不漏雨，地上还铺了一层柔软的稻草。

小黑很听话。无论是躺在禾场上还是住在窝里，它对屋前屋后的一点点响动，对每一个来人都汪汪地吠上几声。

小黑的几声叫，对米亚就是一个提醒。米亚也就变得警觉起来。因此，家里从来没有丢失啥东西。小黑那种听话的程度让米亚很满足。有时候，米亚真想自己的男人有小黑听话就好了。

很多时候，米亚感谢小黑。

男人不安分，经常跑到镇上去，在镇上的茶馆喝茶打牌悠闲地打发时光。男人经常把头发梳得油光水亮后去镇上。每次去镇上，他对站在身后的米亚没有表现出什么，甚至头也不回地走出去。这一举动，让米亚感到很气愤，又无可奈何。

茶馆老板是个女的。男人跟那个女的眉来眼去的，还有过打情骂俏。米亚知道的这些信息，都是从那些坐过茶馆的人嘴里传出来的。

起初，米亚不相信这是真的。

后来米亚相信这是真的。

米亚堵住头发梳得油光水亮的正要出门的男人，说，你还不如家里的小黑。

米亚说这话的时候，小黑就躺在米亚的右腿边，昂起头，眼睛疑惑地看着男人。

男人没有对米亚发火，却记恨小黑了。

被堵的男人然后困在了屋里。男人用手反复地摸着自己的头发，他没有想到平时柔弱的米亚会发这么大的火。他的耳里是米亚的声音：少去镇上，跟那个女的断了。

米亚的声音很响亮。男人像听见，又像没听见。

男人特别想除掉米亚喂养的小黑。

米亚不在。男人索性就用一根木棍拼了命地追着要打小黑。小黑让男人追得急了,汪汪地叫几声,往外跑了。

米亚回来,对男人一个劲地吼:往后,再不能有打小黑的念头!

男人看看跟米亚回来的小黑,没有多说。

小黑成了男人眼中的钉子。男人发誓要除了小黑,他要让小黑永远地在自己的眼中消失,也在米亚眼中消失。男人认为,除掉了小黑,就像拔掉了眼中的钉子。

男人这样的想法,细心的米亚一点不知。

男人还是像往常一样地去了镇上。

男人问了一个专门杀狗的师傅,那师傅叫木子。杀了很多年狗的木子心里装着一套一套的杀狗法子。

男人问,怎么杀掉狗?

木子直说,用一根绳索扎一活结,朝狗的颈项一套,然后把绳索着力一拉,再把狗拉到树上吊起来。木子示范给男人看。

木子接着说,要么,用毒性极强的药来灭杀,只要把药掺进饭团或肉团里,待狗吃过,必死无疑。木子又示范给男人看,

木子还说,再就是把狗套进麻袋,用乱棒打死。木子再示范给男人看。

男人很细心地听木子说,又细心地看着木子示范。

男人决定,选择用绳索吊死小黑。

男人从镇上回来,像变了一个样。

男人吃饭前,先把给小黑吃的饭倒在饭钵里。小黑看看男人给的饭,迟迟不吃。

米亚看在眼里,拿了一只碗,走过去,把狗饭倒在碗里后再

倒进饭钵,小黑就一口连一口地吃了。

米亚对男人说,小黑都不和你亲近。

男人低着头,没有说话。

米亚很高兴。小黑跟村庄的另外一条健壮的狗好上了。

米亚高兴地看到小黑跟另外的那条健壮的狗好在了一起。

渐渐,小黑的肚子大了起来。

渐渐,小黑对食物的需求大了起来。

小黑对男人放松了警惕。特别是对男人走近身边时,它没有生出反感和敌意。

男人对小黑下手是那天中午。

那天中午高悬的太阳很明亮,很耀眼,也很温暖。

小黑放心地吃着男人给它的食物。

男人手里拿着一根尼龙绳。男人在尼龙绳的一头扎了一个套子,那个套子就像一个血盆大口。男人很轻松自如地把套子套在了小黑的颈项。

小黑还没明白过来,就被男人迅速地拉到了门前的树杈上。

小黑快速地被吊了起来。

小黑在挣扎中咽了气,屎尿撒了一地。远远地看,小黑像一件黑色的衣服挂在树上。

中午。男人的脸上渐渐裂开笑来。

米亚回来,对男人吼:疯了疯了,它的肚里还怀着孩子。

米亚很快把断气的小黑放下来,放在树荫下。

树荫下,米亚对男人冷笑了一声。

那天中午,对米亚跟男人来说,是一个最糟糕的中午。那个中午,米亚坚定了跟男人离婚的决心。

离婚。米亚说了一直以来想说的一个词。

全民微阅读系列

刘家玉的刀

刀不是刘家玉的嫁妆。

刘家玉嫁到王庄时，嫁妆丰富。见了她嫁妆的人说，刘家玉的嫁妆才叫嫁妆呃。

刘家玉嫁妆里没有刀。她身上也没有带刀。

王庄有很多的男人在往外走，看着那些说说笑笑往外走的男人，家玉男人有了外出的想法，就对门前晾衣的刘家玉说，你带刀吧。

刘家玉噼噼啪啪拍得湿湿的衣服噼噼啪啪地响，她弄不明白，好好的，带啥子刀？

男人说，家玉，有一天会弄明白的。

男人去了一趟城里，为的是买刀。风风火火的样子去，风风火火的样子回来，手上抖过去抖过来是一把刀。

刀不长，光亮。男人把刀装进刀鞘，就对刘家玉说，带上它！

男人把刀朝刘家玉的腰上一挂，刘家玉就成了带刀的女人。

刘家玉带了刀，男人很满意，很满意地笑了笑，很满意地喝了酒，很满意地抱了刘家玉。

男人说，带了刀，王庄就没人敢欺负你，懂吗？

刘家玉一手按住刀鞘，似懂非懂地摇摇头。

男人一出门，刘家玉就爱护起刀来。

太阳明晃晃，家玉抽出那把刀，刀在阳光下，刀光闪闪。

全民微阅读系列

刘家玉睡，就把刀放在床头。

刘家玉出门，就把刀带在身上。王庄很多人看见她，就笑话，好好的，带啥子刀？庄里谁会吃了你？

刘家玉回一句，是怕有人吃了我。

其实刘家玉一点也不怕人笑话。刘家玉心想，你们说你们的，我带我的刀。

只要一出门，王庄仍有人劝她，别带刀！庄里有人要吃了你，带刀也没有用！

刘家玉回来，仔细一想，是真的，刀带在身上有什么用呢？

刘家玉就解了刀鞘，抽出刀来，轻轻摸了摸，就把刀放在箱子里。

刘家玉出门，再没有人笑话她，她也轻松了许多。

男人出门半月，打电话回家里来，开口就问，刀是不是带着？

刘家玉撒了谎，带着！咋能不带着？！

男人挂电话前叮嘱，把刀好好地带在身上。

刘家玉说，刀我带着，你放心。

男人就搁了电话。

刘家玉又带了刀，王庄人看见她的刀，想她抽出来看看。

刘家玉不依。渐渐地，王庄人怕了她，弄不好，一刀捅来，坏了事。

胖胖的村主任不怕刘家玉。村主任碰到刘家玉，望望她腰间的刀，半天回不过神来。

刘家玉笑笑，说，想看看？

村主任就一字，想！

刘家玉唰地一下抽出刀来，刀在她手上闪着寒光。村主任一语不发地盯着刀。

刘家玉又笑笑,说,看够了?

村主任点头,又称赞,好刀!

村主任临走,说,刘家玉,这刀害了你。

刘家玉收了笑,看着村主任胖胖的身影走远,嘴里念,这刀咋的害了我?

男人又打来电话,开口就说,刘家玉,你可以不带刀了。

刘家玉问,我好好地带着,咋又不要带了? 我都带习惯了。

男人挂电话前说,那刀,家玉你怎么处理都行。

刘家玉说,你这样对我可以,可不能这样对你的刀。

男人回到家,瞥了一眼带刀的刘家玉,好半天,男人说,不在一起过了。

男人拿出离婚协议书,让刘家玉签字。

刘家玉没有考虑,拿起笔,唰唰啦啦就签了。

男人就离开了王庄。

刘家玉没有回娘家。

腰上带着那把刀,在地里下着玉米种。庄里有人对刘家玉说,腰里带着把刀,咋不对男人下手?

刘家玉笑笑,下不了手。她又埋头下种。

刘家玉仍旧一个人过,她带着刀走到玉米地,地里是人高的玉米秆,秆上的玉米鼓鼓的。

有人说,刘家玉,你男人出去那么久了,也不回来,你腰里带着刀,咋不下手?

刘家玉笑笑,说,下不得手。她的身影就在地里出没。

不出一年,男人回来,两眼盯着刘家玉,然后看看她腰间的刀。

男人说,把刀给我。

刘家玉含着泪,轻手解刀,男人拿过刀,就要剁手。

刘家玉一把抢过刀,然后,狠狠地甩在地上。好一会,家玉说,以后,好好地过日子。

男人一把抱着刘家玉。

刘家玉轻手擦了擦男人的泪。

紫　桐

春天,上了年岁的鞋匠老歪,在一阵阵的咳嗽里没能把持住,头一歪,眼一直,走了。

站在他身边的紫桐擦了几把眼泪后,成了镇上年轻的鞋匠。

紫桐就在老歪摆过摊的地方,摆上自己的摊子。一台补鞋的机子,一口红漆漆过的木箱子,再一把有点破的遮阳伞。

阳光散开来,照着镇上的树,照着镇上的屋,照着紫桐放在一边的遮阳伞。要是手头没有活,紫桐就坐在摊子边,看过街的行人,看对面店里手上拿着书的冷梅。冷梅是冷老板的女儿。看过几眼后,就像老歪一样打起瞌睡来,鼾声也一段段传开去。

这边的冷梅,远远地见了,觉得好笑,他老歪师傅就带了这么一个徒弟?

冷梅的这一笑,让冷老板看见了,问,笑啥?

冷梅摇头不说,目光落在书上。

紫桐瞌睡醒来,用手擦擦眼,咳两声,算是振作起来。他想:要不是师傅老歪,自己早就到镇外的世界去了,省得守在这冷清的镇上。

这样想着,就有人把一双鞋递到紫桐的眼前,说,给补补,多少钱?

紫桐说,不贵,随你给！紫桐接了鞋就在遮阳伞下一阵敲敲打打,一阵黏黏糊糊,鞋就补好了。

镇上的人说,紫桐跟老歪的做派一样,补双鞋,一点也不宰人。

镇里生活的年轻人越来越少,要补的鞋却越来越多。来补鞋的多半是些老年人,他们用枯瘦的手把鞋拿到紫桐的摊上,再把补好的鞋拿回去。有的老人说,紫桐,好点补,我那儿子的这双鞋穿回来,不要了,要我丢,我舍不得,悄悄拿出来补,补了还穿得。

紫桐一笑,给你好点补！

年轻的紫桐就生活在老年人的来来往往里,那种很难产生高潮的生活,他有过觉察。冷梅的出现,让他有点吃惊。

冷梅的美是镇里没得说的。她在那间店里从 18 岁站到了 20 岁,从一种美丽站到了另一种美丽,就像一棵树经历了春天,再经历夏天。冷梅手里提着一双旧了的鞋,走到了紫桐的摊前。

紫桐的眼里,冷梅的鞋和脸上的美丽形成了强烈的对比。

拆线脱胶。上线上胶。补完冷梅的鞋,紫桐的脸上有了微小的汗粒。

冷梅没有拿出钱来给紫桐。紫桐并没有打算收她的工钱。冷梅很自然地说,接到店子里喝口茶,紫桐师傅。

紫桐指了指箱子边散乱的几只颜色各异的鞋,说,还要补鞋,冷梅轻松地走过街。

紫桐看着冷梅走到店子里,他的心里并不轻松。他还有过这样的想法:冷梅这辈子会不会忘记,自己给她补过鞋?

后来的日子，紫桐看见冷老板的店里多了一个小青年。那个小青年在冷老板的店里殷勤地干着活，殷勤地和冷老板说着话。紫桐还看见，天色暗下来，那小青年一块接一块地上着门板，把自己和冷梅隔在两个世界里。

夏天来了，紫桐撑着那把遮阳伞，就听见冷梅的声音："就是和紫桐在一起，也不要和他在一起。"那是一种穿透小镇的声音。紫桐撑开的伞，一下子就合上了。他再次使了很大的劲才把伞撑开。

紫桐再不敢看对面的店子，再不敢看冷梅，他不知道那个殷勤的小青年是不是还在冷老板的店子里。

房前是月光，是亮亮的月光。紫桐脱下衣，一想到那句话的分量，就翻来覆去，睡不着。

紫桐失眠了。紫桐屁颠屁颠地跑到镇医院，让那个年纪不小的女医生严肃地把了一次脉。女医生一笑，露出一嘴的白牙，说，紫桐，到了你这个年纪，失眠几夜是正常的。

紫桐笑着走回来，眼里是越来越近的秋，一只蝉在一棵树的浓荫里叫了很久。

秋天里，紫桐盼着冷梅早点嫁人。

冷梅终于嫁人了，老公是老板，老板大她 40 岁，也就是冷梅 20 岁，她老公 60 岁。

冷梅的爹跟镇上的人说，冷梅不喜欢那个小青年，倒是喜欢现在的老板。

紫桐再不失眠。

冷梅跟老公在紫桐的面前走过。紫桐看了一眼冷梅，就埋头补着手中的鞋，一阵风吹过来，吹乱了他的头发。

紫桐以为这样平静的日子会很快过去，会像风一样过去。

冷梅提着一箱子的鞋朝紫桐面前一放。紫桐看了看，有几双

全民微阅读系列

不是冷梅的。他翻弄着那些鞋,发现一双还是崭新的。他就问,冷梅,这鞋不是好好的吗?

冷梅出手,在鞋上快速撕开了一道口子。

紫桐一惊。他说,这么多鞋,一下子补不了,你明天来。

冷梅说,我守着你补,看紫桐师傅补鞋舒服。

天黑前,紫桐补好了鞋。冷梅一把抱住紫桐。紫桐让她抱。

冷梅的耳边传来紫桐的声音:好好过日子,你是有男人的人了。

松开紫桐,冷梅眼前的天就黑了,眼前的秋天悄无声息地就完了。

紫桐默默收拾摊子,那台机子算一头,红漆箱子和遮阳伞算一头,一担挑起来。他回头看了看冷梅那模糊的店子,看了看站在店子前模糊的冷梅。

走不多远,紫桐听见那个 60 岁的男人的喊声:冷梅! 冷梅!

紫桐把冷梅这个词装在自己的心里。

紫桐再没有在镇上出现。紫桐到底去了哪里?

冬天来了,洁白的雪在镇上下着。

紫桐摆摊处,冷梅身上的雪,落了厚厚的一层。

大　暑

女人是大暑那天倒在血泊中的。

女人手中的锹还没有扬起,就被小虫锋利的铁锹杀倒了,鲜红的血从她的腹部渗透出来。女人用手使劲按着腹部，按着那个伤口。

女人倒在田边。田边温度很高。女人身上的温度很高。渐渐，女人的脸上，不断地生出汗来。

小虫没有顾及什么，径直回家了。

女人的一口气没有断，断续地说，混蛋，老子往后要杀了你。渐渐地，言语不清。

女人跟小虫记仇是前年秋天开始的。

前年秋天，女人的稻田里需要大量的水。不然，那些受过干旱的禾苗就会枯死，到秋天，就会颗粒无收。然而，进入女人稻田的水，必定经过小虫的田。过去，女人跟小虫的女人很说得来，田里要进水，跟小虫女人一商量，清清亮亮的水，就进入了女人的田间。可是，小虫的女人跟一个老板走后，田里要水，就得跟小虫商量，要看小虫的心情和脸色。

女人觉得，小虫的田不是落在她视野里的田，而是横亘在她眼里的山，她要征服那座山，翻过那座山。

女人还是找了小虫。

找到小虫，女人说出了自己的想法。女人说，我家稻田缺着水，放来的水，从你的田里过。

小虫说，不能过。

小虫还说，我田里，上午才撒了化肥，化肥才溶解在水里，你把肥水放走了，到时候，我那田里的禾苗还能结出谷来？

女人说，也行，那我过两天再放。

没想到，第二天，小虫田里的水，全流到了女人田里。

女人站在自己的田埂上，跟小虫解释，女人说，你田里的一只黄鳝打开了一道小口子。小虫站在女人的田边，不听女人的解释。

　　小虫很生气,用锹铲了女人田里的一片稻。女人说,是你没有管好田里的水,水跑到了我田里,你不能铲我家的稻子。

　　小虫不依,说,我偏要铲。于是,又铲倒了一片。

　　女人站在田埂上,很伤心。

　　女人跟小虫记了仇。

　　女人想着法子跟小虫对着干。两年里,女人没有跟小虫说过一句话。就是看见了,也不搭讪。

　　农闲,小虫就到镇上赌博。玩那种叫作比点子大小的游戏。有一回,小虫输了。镇上很多人都知道小虫输了的事实。女人知道后,心想,为一田水,跟我过不去,输死你。

　　小虫没有输死。

　　农闲,小虫就到镇上玩,回来时,让车给撞倒了。镇上很多人都知道小虫让车给撞了。女人知道了,心想,为一田水,跟我过不去,让车撞死你。

　　小虫没有撞死。

　　小虫还得到了一笔赔款。

　　小虫的撞伤,很快就好了,他就想到了种田。

　　春天,小虫又把田一犁犁翻耕过来,撒下谷种,很快,田里的禾又青了。

　　女人仍旧种着田。天不下雨,女人田里就缺水,女人想把高处塘里的水放出来,引到自己的田里去。水要经过小虫的田,想到这一点,女人就很灰心。

　　女人田里的禾苗干蔫了。女人就让田里的禾苗干着。

　　女人磨了锹。女人要用锹在小虫的田里打出一条沟来。

　　小虫知道了,也拿着锹出来,生气地对着女人说,你还打沟,我就用锹杀了你。

女人在坚持自己的想法。

女人不能停下来。

女人心想，小虫，你就是杀了我，我也要打沟！

小虫很容易地把女人推倒在田里。

女人像一头母狮，站了起来，扬起手上的锹，就朝小虫杀去。

没想到，小虫手里的锹杀在了女人的腹部。

女人不得不倒了下去。

女人在努力地回忆这一切。她感觉到特别口渴。她很想喝到水。

女人昏了过去。

小虫从家里跑出来，把女人背在背上，很快送到了医院。

到晚上，女人才在医院里醒过来。

女人问医生，谁送我来的医院？

医生说，一个叫小虫的男人，他还为你垫了医药费。

女人口里重复着一句话：杂种的小虫！哪一天，我要杀了你！

医生一听，怔怔地看着女人。

兰花瓷坛

中午，汹涌泛黄的澧水冲决了大堤，水就快速地进入了刘家庄。刘家庄的下午一下子乱成了一团糟。

水就在一站身后蛇一样的追赶着过来。一站满脸是汗一路

全民微阅读系列

飞快地跑回来，一把拉出了正在清理衣服的桂兰，快走哇快走哇。

桂兰被一站一把拉慌了，失神地看着脸上汗珠滚动的一站。

桂兰失望地说，我的兰花瓷坛还没拿！

水犹如蛇一样的很快钻进了屋。桂兰来不及大喊，就踩着没膝的水出来，把屋留在身后，嘴里还在念叨，我的兰花瓷坛，兰花瓷坛。

水发疯一样的还在往上涨。

屋很快就倒了。那些土墙在水里软绵绵地矮下去。轰隆一声后，屋就让水吃了。

一站跟桂兰浮在水上，像两片飘浮的叶子。

桂兰的气息越来越弱。

一站嘴里不停地喊，桂兰，桂兰。

他们在水里泡过了一天一夜。水渐渐地退了，一站看见了一个兰花瓷坛。

一站喊，桂兰你看，咱们的瓷坛！

桂兰就在一站的这一声喊里，睁开了眼，看见了刘家庄的天空，看见了刘家庄那些没有倒下去的树，也看见了自己陪嫁过来的兰花瓷坛。桂兰吃力地说，是咱们的兰花瓷坛。

一站就一把托起了兰花瓷坛，另一把就托起了桂兰。

水就渐渐地退了。

一站和桂兰什么也没有，只剩兰花瓷坛。

一站对桂兰说，往后，你我的手里，就抱着这个兰花瓷坛，谁都不要松手。

桂兰说，我的命都是你一站给我的，我不会松手的。

一站搭棚。桂兰就把晒干的那些曾经让水浸透的棉絮与苇叶搬进棚里。

一站就去河边捕鱼。一站常常是踩着星光天出去,踩着星光天回来的,他的脚步声总是孤单地响起。

一站在河边仍旧捕些鱼换回家用。桂兰的脸上渐渐地有了笑容。

有一天,桂兰对一站说,用不完的钱就放进兰花瓷坛。

一站仍旧在河边捕鱼。一站第一次往坛里放钱,桂兰说,再过几年,坛里的钱就会放满。

一站说,坛里的钱放不满的。

桂兰问,为啥?

一站不说。

钱快点放满的时候,一站对桂兰说,要修屋了。

一站的屋修得气派,还在门前栽了几棵杨柳。

一站还去河边捕鱼。

一站在河边捕鱼时,遇见了一个女人。那女人比家里的桂兰长得好看。一站不舍得放弃那女人,那女人说还会来的。一站觉得那女人极像当年身后追赶的洪水,会 下淹没自己。

桂兰那天想看看一站在河边捕鱼,远远地看见一站跟那女人躺在沙滩上睡觉。桂兰就转身回屋。

一站回来就对桂兰说,自己在河边看见一个人。还说,鱼不好捕,上来几条的,最后还是跑了。

桂兰等一站说完,也开了口,我晓得,是一个女人。还要你的钱,你答应了她。

一站就点了点头。

饭桌上,桂兰拿出那个兰花瓷坛,对一站说,当初,是你看见了兰花瓷坛,说要我抱着,这么多年,我日日夜夜一直抱着,你呢？

一站低了头，一想到沙滩上睡觉的女人，一站就抬起了头。

我是想松手。一站的话像砖头一样地砸在桂兰的身上。

桂兰再说，坛里还有些钱，钱都是你挣来的，该怎么用怎么用。

一站看着桂兰慢慢掏着坛里的钱。

钱一次次地掏了出来。

兰花瓷坛空了。

一站手里拿着那些钱走出屋。一站在门前的树下站着。

桂兰狠狠地甩碎了兰花瓷坛。兰花瓷坛碎裂的声音尖锐地划过刘家庄。

一站慌忙进屋，问，咋了？

桂兰说，那天的大水中，我们把瓷坛一同带上岸来，你不抱它了，我一个人抱着也没啥意思了。

一站低头看那瓷坛的碎片。一站知道，那些是桂兰的一颗心的碎片。

鱼　叉

柳叶湖开阔，湖底平坦。水草多，水中螺蛳多，易长鱼。

湖中的鱼经常在岸边嬉戏、觅食、生子。那些鱼就惹了柳叶湖人的眼睛。

生活在柳叶湖岸边的人掌握了捕鱼的季节和方式。他们捕鱼,多用鱼叉、渔网、鱼钩。用鹭鸶捕鱼的也有,不多。

沙鱼捕鱼专用鱼叉。游到岸边的鱼,他瞅准了,就一叉下去,鱼就在叉上不断挣扎,怎么也脱不掉。因此,沙鱼从来不为吃鱼犯愁。

沙鱼叉鱼的本事练了三年。三年中,他在湖里放过无数的莲花和细小荷叶,那些莲花和细小荷叶就成了沙鱼练习的靶子。然后沙鱼对着那些靶子一一叉去。起初十有二、三中,后有七、八中,三年后,没有不中的。

沙鱼叉鱼手法极准,村子里再没人能比。村子里的老人建议年轻人在水边举行叉鱼比赛。沙鱼参加,比赛的人中,第一个叉到鱼的是沙鱼。

比赛时,一头长发的水妮在一旁看得心花怒放。比赛完,一双手挽着沙鱼的手,说愿意跟沙鱼过一辈子。

沙鱼看着长发飘飘的水妮,说,我把叉着的鱼再放到水里,你能叉起来,这事就成。

水妮说,成。

沙鱼在叉上下了鱼,然后把鱼抛向湖里。水妮迅速拿过沙鱼的鱼叉,嗖的一声,鱼叉飞向湖中的鱼。收叉回来,鱼叉上是沙鱼抛下的鱼。

沙鱼说,水妮,天定的,跟我回家。

水妮成了沙鱼的女人。

春天,湖里的鱼到岸边产子,沙鱼晚上出去,叉回来的鱼,有满满的一篾篓。水妮就把鱼卖了,往沙鱼的身上添衣。

沙鱼把自己的鱼叉看得很重。不用的时候,他把鱼叉挂在堂屋的中柱上。有人找他借,他摇摇头说,我那鱼叉一般人用不好。

沙鱼的岳父找他借,他不肯。后来,水妮跟沙鱼干了一架。水妮说,不借人家,我没怨言,连我爹都不借,未免太不近人情。

柳叶湖属常德市渔业总场管理,在湖边捕鱼的人一多,影响了渔业总场的收成。后来,柳叶湖看湖的人多了,一拨一拨的沿湖巡查。遇到叉鱼的、放丝网的,打个招呼,提个醒,再不在湖里捕鱼。

很多人听话,不再捕鱼。也有不听话的,沙鱼就属不听话的。那些不听话的,往往还遭了看湖人的打。

沙鱼仍旧在湖里叉鱼。

沙鱼叉鱼,就被看湖的人追赶了一次。那一次,沙鱼看到一群鱼在岸边游,他拔腿跑回家中,取了鱼叉就叉,叉了好多条。正好看湖的人看见了,就追过来。沙鱼仍舍不得放叉,继续叉鱼。

看湖的多为青年人,领头的叫曹抛皮,个子大,力气足。曹抛皮一手收了沙鱼的鱼叉,还把鱼篓中的鱼倒掉了。沙鱼一使劲,从曹抛皮手里抢了鱼叉就跑。没跑几步,曹抛皮就撵住了沙鱼,就把沙鱼往死里打。

沙鱼躺在地上起不来,嘴里出言:老子往后一叉叉死你!

曹抛皮不解恨,抡起拳头又打。恰好,水妮跑过来,双手死死抱住曹抛皮的一只手,吼出一句,要打你打我好了。

曹抛皮看着水妮。看水妮漂亮的脸,看水妮漂亮的身材,心就软了。

曹抛皮说,管好你家男人。鱼叉多了,会伤手的。

沙鱼从地上起来,横一眼曹抛皮,说,往后,我用鱼叉叉了你。

回到家,水妮说,沙鱼,往后莫说用鱼叉叉死曹抛皮了。

沙鱼顶一句嘴,我就要说。

水妮懒得理睬沙鱼。

水妮那天在渔业总场找到了曹抛皮,说有件事跟他商量。

曹抛皮说,啥事,你就说。

水妮说,我家沙鱼,一辈子就想在湖边叉鱼,你就让他叉几回,他手痒得很。

曹抛皮说,我是个看湖的,这个事我也做不了主。我的眼皮底下,容不得在湖里叉鱼的。我的手,也痒得很。

水妮说,这事你做得了主。

曹抛皮看看水妮,看看水妮漂亮的脸,看看水妮漂亮的身材。然后说,行。

天还没黑,水妮对沙鱼说,沙鱼,最近湖里没人看湖,曹抛皮回家休假了。你安心到湖里叉鱼。

天一黑,沙鱼就出了门。

天一黑,曹抛皮就直奔沙鱼家。

春天的晚上,湖里的鱼在岸边的水草丛里产子,不时地弄出些水花。那些水花,那些鱼吸引了沙鱼的眼睛。沙鱼很起劲地在湖里叉鱼,叉了一条又一条。

水妮在床上也像一条产子的鱼,不时地弄出一些声响。那些声响,那些动作吸引了曹抛皮的眼睛。曹抛皮和水妮一次次地在床上翻滚。

曹抛皮对水妮说,要走了,说不定沙鱼很快就回来了。

水妮说,还早呢,沙鱼是个很贪的人,看见春天的鱼,他不会放手的。

水妮在床上又开始了翻滚。翻滚过后,曹抛皮死死地趴在水妮身上。

沙鱼家的门是突然被打开的。

沙鱼的鱼叉是突然扎进曹抛皮的腰间的。

那一刻，沙鱼的眼里，曹抛皮就是一条正在鱼叉上挣扎的鱼，怎么也逃不掉。

沙鱼说，水妮，我的鱼叉毁在你的手里。

天刚亮，沙鱼一步步走向白鹤山派出所，嘴里老是重复着说，老子要用鱼叉叉死你！老子要用鱼叉叉死你！

很多人见了，说路上走着一个疯子。

小木匠

四月的槐花一直不停地香透了乡村。

小木匠走在四月的路上，背着的斧头锯子有点儿晃荡，墨斗和尺子牢牢地别在锯子背后的细绳上。

小木匠的脚就走进了四月，走进了槐花坳。

小木匠呃，打家具？

小木匠止住步，高声答一句，打呃。

小木匠在槐花坳做了一个月刨刨砍砍的木工活。

一月下来，有人说：木匠心灵手巧，做的东西上相。

有人夸小木匠的时候，小木匠只是一笑。

就在小木匠准备往另外的村庄走的时候，槐花坳的水月嫂叫住了小木匠，打不打木仓？

小木匠回头看一眼脸上微笑的水月嫂，就回一句，打呃。

水月嫂就把小木匠领到了家中。

烧了茶递了烟封了红包，水月嫂就说：我男人不在屋，请你帮着打一木仓。

小木匠就要水月嫂搬出木料,水月嫂就搬。搬完,小木匠一比画,嘴里就发话,木料还不够呃,水月嫂。

水月嫂说:还差的话,到屋后的山里锯。

小木匠拿起锯子就往山里走,背后是水月嫂大声地问话,要不要个拉锯的?

小木匠想了想,就俩字儿出口,要呃。

小木匠就跟水月嫂锯一棵树,那树的叶子遮住了五月的阳光。

锯树的声音渐渐地响起来。

小木匠说,水月嫂,滴水穿石,绳锯木断,信不?

水月嫂说,信!

锯木的声音浓浓地响起来。

小木匠说,水月嫂,你男人是啥时候出去的?

水月嫂回一句,槐花还没开的时候。

锯木的声音脆脆地响起来。

小木匠说,锯木是辛苦活,歇会儿。

反正不急,歇呃。水月嫂说。

锯木的声音慢慢地蔫了,然后息了。

小木匠就问,你男人啥时候回来?

水月嫂不说,只用力锯树,脸上还冒了豆大的汗。

水月嫂说,会倒呃会倒呃。

小木匠说,这树绵呃,一下子断不了。

从山里背回那根木料时,天就挨近了晌午。

水月嫂说,吃了午饭开工。

小木匠说,开工了再吃饭。

小木匠就把那些木做得有板有眼了。

看得出来,那几天,水月嫂的高兴是挂在脸上的。

完工那天,小木匠说,今天装木仓,要个帮手。

水月嫂笑着说,我做帮手。

小木匠笑着答应。

小木匠把那些有板有眼的木料排列起来。一会儿喊水月嫂递斧头,一会儿喊水月嫂送锯。

装完底,再装顶,很快,木仓就在敲敲打打声中做成了。

天黑定,水月嫂留小木匠吃饭。吃完饭,小木匠收拾东西就要走。

这时,水月嫂一下子就没了高兴。

水月嫂留小木匠,不走了,天黑定了。

小木匠看了看外面的天,随口说了一句,不走就不走呃。

天一开亮,水月嫂破口大骂:杂种的木匠!你在木仓上做了手脚,仓门都不给做。

小木匠心里明白。小木匠说,水月嫂,仓门是做好了的,你上半夜藏起的,我下半夜找出来,又替你放在仓底了。

水月嫂一看,那仓门好好地躺在仓底。

小木匠说,水月嫂你对我好,不是我不开窍,出来的时候,我那口子叮嘱了,只在外面好好做工,莫拈花花。

小木匠接着说,男人不在屋,挣钱不易,不收你家做木仓的工钱。

水月嫂一听,眼睛盯着小木匠,且木木地站着。

裸　奔

全民微阅读系列

那天下班后,我在街上看见一个人在裸奔,很多人看见一个人在裸奔。有几个穿制服的警察很快跑过去抓住了他,给他穿衣。那个人嘴里使劲地喊:"我不穿!我不穿!帮我找回女人就穿!"很快,警察帮那人穿上了衣服。

我走过去一看,那人不是别人,是我们村里的米粒。米粒怎么跑到了隔着 30 公里的街上?我还没进城的时候,就看见米粒跟他女人脸上的笑容。

米粒是有女人的。米粒的女人是那个春天里村主任给介绍的。米粒那天早上要出门,有点肥胖的村主任站在米粒的门前像一堵厚实的墙。他的身后还有一个女人。村主任移开身子,米粒看了一眼那女人,说,村主任,你找我?

村主任没有急着回答米粒的话,回头对那女人说,米粒就站在你面前,要愿意?就不走了。

女人说,愿意,愿意。

村主任用手指指女人说,米粒,往后好好地待她。

米粒起初傻了眼,然后不住地点头。村主任就走了。

米粒看了看女人,再看了看门前的那棵杨树,绿亮绿亮的叶子满树满枝。米粒突然觉得自己的春天已经来了。

米粒就有了女人。米粒好好地待着女人。渐渐,米粒女人的脸上就有了笑容。

那一天，我带着极薄的一份礼坐在米粒请客的桌上，看见了米粒跟女人好看的笑容。

米粒下地干活带着女人的时候，我就进了城。有一次回家，我听娘说，米粒跟他那口子是知恩图报的人，逢年过节还念着村主任。

中秋节，米粒就带着女人来感谢村主任。米粒就在庄子里极愿意地买了酒，极愿意地买了肉，极愿意地买了月饼，极情愿地牵着女人的手进了村主任的家。

村主任红着脸说，都成赵庄的人了，别那样客气。

米粒说，要没村主任，就没有我今天的女人。米粒女人说，要没村主任，就没我男人。

回来，米粒拉着女人说，能给自己生个孩子就好了。

女人红着脸说，往后，要给米粒生个孩子。

得到米粒女人跟人走了的消息，是在那年年底。我回来了。我找到了米粒，并且跟他有过一段很长时间的对话。米粒一五一十地告诉我。

米粒那天不在家。那天，米粒家里来了一个人。很快，那个人就带走了米粒的女人，米粒女人的身影很快在村里消失。村里没有一个人看见那个人长什么样，也不清楚那个人为啥要带走米粒的女人。

米粒回来，不见了女人，就问村主任，看见我那婆娘没？

村主任说，没看见，该不会是下地没有回来？

米粒说，我在地里找遍了，没影儿。

村主任说，快报案吧。

米粒就报了案。

从派出所出来，米粒就没了跟女人在一起时的高兴。

米粒再下地,空旷的地里晃动着女人的身影。米粒就坐在地里回忆,边回忆边说,你还答应给我生个儿子的,咋就不回来了呢?

米粒再次去派出所,问有没有女人的消息。派出所的人说,还没有。

米粒说,赶快派人去找呀。派出所的人说,所里人手不够,上哪找?

米粒失望回来。

过完春节,我就进城了。我确实没有想到米粒为了自己的女人会选择裸奔。

想到女人,米粒心里就乱。

米粒就在村里裸奔。那个已经来临的春天,在他的眼里已经没有了温暖,他门口挂满绿叶的杨树,在他眼里已经僵死,来回摆动的枝条一点也没有吸引他的目光。

村主任见了,赶紧脱了自己的衣服,一把拉住他,还着力地抽了他一记耳光,说,米粒,你疯了,这是赵庄呢?!

米粒一点也不觉得痛。米粒摇头不说。

米粒横竖不肯穿衣服。僵持之后,村主任说,你要不穿衣服,就对不住你女人。

米粒看看村主任,就穿了衣服。

一年过去了,米粒的女人没有回来。

我真的没有想到十年之后,米粒还会选择同样的方法寻找自己的女人。

十年过去了,米粒的女人没有回来。米粒的女人就像朝雾一样在赵庄蒸发了。派出所没有给米粒一丁点好消息。当米粒见到派出所的干警围坐在一起喝酒时。米粒想到了裸奔。

全民微阅读系列

米粒开始了裸奔。

米粒奔出了村子,外村的人看见米粒,就问,你咋不穿衣服,到处乱跑?

米粒停下来说,十年了,派出所不把找我的女人当回事。

米粒说完就跑了,外村的人看见他往城市的方向跑去,没一个人拉住他。

米粒确实忘记了村庄,忘记了他门口的杨树。他的裸奔,从村庄到城市,就再也没有停歇。

我从米粒的身边走过去了,很多人走过去了。米粒有没有看清我,有没有看到我,已经不太重要。

渐渐,城市的夜色张着很大的口子,一口一口地吞没米粒,吞没他还没有确定裸奔的下一条街道。

易拉罐

在唐家庄,只有唐朝捡废品。

唐朝主要是捡废报纸废塑料瓶废易拉罐,对那些稍微值钱一点的废铁废钢,要是捡到,脸上也会露出一段长长的笑容。回来,他也会就着一碟花生米或兰花豆喝着酒精度数不高的谷酒,喝完,嘴里还哼一两段荆河戏。

唐朝死心塌地捡废品。唐家庄有人笑话他:唐朝,你把废品看成了女人,见了废品就像见了女人。唐朝一听,心里就高兴,就会浅浅地一笑。

唐朝就活在那些高兴和笑容里。

一开春,村主任站在唐朝低矮的屋前,动员他随村里的吴老板到城里建筑工地上挑砖。唐朝说,就捡废品,不挑砖。唐朝态度坚决。

村主任心里不好受,也就不再劝唐朝了。

每逢下雨,唐朝就在家里清理废品。手不见停,嘴里是一段接一段的荆河戏。他把那些废纸归类,打捆,码得整齐。他还把那些瓶子用袋子装好,一包包装得鼓鼓囊囊的。

唐朝觉得,处理最快的是废纸废瓶,往往是一个星期之内就把它们变卖了。他把那些废纸废瓶放在板车上,一路拉到收购站。热天里,他拉急了,出了汗,就歇会儿。要在冷天,他一路拉过去,不累,也不歇。

只有易拉罐,唐朝不急于处理。吃饭时,唐朝看着那堆易拉罐,看一眼,就能多吃一口饭,就能吃饱肚子。睡觉前,唐朝也看那堆易拉罐,看一眼,就能睡着觉。他觉得,易拉罐是捡来的废品里面的精品,就像那些自己认识的人群里的一些好人,多看几眼,多想几晚,心里自然舒服。

那些开过口子的罐子喷着各色各样的油漆,他觉得很好看。有时候,他怕那些易拉罐乱滚动,或者被风吹跑。这样一想,他就在易拉罐堆放处的周围围了护栏。远看近看,那些护栏里的易拉罐像春天里开着的一朵朵花。

兴趣一来,唐朝还把几个易拉罐用一根细铁丝穿在一起,形成一串,然后挂在门板上。

唐朝是在秋天把那串易拉罐挂在门板上的,就在他挂好那串易拉罐后,他没想到,自己的屋前站着一个女人。

女人的样子好看。在唐朝的眼中,她比护栏里的易拉罐更好看。

唐朝对着女人笑,还说,闹着玩的,不就挂了一串易拉罐?闹着玩的!

女人说,挂得好。

女人又说,不走了。

女人最后说,就跟唐朝一起捡废品。

女人的话像一颗颗快速飞动的子弹,迅速地击中了唐朝的身体。唐朝再没有回女人话的勇气和能力,像一条在风里吹老的丝瓜一样,没有了精彩。

唐朝又像一条僵死的蛇。晚上,女人用话语和身体让唐朝的身体一次一次地苏醒过来。

天一亮,唐朝看见那些易拉罐,就来了精神,嘴里飘出一句句荆河戏。

往后,唐朝走到哪里,女人就走到哪里。唐朝带着女人去捡废品。唐朝走过的路上,女人就像自己过去的一个影子。

女人把捡来的易拉罐一个个朝堆子上放。渐渐,禾场上的易拉罐就有半人高了。

唐朝想到了卖掉易拉罐。

猪肉在涨,粮食在涨,农药在涨,化肥在涨。女人说,易拉罐也在涨,等价涨起来了再卖不迟。

唐朝一笑,说,依你。

可是,易拉罐的价格涨了一点点,就再没有涨。

唐朝就有点急。他对女人说,干脆把那些易拉罐卖了,再说,卖了可以再捡。

女人不同意。女人就跟唐朝争吵。女人说,我跟了你,连这点主都做不了,还图个啥?

唐朝想，不就一堆易拉罐，何必跟女人过不去。

唐朝在女人面前低了头。

易拉罐的价格不上涨，女人心里也急。女人拿定主意，只要易拉罐价格再涨一点点，就卖。

可是，易拉罐没有涨价。

冬天，有个外地老板投资，要在唐家庄搞开发，在庄里圈了好大一片地。唐朝的宅基地也在那一片地中。

村主任三番五次做唐朝的思想工作，唐朝就是不搬家。

村主任问唐朝要啥条件，只要是正当的，村里可以考虑。

唐朝说，开发的老板要对易拉罐负责，我跟女人花力气捡来的易拉罐，没有收购站价格的三倍，免谈。

村主任说，行。你自己把数点一下，就按三倍的价格来补偿。

唐朝跟女人数着那堆易拉罐，心里高兴着，就摸了女人一把。女人也让他摸。

两人数到一半，唐朝发出笑声来。

女人问，笑啥？

唐朝说，每个易拉罐涨了三倍的价，高兴呃。

女人一听，说，唐朝，你往后娶我，也要三倍的价。

唐朝停了数易拉罐，看着女人，狡黠地一笑，说，三倍就三倍，快点数，村主任还等着我们的结果付钱呃。

很快，唐朝跟女人扒拉得易拉罐叮当叮当地响。

那响声，叮当地响在唐朝低矮的屋前。

全民微阅读系列

立　春

庄里的人是掰着手指头算着日子,算着农历节气的,特别是立春。

在罗木的心里,他觉得立春这一天非常特殊,有必要大喊。

吃过早饭,罗木跟女人马小春商量:立春了,想在村里大喊几声,舒服舒服。

马小春说,罗木,你活回去了,还像小孩似的发神经? 立春这日子,庄里哪个不知,谁个不晓? 大喊几声,就能舒服?

罗木脸上堆笑,说,是想发点神经。可这些年,很多人不像以前那样过日子,有的把日子过得不像农村人过的日子,连农历节气都不清楚了。

马小春说,罗木,你还真能耐呃,就你清楚节气就你清楚日子? 你发神经吧!

罗木说,你让我发一回神经,再说,我只是扯着嗓子喊几声,不会有什么大碍的,能把天喊塌下来? 能喊破嗓子?

马小春说,罗木,你还真发神经? 你发吧发吧,让马小春看看来着!

马小春再不多话,也没有拦罗木,让罗木走了。

罗木就往罗家庄的高处走。罗家庄的高处实际上是一个山岗,不算高。中午,罗家庄的太阳明晃晃的,阳光很像劲道的面条,让罗家庄的人感觉很舒服,无法言说的舒服。

立春了……立春了……罗木喊。

罗木几乎是扯着嗓子喊的。一年中,罗木这样扯着嗓子喊的次数不多。他清楚地记得,他当队长的几年中,无非是在清明节,坟地燃放的鞭炮或点着的蜡烛引燃山火,他才使劲扯着嗓子喊庄里的人去救火;无非是庄里的哪户人家的牛被偷了,他扯着嗓子喊人把偷牛的盗贼捆起来送到乡派出所。

罗木的喊声很快在罗家庄飘荡开去。庄里很多人听到了喊声,抬头看看天,低头看看田,再望望远处的山,很快感受到了立春的氛围。

罗木的喊声,马小春听到了,很明显。

马小春样子懒散地站在禾场上,小声说,罗木,你声音还不小呃,庄里的小妖精,肯定听到了。

马小春没有猜错,一点也没有猜错。罗木喊过五遍后,他要去小妖精家里。

罗木站在小妖精的屋前,大声喊:立春了! 小妖精!

小妖精的屋是庄里最低矮的屋。小妖精在低矮的屋里照顾陪伴着一起生活 8 年的男人糠箩。小妖精发誓要对瘦弱的糠箩好,她还发誓要陪糠箩一起度过最后的时光,下辈子跟糠箩做夫妻。

8 年里,小妖精经历了庄里所有女人没有经历的一切。拿罗木的话说,村里称得上好女人的只有小妖精;拿马小春的话说,庄里最苦的女人就小妖精了, 一年四季抱着个站不起说不来话的病人;拿老队长肥牛的话说,小妖精是自己心甘情愿地要跟糠箩好的,她内心的强大,无人能敌。

看着小妖精低矮的屋,罗木有一个很大的想法。他要让小妖精低矮的屋成为过去。

小妖精穿着一件红色的夹袄出来了。夹袄的领子是白色的。夹袄上的红像一团燃烧的火焰,那一圈白色无法熄灭夹袄的红。

小妖精站在罗木面前,样子非常平静,目光非常平静地看着罗木。

罗木说,小妖精,糠箩已经走了一年了,你这屋,我想发动庄里的人凑点钱,翻修一下。

小妖精摇摇头,说,罗队长,用不着,这低矮的屋是我跟糠箩这么多年留下的一点念想,不用翻修。再说,我很快要出去打工了,往后,挣点钱,继续还我在娘家借的债。

罗木的眼里,一阵湿润。

临走,罗木说,立春了。

小妖精说,立春了。

罗木回来的时候碰到了老队长肥牛。肥牛的腿有些颤了,手里拄着拐杖,才把步走得稳当些。罗木站在肥牛面前。肥牛拍拍罗木的肩膀,小声说,响亮! 响亮! 你比我当年喊得还响亮。

罗木说,比不上,比不上。老队长当年的喊声能把山里的野猪都吓跑。

罗木仍在谦虚。

罗木说,马小春在家里找我有事,不陪老队长说话了。

罗木走不远,肥牛用拐杖指着他的背影说,谦虚个屁,老子当年,还不是像你这样喊着,只是老子现在喊不出声了。

回到家,马小春问,见到小妖精了?

罗木说,见到了。不过往后很难见到了。

马小春问,咋了?

罗木说,小妖精要出去打工,我没拦她。

马小春说,罗木,你凭啥拦她?

突然，罗木一声大喊：立春了……那声音，拖得老长。

马小春捂着耳朵，傻傻地看着眼前的罗木。

立 夏

画梅决定立夏那天杀死宋三木家的狗。

宋三木家的狗太凶了，见了鸡就咬，画梅家的鸡也不例外。

那条狗咬过画梅家的鸡。

画梅男人出去打工前，她就跟男人承诺，回来的时候，就能吃到自己喂的鸡。鸡还小的时候，她怕黄鼠狼吃掉，把鸡放在屋里养着。鸡一大，画梅才放心把鸡放出来刨食。

画梅总共喂了三只鸡，一个星期不到，她的三只鸡就被宋三木家的狗咬死了。有一只鸡被咬死后，那条狗还衔回来在三木家的禾场上放肆地撕扯。

画梅很生气，跑到宋三木家讨个说法。宋三木说，狗要咬鸡，况且狗是在外面咬的，我们也没有办法。宋三木说完，还望望女人的脸色。

画梅觉得很委屈，再不喂鸡，喂也白喂。

画梅躲在屋子里哭，哭自己好端端的鸡就那么被狗咬了。哭完，她就打电话告诉在外打工的男人，自己喂的鸡让宋三木家那挨千刀的狗给咬了。

男人就在电话里说，等我回来杀了他家的狗。

宋三木家的狗除了咬鸡之外，还咬过人。

那条狗咬过画梅。画梅那天走到宋三木门口，那条狗蹿出来，下口很厉害，就在画梅的腿上着力咬了一口。那一刻，画梅有过钻心的疼。腿上，很快流了血。

画梅跛着腿找到宋三木，说，你家的狗咬了我，得赶快送我到卫生院打针，还得给打针的钱。

宋三木的女人站出来，指着画梅的鼻梁说，我家的狗，又没有跑到你家咬你，要出打针的钱，凭啥？

画梅眼里就爬满了泪。画梅受着宋三木女人的气，还要忍着疼。

画梅就在卫生院打了针。打针的是个长着小眼睛的男医生，打针前，轻轻摸了她的手，打完针，同样，摸了她的手，轻轻地。这让画梅很反感。

回到家，画梅在屋子里哭，哭自己白白的腿就那么让狗咬了。哭完，她就打电话告诉在外打工的男人，自己的腿让宋三木家那挨千刀的狗给咬了。

男人就在电话里说，等我回来杀了他家的狗。

听了男人的话，画梅的脸色才好起来。

画梅一共要打五针，历时一个月。每次打针，卫生院的小眼睛男医生总是跟她开半荤半素的玩笑。在打完第五针后，画梅把她的反感表现出来。她吼：臭不要脸的！再敢摸我的手，老子跟你没完！老子跟你没完！那天，画梅的吼声惊动了整个卫生院。

画梅径直走出理疗室，弄得小眼睛男医生傻傻地站着。

画梅从卫生院回来，就有要杀死那条狗的想法。她把这个想法藏在心里。

宋三木看护那条狗非常的小心。他分早晨、中午、晚上 3 个时段要叫唤那条狗，那条狗听到叫唤，就会立马回到家里去。

离立夏还有两天。画梅渐渐忘了腿上的伤痛。她发现宋三木家的那条狗无意识地跑到自己的禾场，找一块干净的地方躺下来，晒晒太阳，抖抖虱子。画梅还发现，无论宋三木叫唤、还是她女人叫唤，那条狗不是像以前那样立马回去。画梅觉得杀死那条狗的机会，简直就是老天给的，也是那条狗给的。

离立夏还有一天。画梅想过用一种工具杀死狗。她想用铁锹，苦于铁锹的把太短，她想用扬叉，怕扬叉一下叉不死。她选择用锄头，觉得用带长把的锄头就可以杀死那条狗。拿出锄头，她看见锄头口有些锈了，就把那把锄头的口磨得雪白。

磨完锄头，画梅看见那条狗躺在自家禾场上。

立夏是一个充满哀号和溅洒狗血的日子。早晨，那条狗在画梅家的禾场上就躺下了。

宋三木在家叫唤狗。那条狗不耐烦地站了起来，低着头走回去了。

不到中午，那条狗再次来到画梅的禾场上。那条狗在禾场上假寐。

画梅轻轻走过去，扬起手中的锄头。一锄落下，狗就开始了哀号。接着，画梅手中的锄头，雨点般落下。狗的哀号渐渐地小了。狗血在地上走动，然后就走不动了。

画梅有一种复仇的快感传遍全身。她把那条狗，拖到屋后的山上，埋了。

回到家里，画梅给在外打工的男人打了电话。画梅说，我把那挨千刀的狗给杀了。

起初，男人不信。在电话里说，画梅，你还杀得死一条狗？

画梅说，真的，那条狗，我拖出去埋在了后山。

男人说，画梅杀得死一条狗。

男人信了。

立夏的太阳明晃晃的。

中午,宋三木跟女人一起叫唤狗。

中午,宋三木跟女人分头找狗。

下午,宋三木跟女人一起找到了治保主任。

下午,治保主任来到画梅家。

治保主任问:画梅,你怎么就杀了宋三木家的狗?

画梅说,我怎么就不能杀了宋三木家的狗?

治保主任问,你怎么杀得了宋三木家的狗?

画梅说,我怎么就杀不了宋三木家的狗?

渐渐,画梅的声音高过了治保主任的声音。

渐渐,画梅院子里,立夏的光线就暗了下来。

鱼算个啥

田家塘是田坎找到村主任包的。田坎对村主任说,塘闲着也是闲着。投些鱼,年底捞上来,过个热闹年。

村主任说,塘上塘下几十亩田,田里要水时,就顾不得你的鱼,你田坎就让塘闲着吧。

田坎说,行,田里要水就满足田里的水,鱼算个啥!

田家塘满塘凉凉的水,清清的,经风一吹,还起一层层的波浪。

田坎就挑来一些鱼苗。鱼苗是用桶装着的,桶里装着清水,鱼苗往塘里倒时蹦蹦跳跳，蹦蹦跳跳摆几下尾，就进入塘的深处。

放完鱼，田坎对村主任说，田家塘这回放了 500 条鱼，3 担才挑回来。村主任听了，狡黠地一笑。

田坎包了塘就在塘边转悠。那塘里的鱼打个水花，或跃出水面，田坎就一笑。田坎一笑，那塘里的鱼就越打花，这儿一朵，那儿一朵。田坎想，年底卖了鱼，可以买点肉，还可以给女人买几件衣裳。

天气越来越热，田里越来越要水，塘里的水天天放，越来越少。

西米的田里没水了。西米就牵来电，一台水泵朝塘里一搁，水就呼呼啦啦抽上来，塘很快就现了底，那些打花的鱼就不打花了。

田坎看了心疼，想，再抽，鱼就会死的。

西米抽完，正收拾东西，木瓜来了，木瓜田里的水稻等着要水，木瓜抓住西米的手说，西米兄弟，借你的电机抽两个钟头。西米说，行。

田家塘的水，越来越少，水又呼呼啦啦抽上来，田坎再次心疼，鱼会死呃。

再抽，鱼就会死，鱼真的就会死！田坎忍不住了，对木瓜说。

木瓜说，鱼算个啥，你到塘下看看稻就知道了。

田坎知道，鱼算个啥？啥也不算！田坎弄不明白，你木瓜拿我的鱼咋不心疼咧？

天气更热了。西米和木瓜的田里又没了水。没了水，又来抽，田坎拦着他们，说，过两天就有大雨，有了大雨，田里就不愁水了。

西米不依。木瓜也不依。水又呼呼啦啦抽上来。

鱼在塘里慌乱地飞。

田家塘干了。

田坎跟女人在塘里抓鱼。

女人身上感到很热,抓一条鱼就吼一下田坎,背时的田坎,鱼这么小,本钱都卖不回来。

田坎也在抓鱼,说,小就小,快抓,塘里蒸死人。

女人抓了一条鱼,才放进篓里,就说,你田坎不放这鬼鱼,还不在岸上吹凉风。

田坎再没理女人,只顾抓鱼,有几条鱼就在他篓里,身子苍白地蹦着。

屋子里弥漫着鱼腥。

两篓子鱼搁在屋子里,没有一条活蹦乱跳的。田坎对女人说,挑到镇上卖,还能换回点本。女人不依,你田坎的腿没断,要卖你去卖!女人的意思很坚决。

天气热。

田坎挑两篓子鱼往镇上去,往镇政府去,一路的鱼腥味。田坎就站在镇政府的门口,站了一个小时。

镇长回来了。先见了田坎,再见了田坎的鱼。

镇长说,卖鱼的,挑到食堂去,镇里全要了。

田坎想问,镇里要这么多鱼干啥?田坎嘴皮紧合,没有问。

到了食堂,镇长问,卖鱼的,鱼要多少钱?

田坎说,100 块。

镇长就从包里拿出 100 块。

田坎拿了钱,哗啦啦倒了那些苍白的鱼。田坎抖动嘴唇,镇长,镇里要这么多鱼干啥?

镇长说，天这么热，明天就要下雨了，镇里干部到处抗旱，很久没吃鱼了，晚上都回来了。

田坎"啊"了一声。

田坎想，真得谢谢镇长，要不两篓子鱼挑回去，女人要骂一辈子。

大雨来。

大雨下了一天一夜。

田家塘就满了。田坎站在塘前，拾起一块石头投进塘里，泛起涟漪。田坎以为又是一条大鱼打了一个水花。

女人远远地骂，杂种的田坎！鱼钱都用了，还守田家塘干啥？

田坎眼里含泪，说，木瓜，你要少抽一回水，老子的鱼就不得死。

田坎听见女人的骂声，愤愤地走回来，走一步，说一声，鱼算个啥？

五十棵板栗树

空气和阳光做成的早晨，宋小梅得到了五十棵板栗树苗。

天一放亮，宋小梅的屋顶上就歪歪扭扭地冒出几缕炊烟来。那炊烟很淡，很淡地散到空气中。低矮的屋前就来了一个人，人是男人，影子落在地上。男人的背后背着一小捆树板栗树苗。

宋小梅在空气和阳光里打量男人，男人放下树苗，长长短短有点生硬的树苗让他在地上轻轻地放得一声响，响声轻轻的。

宋小梅不等男人说话就开口了,你到别的人家去,我宋小梅不要这树苗。宋小梅的头轻轻地摇了几下。

宋小梅的摇头,并没有赶走男人。男人很认真地看着宋小梅,然后,声音很小地说,宋小梅,你先把树苗栽下,明年再来收你的树苗钱。

宋小梅抬了一下头。就在她一抬头里,她想到了屋后的一块地。

地是空地,向阳。宋小梅很想在那块地里栽下一些果树。以往的春天,尽管宋小梅栽下过一些娇贵的橘树,那些橘树艰难地长到夏天,就在要经历秋天的时候,就慢慢地蔫了枯了。宋小梅想到了要栽另外一些树。

宋小梅说,留下树苗。

男人说,地上一共是五十棵板栗树,栽不活不要钱,你仔细数数。

男人说完就走了。宋小梅把树苗抱进屋,揭开锅,拿了两个熟透的红薯,赶紧出来。

宋小梅追男人一程。她追到村口,看见了男人的影子,就喊:卖树苗的,停一停。

男人就在宋小梅的喊声里停住了脚步。宋小梅喘着粗气说,你能记住我?

男人说,记得。

宋小梅说,那你要来拿钱的呃。

男人说,会来的。

宋小梅再不喘着粗气,很平静地从衣兜里拿出还有点热气的红薯递给男人,说,路上吃。

男人一把接过宋小梅的红薯咬了一口,再没跟她说一句话就走了。

宋小梅没有把得到板栗树苗的事告诉庄里的任何一个人。

打好坑,宋小梅把那些板栗树苗栽到了地里。春天里,那些板栗树就长出了绿亮绿亮的叶子,光鲜好看。

宋小梅一直在等那个卖树苗的男人。宋小梅有时站在屋前等他来,有时站在板栗树下等他来。

等过了一年,男人没有来。

宋小梅坚信,男人一定会来。

那块地里的板栗树越长越高,开花了,又结球了。板栗熟了,宋小梅拿一根竹篙乒乒乓乓地打下板栗球来,从球里掏出一粒粒板栗。她再把那些板栗挑到铺子里卖掉。

宋小梅喜欢着她的五十棵板栗树。有时候,她就走到板栗树下,看看那些板栗树开花,看那些板栗树挂球,看那些板栗球张开嘴吐出一粒粒板栗来。有时候,宋小梅还想到那个男人,他怎么还不来?

五十棵板栗树给了宋小梅不菲的收入。每年卖完板栗,她都要把那些钱存起来。她想:那些钱也应该让那男人得一部分,男人至今还没有拿到树苗钱呢。

不出几年,宋小梅成了庄里有名的果树之家。她的房前屋后,分到的地里,还有租来的山坡,都是果树。只是,宋小梅一直让那些板栗树长着。

宋小梅开始打听那个男人的消息。她从周边的村一个一个地询问。告诉她的人,都说没有这个人。有人还反过来问她,哪里还有不要钱,放下树苗就走的人?

宋小梅又在周边的乡一个一个地打听。告诉她的人,也说没有见到这个人。谁会那么猪,连钱都不要就走人?

宋小梅等着那个男人出现。

又一年春天,宋小梅的门前,来了一个十分俊俏的女孩。女孩十六七岁。

宋小梅见到了女孩就问,你找谁?

女孩说,我找宋小梅阿姨。

宋小梅说,你找我?

女孩说,我就找您,宋小梅阿姨,您别找我爸爸了,他不肯见您。

宋小梅问,为啥?

女孩摇了摇头,不肯说。

宋小梅说,别怕,胆子大点,说吧!

女孩说,宋阿姨,那一年,我爸爸从农场刑满释放回来,没有人接他。当时,他身上没有路费,就只有走回来,他走到一个果木基地,就想到了偷,偷了几百棵板栗树苗,卖了作路费。他一路卖回来,还剩五十棵树苗时,就卖到了宋阿姨家。见宋阿姨没钱,他也没急着要。后来,那个果木基地的人发现线索,找到了我爸爸,要我爸爸说出买了板栗树的人,追回板栗树,我爸爸把那些给了钱的人都说了,唯独没有说出宋阿姨。

女孩又说,后来,我爸爸为这事,又进去了一年。再出来,他就忘了这件事。后来,宋阿姨到处找他,要给他钱。他说,他不能见您。现在,由我来告诉您,他更不能要这笔树苗钱。

宋小梅一听,吃了一惊。

女孩要走,宋小梅带她看了看那五十棵板栗树。屋后的板栗树一棵棵翠绿着叶子,一棵棵在阳光下沉默。

送走女孩,宋小梅望着那一棵棵的板栗树发呆。

那一年,所有的板栗熟了,宋小梅没拿竹篙敲打板栗球,也没要一粒板栗,板栗在地上随那些空球——烂掉。

后来,每年的板栗熟了,宋小梅还是没要一粒。后来,整个宋庄的人再没见宋小梅卖一粒板栗。

全民微阅读系列

籽　言

夜晚安静下来,家柱屋外的槐花,像挂在树上的白灯,亮亮的,那槐花散发的香味水一样地轻轻流来又缓缓流走。

家柱女人籽言拉亮了屋里的灯,就在灯光里做起活来。籽言哗啦几瓢水就往锅里添,添到了多半锅了,在那锅里放了些碎米。籽言就坐在脚盆边,开始剁菜,剁菜的声音接连地响起,咚咚的。剁好了一脚盆青菜,端着菜往锅里倒,倒完,籽言转到灶前,就在灶口发燃了火。

灶膛里,跳着欢喜的火光,照亮了籽言姣好的脸。

籽言坐在灶前的椅子上,听到了栏里的猪哼哼叽叽,一声长一声短地叫。籽言轻轻说了一句,会急死你,在给你煮呃。

眼看着锅里的热气就像雾一样地飘了起来。

籽言没有想到家柱会在这个时候回来。

家柱是沿着一路的槐花回来的。家柱在屋外的槐树下站了好一会。家柱想,在城里洗脚的事,在籽言面前不能讲出来,家柱走近屋,轻轻地叩了门。门还没开,家柱想,上次王包头回来,说没说?家柱的心里一下没了底。

天这么晚了,还会有谁来?籽言一惊。

籽言警觉地站了起来小心地开了门。

籽言一看,是自己的家柱。

家柱就势一把抱住了籽言,面容姣好的籽言也任他抱。

抱完,家柱有点疲倦的样,说,工地上没材料停工了,就回来了。

籽言用手摸了摸家柱的脸,说,出去的时候,脸上的肉厚着呃,又瘦了。

家柱一手拿开籽言的手说,没,工地上伙食好着呃。

籽言看了看锅里冒着的热气,就说了声,我去上把柴。

家柱说我去。家柱就把一把又瘦又干的柴塞进灶口,灶里的火旺起来,锅里的热气,蒸腾的样。

籽言发话了,说,打水洗脚呃。

家柱说,洗脚,好久没让你籽言洗脚了。

家柱坐下来,籽言打来一盆温热的水,找来一双布鞋,籽言就开始为家柱洗脚。籽言先把家柱的一只脚放进盆里,就轻轻洗了起来。

籽言问,在城里洗过没?

家柱摇头。

上回王包头回来,说民工里没洗脚的就你家柱。

家柱点了点头。

王包头说,给他洗脚的小姐的手,细皮嫩肉,他还捏了她一把。

家柱轻轻一笑。

籽言就骂,我早就知道,他王包头不是好东西,自己洗了,还往我家家柱身上推。籽言又把家柱的另一只脚放进盆里。

家柱轻声问,家柱是那样的人吗?

籽言说不是,籽言说这话的时候,很坚决、坦然的样。

洗完脚,家柱说,你睡,也快差不多了,猪菜我来煮。

籽言说,你在工地上就吃力了,算了,早点睡去。说完,又把脸凑上来,家柱就在籽言的脸上亲了一次。

猪菜还没煮好,籽言又坐在了灶前。

家柱睡在床上,怎么也睡不着,屋外的槐香不停地流进屋里。

家柱说,香着呃,籽言。

籽言说,是香着呃,不是我当初阻止你,你家柱的斧子,还不是把槐树砍了?

家柱想,也是的。

家柱再也睡不着了。

家柱一把抱住籽言,说,我是洗过一回脚,瞒了你,心里不踏实。

籽言的眼里流出泪来,家柱的手轻轻地擦着籽言的泪。

籽言开口,我就知道你家柱憋不住的。

家柱的头埋在籽言的怀里,轻声说,再也不让小姐洗脚了。

栏里的猪又开始叫了,哼哼叽叽,一声长一声短的。整个夜晚流动着槐花的香味。